続 血涙十番勝負

HiTomi
YamagUchi

JN147309

山口 瞳

P+D
BOOKS

小学館

目次

文中に登場する棋士の段位、タイトル、称号等は、
本作発刊時（１９７４年）のものです。

第一番　白面紅顔、有吉道夫八段

1

さあて、困窮《こま》ったことになった。すべては僕の助平根性に由来することなのであるが。

僕は『山口瞳血涙十番勝負』として、プロ棋士十人に飛車落で挑戦して、棋譜を「小説現代」誌に掲載させてもらった。結果は、平手戦一番を除いて、三勝一分五敗という成績である。終りのほうの二局に勝ったので、これで飛車落は卒業ということにさせていただいた。

僕は、次なる角落を、二年か、三年勉強して、もし許されるならば、ふたたび、敢然として専門棋士に挑戦するつもりでいた。

ここで、将棋のことに精しくない読者に、将棋における角落とはどういうものであるかを説明するならば、全国で一番強い素人の将棋指しが角落でプロに挑戦するときに、まず絶対に勝てないという手合いなのである。時のアマチュア名人が角落では勝てない。前回にくどく書いたが飛車落では時の学生名人が大山名人に挑戦するときに、まず勝てない。それが角落になると、全国で一番という人が勝てなくなる。それほどの違いがある。（もっとも、いまのアマチュア名人である花園稔さんや高野明富さんは非常に強い。この二人ならアマチュアのほうに乗る。それと関則可さん、沖元二さんも強い。ただし、これらの方々がすべてアマチュアであるかどうかについては疑問がある。むしろセミ・プロといったほうがいいのではないか）

また、これを専門家のほうから見るならば、角落で素人に負けることを恥とするのである。角落ならば負けてはいけない。みんながそう思い、心に誓っているのである。それがプロの、将棋でもってオマンマをいただいているところの人たちの心意気である。意気地である。

僕ごときが、勝ったらおかしい。

専門棋士が負けてはならぬと心に誓う理由のひとつは、むかしは、角落の手合いは四段差（いまは違う）ということになっていたからである。もし、かりに、僕が八段の人に勝つとすると、僕は四段か五段になっちまう。そんな馬鹿な話はない。げんに僕が稽古をつけてもらっている山口英夫五段と同等というようなことはない。そりゃあ話が変だ。もし、僕がプロの五段と同等なら、僕は小説なんか止めて専門棋士になるよ。そのほうがせいせいする。

この話、まったくおかしいのであるが、九十九パーセントおかしいのであって、ちょっぴりの真実がある。しかるがゆえに、プロは負けてはならぬのである。

そういう手合いであるのに、ろくに勉強もせずに、なにゆえに僕が、すぐさま挑戦しようとするのか。いかにして、そういうことになったのであるか。

ここに一場の哀話がある。涙なくしては聞けぬはずである。

前回最終局に師匠のヒデちゃんに挑戦し、勝ったら角落にしてくれるかと言った。彼、ああいいですよと言った。僕に天がさいわいして、ユビ運があり、奇勝を博したのである。

従って、約束どおり、次の稽古日から角落になった。

僕は、こう言った。

「これで二年か三年勉強して、自信がついたら、もういっぺんプロに挑戦しようと思っているんです。それで『小説現代』がもういちどのっけてくれるなら、ぜひ、やってみたいなあ」

そう言った腹のうちでは、将棋もさることながら、僕だって、その間に、文学のほうだって勉強したいという希望があったのである。僕だって、そのために『世界文学全集』や『日本古典文学大系』なんかを予約購読しているのである。本棚は、断じて飾り棚ではないのである。

しかるに、ヒデちゃんは、持った駒箱ばったと落としてこう言った。

「先生、そりゃいけません」

ヒデちゃんは僕のことを先生という。さながら、横丁の隠居を見るが如き面貌となる。僕もヒデちゃんを先生と言う。こりゃ当りまえだ。ときに、ヒデちゃんと言う。なんだか教員室にいるみたい。

「そりゃあ、駄目だよ、先生」

「なぜだい？」

僕は、角落ではとうてい無理だと言われたのだと思ったのである。そりゃ理窟だが、そうまで冷酷に言わなくてもいいと思った。

「齢のことも考えなくちゃ……」

「そんなことわかってますよ、師匠に言われなくたって」

僕、憤然とする。いい齢をして何を言うかと言われたと思った。

「衰えってものがあるんですよ。それも計算にいれなくちゃ」

ヒデちゃんは正直すぎてお客さんを縮尻《しくじ》るのである。

「………」

「いますぐやらなくちゃいけませんよ」

「えっ？　なんだって？」

スグヤル課という市役所の窓口があったことを思いだした。

「そうでしょう、先生。誰だって齢には勝てませんよ。エエ、そうじゃないですか。頭が呆《ぼ》けてくる。根気がなくなる。息切れがする。たちくらみがする。手足がしびれる。……思考力が鈍るんですよ。気力がなくなる。気力がなくては将棋は勝てませんよ」

「………」

「二年か三年さきには、きっとそうなりますよ」

いまだってそうだけれど、掌《たなごころ》を指すようにして、ヒデちゃんは、キッとなって、眼光鋭くそう言うのである。

僕は、小便は垂れ流し、立つことならず這いまわり、言語さだかならず、アワワワワという己を思い描く。こういうのを、老人医学ではモドルというのだそうだ。恍惚の人である。そうまで言わなくたっていいじゃないか。ひどい言われようだ。将棋指しってものは、情け容赦がないのである。

ナニ、僕の好んで入った道だ。こらえるところは、こらえよう。

「そうなりますか」

「なりますよ。ですから、やるならすぐにやらなきゃ駄目ですよ」

「ハイ、ハイ……」

で、そうなった。

なったはいいが、ひどいことになったもんだ。持った駒箱バッタと落とし、というところから、すぐさま、ノモンハンでの戦闘状態となったのである。敵は戦車なり、我は銃剣術なり竹槍なり。アッツ島にて山崎大佐指揮をとる。

さりながら、僕、こんなに年齢のことをあからさまに言われたのは、これが最初である。将棋連盟ってのは物凄いところだ。

2

勝てっこない。そこを行く。玉砕である。さもなければ狂人である。そうでなければマゾヒストである。まあ、なんでもいいや。

このことを、大日本雄弁会のミヤ少年に話す。

「やりましょう。読者は、あなたが負けて負けてどうにかなるのを期待しているムキもあるんです。そこのところをお忘れなく」

ああ、僕は、実験動物であるのだ。片や将棋指しに攻められ、片やジャーナリストに責められ……どうでもいいや、どうにかなるだろう。

むかし、僕の家が、どうにも喰えなくなったとき、いいほうの犬は曲馬団に売り、わるいほうの犬は済生会病院の研究室に売った。

実験動物のほうは二百円だった。この実験動物のほうは、檻を破って逃げ帰ってきた。売るときはそれほどではなかったけれど、逃げて帰ってきたのをもう一度連れてゆくときは悲しかった。みんな泣いた。

もっと昔、ママコイジメという芝居があった。あれは陰惨だった。舞台の上で、ほんとに、ちいさい子供を縄で縛って逆さにして井戸に吊したりしたのである。そういう旅廻りの一座があった。それを見に行く人がいたのだから、日本人って不思議だな。

しかしながら、実験動物は実験動物という全存在であり、彼の人生はそこで完結していたのである。彼が逃げ帰るとき、それは彼の人生の華だった。ハイライトだった。よしんば、もう一度連れ戻される運命にあったとしても。彼は、よもやにひかされて、冷酷なる主人のもとに駈け戻ったのである。どうせ、人生なんて、そんなもんなんだ。井戸に吊される子役だって同じことだ。多くは、女の子が男の子を演ずる。おかあさん、いたいよう、苦しいようと泣き叫ぶ。苛《いじ》められ、しかもなお、お母さんと叫ぶところが観客の涙をさそうのである。

さりながら……。

ここからが、僕の助平根性となる。

角落では絶対に勝てないかというと、そうでもない。(と思うのは素人考えか)

僕の考えでは、飛車落では、まず上手《うわて》から攻勢をとることは出来ない。そこで下手《したて》から攻めてゆく。上手はジッとしている。ここに、実は、陥穽《かんせい》があるのである。というよりは、下手のむずかしさがある。そこで、ひっくりかえってしまう。開戦の時期のむずかしさがある。本定跡ならば4五歩、6五位取り戦法ならば6四歩の突き捨ての時期がむずかしい。

それにくらべて、角落の場合は、上手から攻められることが多い。それだけに高級になるのだけれど、逆に言えば、上手から攻められたときが、こちらのチャンスでもあるのだ。否応なしに攻勢をとれるという意味がある。(この意味があるというのは専門棋士の常套語である)

角落における下手の有効な手段は、上手の攻めを誘発するところにある。もっとも、それは下手に力がなければならないが。……いや、それだけの力がなければ、プロとの角落の手合いとはならぬのである。

僕の棋風は(言わせてもらおうか)攻撃型である。ということは、待っているところへ攻めてゆくよりは、相手の攻めを待って逆襲するときのほうが、威力があるのである。このへんの感覚は少しは将棋のわかる人でないと理解してもらえないと思うけれど……。

飛車落では攻める時機がむずかしい。しかし、角落では、むこうが攻めてくるので、こっちも、そのときに攻めなければならぬという、開戦の時期の必然性みたいなものがあるのである。そこにチャンスというか、下手としての指しやすさが無いわけではない。どうも、角落となると話が高度になってしまう。まあ、そういうものだと思っていただきたい。

角落と飛車落の違いは、角落のほうが、当りがキツイのである。実際に指してみると、飛車という駒の威力がいかに絶大なものであるかがわかる。ゴツイのである。やられるときはガチンとやられる。

で、まあ、絶対に勝てないということはない、といったくらいの気持で、ふたたび十番勝負に挑むことになったのである。

僕には実力がない。角落に関しては無知識である。しかしながら、いまから勉強するとなると、年齢のほうで待っていてくれないという。こういう状態を何と言ったらいいのか。ただただ悲しい気持につつまれるだけである。中年の悲哀であろうか。中年は図々しいや。初老の歎き。歳月人を待たずなんて言葉が、いやに身に沁みちゃうんだなあ。どうすることもできない。この齢になって「芸がまずいと叱られた」なんて、いや、将棋のお勉強なんて、それの連続なんです。そうかといって「結構でした」などとお上手を言われても腹が立つ。僕、自分で自分をもてあましている。それでもって、いまとなっては、やるより仕方がない。「熟田津《にぎたづ》に船乗りせむと月待てば潮《しほ》もかなひぬ今は榜《こ》ぎ出でな」。明月満潮というほどの条件もなく、心境も澄んでいないが、榜ぎ出てゆくよりほかにない。

3

「いい気なもんだと思いませんかね」

「へえッ?」

僕等は新幹線「ひかり」号車中の人となっていたのである。僕等とは、言うまでもなく、僕と雄弁会ミヤ少年の両名である。

これよりさき、僕等は、東京駅の停車場で待ちあわせていた。ミヤ少年は、例によって人懐こい笑顔でもって近づいてきた。眼《まなこ》は眠るが如く、それでいて頬のあたりが笑っている。少年は毎月殿山泰司さんと一緒に全国のあやしげな所を経廻《へめぐ》っている。題して『新・ニッポン好色旅行』。相手が相手だから、僕は心配でたまらない。昨日も、横須賀の安浦というところへ遊びに行って午前三時まで取材が続いたという。いかに職業であるとはいえ、そんな所へ行っちゃいけない。僕の先祖はその近くで女郎屋をやっていたんだ。あぶない所だ。

眼は眠るが如くというのは当然だ。誰だって眠いよ。

少年を見ていると、僕は大罪を犯しているような気がする。いかにも自分の商売、マヤカシであるように思われてくる。先祖の血が流れている。少年が清いものに見えてくる。こういう人を騙《だま》してはいけない。可愛や少年、わりゃなんにも知らねえな。僕、心中で詫びつつ、呟いてみる。

「酔狂だと思いませんか」

「さあ」

「大阪まで行って将棋を指すなんて」

「そうでしょうか……」

「怒ってるんじゃない?」

「そんなことはありません」

僕、自信がないから、卑屈になっているのである。戦いに行くのではなくて所《しょ》に引かれる心持。

「道楽が過ぎるかなあ」

最初にお願いするのは有吉道夫八段である。対局場は宝塚温泉七福荘。今期名人戦第二局が行われた旅館である。

もし、この読み物を前篇からお読みくださっている方がおられるなら、僕が第一局に有吉八段を指名したのを記憶されているかもしれない。有吉さんの都合がつかなくて、第一局は二上八段になった。そのころ、有吉さんは好調で、大事な対局が多かった。

有吉道夫八段。

前期王将戦で挑戦者となり、大山王将を三勝三敗まで追いつめたのは御承知のことと思う。この棋戦で有吉さんが挑戦者となったのは多分にラッキーな面があり、第一局で得意の猛攻が成功して勝利をおさめ、第二局でも必勝形となったが、惜しくも即詰を逸して敗れたのである。

ここで有吉さんのツキが逃げた。第二局で勝っていたら、おそらく有吉王将が誕生したと僕は思う。

昭和十年、岡山市生れ。二十六年に大山康晴門下に入門。三十六年、高松宮賞受賞。王位戦挑戦二回。四十四年、名人戦挑戦者となり、今期王将戦と同じく三勝三敗と名人を追いつめたのは輝しい記録。

僕が有吉さんをお願いした第一の理由は、有吉さんの対局態度がいいということが、将棋連盟内でもっぱら噂になっているからである。対局態度のいい人はいくらでもいる。有吉さんの場合は、それが「美しい」のだという。勝負所になってくると、有吉さんの白い顔面が紅潮してくるという。全身全霊でもってぶつかってくるという。女が言うのではない。男ばかりの連盟の万人がそれを言う。惚れ惚れとするという。僕は、それを見たいと思った。ただし、勝負所のある将棋になるか、上手が追いつめられて、さらに紅潮する場面となるかどうかについては全く自信がなかった。もし、有吉さんの顔が赤くなったら、それで今回の目的のひとつが達せられたと言っていいだろう。

有吉さんは、文壇で言うならば、左様、黒岩重吾さんと立原正秋さんを足して二で割ったような美貌の持主である。黒岩さんも立原さんも激しい感情をぶちまける。黒岩さんは熱気の人であり、立原さんは鋭利直截《ちよくせつ》の人である。しかし、有吉さんの外貌は一見して、坊ん坊《ぼぼ》んである。すなわち、闘魂は内に秘められているのである。

こういうことも聞いた。

有吉さんの駒は、将棋盤の筋の手前のほうにつけてならべられるという。そういう棋士は有吉さんだけである。遠慮をしているのか、手もとに引きつけておいて飛びだそうとしているのか。それも見たいと思った。

僕等両名が宝塚温泉に到着したのは、五時半に近かった。少女歌劇の町である。そのことを忘れていた。

ある建物の前に少女達が簇《むら》がっていた。そこが生徒達の通用門でもあるのだろうか。とにかく少女達が蝟集《いしゅう》していた。

とたんにミヤ少年が落ちつかなくなった。悪い所へ来ちまった。

宝塚音楽歌劇学校規則によれば、

「第21条　本校生徒ハ志操ヲ堅固ニシ専心技術ノ上達ヲ計リ常ニ奮励努力ノ精神ヲ忘ルベカラズ

第22条　礼儀ヲ重ンジ以テ本校生徒タル本分ヲ全ウシ苟《イヤシク》モ軽佻浮薄ノ挙動アルベカラズ

第23条　本校生徒ニシテ規則ヲ遵守《ジュンシュ》セズ若クハ本校ノ体面ヲ汚ス行為アルトキハ譴責停学若

クハ退学処分ヲ行フ」
などとなっているから、いくらミヤ少年がハッスルしても駄目だ。

小さな湯の街《まち》宝塚　生まれたその昔は
知る人もなき少女歌劇　それが今では
青い袴と共に誰でもみんな知っている
おお宝塚　TAKARAZUKA

おお宝塚　我があこがれの美の郷《さと》
幼き日のあわき夢の国
歌の想出なつかしき
おお宝塚　TAKARAZUKA

朱塗りの反り橋長い廊下
三人猟師落ちた雷
忘れ得ぬ昔の想出よ　けれど今もなお

宝塚の歌きけば懐しい思いは同じ
おお宝塚　TAKARAZUKA
（『パリゼット』より）

宝塚温泉七福荘。前に書いたように今期名人戦第二局の行われた旅館である。すると、それが物凄く立派な、物音ひとつしない静かな旅館であるかというと必ずしもそうではない。悪いと言っているのではない。上等な旅館である。しかし、名人戦の行われた旅館だと聞いたら、朝日新聞の人が懇意にしているのだなと思ったほうが間違いがない。それに、大盤解説のための大広間のある旅館だと考えるべきである。

武庫川に面して離れが何軒かあり、七福神の名が冠せられている。僕等両名が泊ったのは福祿荘。これは中原八段の部屋である。対局場となる寿老荘は大山名人の部屋。名人戦の行われたのは布袋荘である。

夕食後、僕等は町へ出た。

どうも宝塚というのはツマラヌ町である。

「我があこがれの美の郷」なんてもんじゃない。というのは、歌劇が七時に終ってしまうと、店が戸を締めてしまう。「窓にうつるは／老いも若きも／アベック／みんなアベック」なんて歌がある。僕は宝塚というのは、シルクハットをかぶった青年とロングドレスのお嬢さんが手を組んで宵闇を散策している町かと思っていた。大きにそうじゃない。

旅館の女中さんが、こう言っていた。

「そりゃ（歌劇は）きれいやわ。きれいことはきれいやわ。そやけどわてらやかましゅうて。そら、きれいことはきれいねんで。そやけど（音楽が）どひゃあぱひゃあいうてね、やかましゅうて耳が痛うなりますわ。こんなところにおりますとね、話の種にも見ておかんならん。それから生徒さんもようけ見えますねんけどね、そらよう食べはりますわ。よう飲みはって、やかましいこと」

ミヤ少年、腐って、お土産に「ヅヵ乙女（菓子）でも買って帰りますか」なんてヤケクソみたいに言う。

宝塚は歌劇の町であるけれど、同時に動物園の町でもある。片方に処女がいっぱい寝ているというのに、片方で動物の臭《にお》いがするというのも妙な気のするものだ。ときどき暗闇に何かが吠える。

「アシカですね」

と、少年が言った。

部屋にもどったが、どうにも寝られないのである。

僕、今回は、肉体条件だけはよくして戦おうと思っていた。前回は、ほとんど睡眠不足か泥酔のあとで戦っていた。それだけは、なんとしても避けようと思っていた。

ミヤ少年は眠っている。申しわけないが、電気をつけて書物なんかを読む。

僕は、何度かミヤ少年と同室で寝ていた。知らぬ仲じゃない。良い家庭の坊ちゃんで、性情温和な少年であり、スポーツマンである。

しかしながら、やっぱり、他家の人である。眼鏡を取ると別の顔になる。そういう彼が、若いから寝相が悪く、夏掛けから尻や太股《ふともも》が出ていると、気になるのである。今度から別の部屋にしてもらおう。

翌朝、ミヤ少年に、僕のイビキがひどくて寝られなかったでしょうと言った。少年、顔をあからめて叩頭《こうとう》した。自慢じゃないが、僕、鼾声雷の如し。してみると、僕が眠っていたときには少年は起きていたのだろう。僕だって眼鏡を取り、イレ歯をはずすと物凄い顔になる。

4

十一時になって、記録の金子義昭二段、十二時に有吉道夫八段があらわれる。

有吉さんは夫人の運転する自動車で来られた。盤を持ってこられたためである。

この夫人が美しい。勝負師の夫人は、がいして美人が多い。

僕は、しかし、有吉夫人は、有吉八段の、万人の等しく認めるところの最も美しい顔となるときを知らないのだと思って、ちょっと奇妙な気がした。

持ってこられた将棋盤が逸品だった。前記高松宮賞を受賞されたときに記念に購入されたのだという。それによって有吉さんの人柄がわかるような気がした。しかも、その盤は使われていずに、有吉さんは今日初めて指すのだという。

昭和四十七年五月二十五日
兵庫県宝塚温泉『七福荘』
血涙十番勝負（角落）第一局
上手☖有吉道夫八段
（持時間、各二時間）

☖8四歩　☗7六歩　☖8五歩　☗7七角　☖6二銀　☗7八銀　☖5四歩　☗5六歩
☖6四歩　☗6六歩　☖5三銀　☗5八金右　☖4四歩　☗4六歩　☖4二王　☗2六歩
☖3二王　☗6七金　☖4二金　☗6八王　☖7四歩　☗7九王　☖6二金　☗6八角
☖7三金　☗7七銀　☖9四歩　☗7八金　☖8四金　☗2五歩　☖7五歩　☗同歩

☖同金　☗7六歩　☖7四金　☗4八銀　☖3四歩　☗2四歩　☖同歩　☗同飛　☖4三金
☗3六歩　☖2三歩　☗2八飛　☖7三桂　☗4七銀1　☖2二銀　☗8八王1　☖1四歩
（第1図）

駒をならべおわって、ふきだしそうになった。なるほど有吉八段は駒を下の線にそろえて置く。癖なのだろう。

有吉さんが8五歩と伸ばしてきたのは、ごく普通の指し方である。8四歩ととめておく指し方、あるいは飛先を突かぬ指し方がある。

5三銀のとき、有吉さんは、

「どうぞリラックスなすって。私も戦後ですのでズボンのほうが多いのですが……。昔の人はいつまでも正座で感心しますねえ」

と言われる。有吉さんは羽織袴である。何度も挑戦者になった人はやはり違う。僕は背広でスポーツシャツである。ネクタイをしめなかったのは今回が最初である。

上手の5四歩に5六歩、6四歩に6六歩、4四歩に4六歩は、角落では上手に位をとられてはいけないからである。それくらいは知っているのだ。

上手の4二王に2六歩と突いたのは、ここをひとつ突いておけば飛先の歩の交換を拒否され

(第1図は△1四歩まで)

　　９８７６５４３２１
| 香 | | | | | | | 桂 | 香 |一
| | 飛 | | | | 王 | 桂 | |二
| | | 歩 | | 銀 | 玉 | 歩 | |三
| 歩 | | 玉 | 歩 | 歩 | 歩 | 歩 | | 歩 |四
| | 歩 | | | | | | | |五
| | | | 歩 | 歩 | 歩 | 歩 | | |六
| 歩 | 歩 | 銀 | 金 | | 銀 | | | 歩 |七
| | 王 | 金 | 角 | | | | 飛 | |八
| 香 | 桂 | | | | | | 桂 | 香 |九

☗山口　持駒　歩

△呉清源　持駒　なし

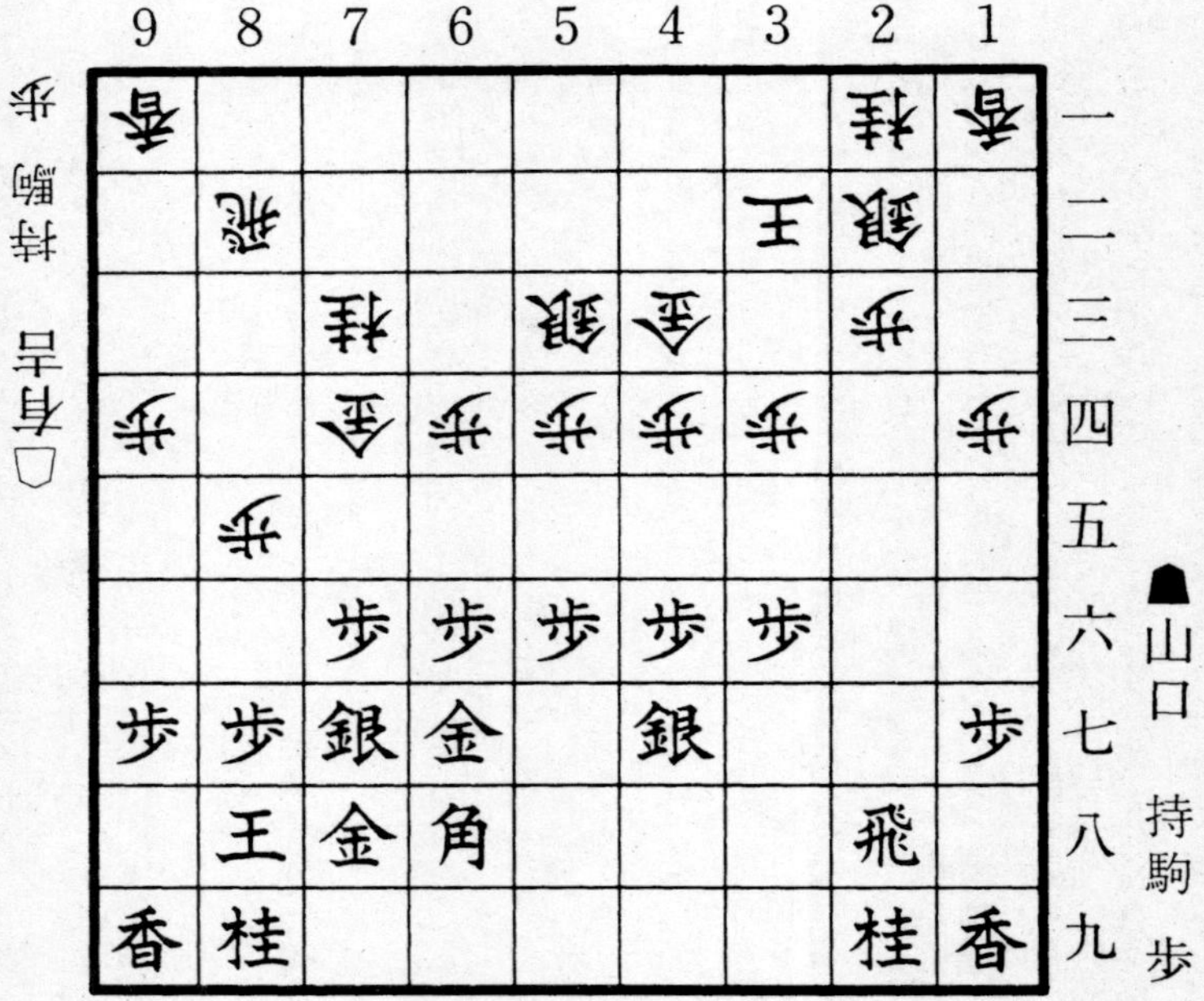

ることがないという意味。絶対に交換しなければいけないということはないが。

ここまで僕がほとんどノータイムで指したのは、きまった手順ということもあるけれど、駒組のときに時間を使わず、ここぞというときに長考する意図。角落は激しい戦いになるので、それが指し方のコツである。（そうはならなかったが）

さて、上手の1四歩にどう挨拶するか。

第1図からの指手

▲4五歩1　△同歩　▲3五歩　△同歩1　▲同角　△3四歩　▲2六角1　△6五歩1
▲3七角5　△8一飛2　▲3六銀10　△6六歩11　▲同銀2　△8六歩　▲同歩
△6五歩4　▲7七銀7　△8五歩6　▲7五歩5　△6四金　▲7六金6　△5五歩
▲同歩7　△4四銀　▲6三歩6　△同金3　▲4八飛3　△3三桂　▲2六角2
△8六歩　▲8三歩6　△同飛1　▲8四歩1　△同飛　▲8五歩1　△8二飛
▲8六銀1　△5六歩1　（第2図）

第1図は上手1四歩と突いたところであるが、ここは1六歩と受けるのが正しい。その意味は、後に上手は3三桂とはねるのであるが、激戦となって、たとえば2一王から1二王とでも

なったときに、端王に端歩で、下手の1六歩が大いにモノを言うはずだからである。第二に、こうやって上手に手を渡すほうが得策だからである。上手に攻めさせるのである。

というのは、上手も下手も金銀三枚で王側を固め、お互いに矢倉《やぐら》くずしの形になっているのであるが、下手のほうは角一枚が加わっているのであるから、攻めあいになれば下手のほうが有利という考え方である。

もっと言えば、下手から攻めても、なかなか上手陣を潰せないのだから、角のない上手に攻められても少しも怖がることはないということである。

それならば、なぜ僕は1六歩と受けなかったか。

第一に、下手の駒組みは頂点に達しているという考え方である。下手の王側の端歩（9六歩）は、上手7四金の動きを見てから突けばよい。1六歩は省略しても攻めきれるのではないかという考え。

第二は、同じ負けるにしても、攻めのアヤをつくっておいたほうが僕の棋風に合っているのではないかという考えである。この考えは、実は、すでにして敗北的である。僕は上手からの攻めを受けきる自信が無いのである。そうとすれば、4五歩、3五歩と仕掛けておいたほうがミットモナイ負け方をしないですむ。上手の王が手つかずということにはならない。

上手からの、6五歩、7五歩、8六歩という攻め。あるいは6二飛の協力。あるいは9五歩からの端攻め。これが見えているような気がしてアセルのである。本当は、上手の攻めを受けきる自信がつかなければ角落は卒業できないのであるが。

第三に、上手の3三桂または3三銀を待たずして攻めたほうが有効なのではないかという考えもあった。このへんのところはどうなのだろうか、専門家の意見をうかがいたい。

まあ、実際は、上手の攻めがこわいのである。こわいから、こっちから行く。

ここが、ひとつの勝敗のわかれめだった。

僕の3七角はどうだったのだろうか。有吉さんは「クロイ（玄人《くろうと》っぽい）手だ」と言われる。そうかもしれないけれど、僕自身は、こういう手ではなかなか勝ちきれないと思っている。やはり6五同歩が正着なのではないか。

下手の7七銀は失着である。強く7五銀と出て同金に7三角と成るところだった。実戦では、こういう大胆な、というより勝負をきめてしまう手が指せないものである。

7六金は好手だと思う。ここでは面白いと思った。

6三歩も悪くない。同金とさせて、7二銀打ち、5二銀打ちを狙う。

このとき、ミネラル・ウォーターを注文する。二本目である。

「むかしは六甲の水がおいしかったんですがねえ」

と、有吉八段。そういえば、平野水というものもあった。

（第2図は☖5六歩まで）

☗山口　持駒　歩二

☖有吉　持駒　歩四

6三歩はよかったが、4八飛が大失着。というのは、後に見られるように、5六歩と垂らされて後手をひくからである。飛は2八の位置のほうがいい。

第2図からの指手

☗5八飛3　☖8四歩　☗同歩2　☖8五歩　☗7七銀　☖8四飛　☗8七歩1
☖6四金1　☗5六飛3　☖8六歩2　☗同歩4　☖7四歩1　☗8五歩8　☖8一飛
☗8六銀7　☖5五金7　☗同飛7　☖同銀　☗6二角成　（第3図）

こう長くなっては駄目だ。有吉さんも、中盤の長い将棋になりましたねと言われた。

僕が8七歩と受けたのに対して、三手後にまた8六歩とやってこられたのには驚いた。このあたりの8筋の歩のやりとりは面白いと思う。ただし、こういうところで、下手は神経と時間をつかわされてしまう。

下手が5五同飛と切ったのが大悪手。このへんでは疲れてしまって、辛抱できなくなったという気味もある。5九飛、5八歩、6九飛あたりか。

僕は、上手2二銀が壁になっているうちに左翼から攻めようという気持もあった。6二角成から7三馬と根元の桂を取って、それが5五の銀に当るのは気持のいい手だと思っていた。

（第3図は▲6二角成まで）

それにしても、決断の時機のなんとむずかしいことか。僕が決断すると必ず尚早であり、逡巡すると逸機になってしまう。

第3図からの指手

☖3九飛2　☗7三馬2　☖4四銀　☗4七銀1　☖8七歩　☗9八王3　☖2九飛成

☗3六桂　☖6六桂　☗同金　☖同歩　☗4四桂　☖同金　☗3六桂　☖5四金7

☗7二馬2　☖8八金　☗同金　☖同歩成　☗同王　☖7六桂　（投了図）

まで百二十七手にて有吉八段の勝ち。消費時間、上手五十分、下手一時間四十九分。

上手の3九飛が憎い手。ふつうは3八飛、あるいは5六飛と金銀両取りに打ちそうなものだが、ボンヤリと3九飛。これが2九の桂を取って6六桂打を狙っている。

僕の4七銀が3六桂打をつくって好手だったのだが、次の8七歩に対して9八王と逃げたのが敗着。

ここは同王の一手で、8九飛成に8八金と寄る。9九龍には8九金打があるから、4九龍ぐらいだろう。そこで、もうひとつ5六銀と逃げるのが、また好手で、以下、9五桂なら9六王で、8四歩から8三歩成があり、上部への脱出が可能だから大楽勝であったという。

（投了図は△7六桂まで）

△有吉 持駒 金歩二

▲山口 持駒 金二銀歩五

僕は6六桂の痛打に気づかなかった。

ただし、棋譜を送った将棋連盟から、9八王でも勝ちがあったという連絡があった。僕にはわからない。6七歩とでも打つのだろうか。

ともかく6六桂を喫してギャフンとなった。さらに5四金で中央への遁走の道もふさがれた。投了図では詰んでいる。

5

「もういいんじゃないですか」

と、僕が言った。

四十四年の名人戦で、三勝三敗となったとき、有吉さんの心中には複雑なものがあったと思う。

「やっぱり迷いましたね」

将棋の世界では、特に名人戦では、タイトルを取るか取らないかで収入が大きく違ってくる。むろん、名誉もある。大山名人の弟子の有吉さんが悩んだのは当然であり、自然である。

今期の王将戦では、ひたすらに勝ちたかったという。ようやく、そういう心境になれたのである。大山名人が引退しても、十五世名人となることが決定している。大山さんのことだから、その生涯を養うだけのものを蓄えてあるだろう。むかしの名人戦のような悲惨なことにはならないはずである。

そうして、その時期は逼《せま》っているのである。なろうことなら弟子の有吉に、と大山名人は思っているにちがいない。

僕は、有吉さんに駒のならべ方について質問した。

「えっ？　そうですか。それは気がつきませんでした」

「おかしいなあ。みんな言っていますよ。僕でさえ知っているんですから」

「はじめて聞きました。……癖なんでしょうねえ。それと、駒を取られないように大事にしているのと違いますか」

純粋な人である。邪念がない。それを人は美しいという。まっすぐで美しい人が笑った。

僕たちは、あわただしいような夕食をすませ、また新大阪駅へむかった。

「お強いですねえ」

ホームまで送りにきてくれた金子義昭二段が言った。

「ほんとに強いですねえ」

僕はもうお世辞を言ってもらいたいとは思っていない。お世辞ではなくて、プロに叱ってもらえるような間柄になったつもりだし、そういう心持にもなっている。

「こんなに強い人をはじめて見ました。よくあんなに飲めますねえ」

なあんだ、酒のことだった。

「有吉さん、赤くなったかね」

こんどは僕がミヤ少年に訊いた。

「えっ？」

少年は突嗟には理解できなかったらしい。僕は、有吉さんが対局中に顔面が紅潮するかどうか、少年に見ていてくれるように頼んでいたのである。

僕自身は対局中に相手の顔を見るようなことは出来ない。上眼づかいにチラッと見るようなことは上手に対して非礼となる。

しかし、実を言うと、今回は一度だけ、見たのである。そこに狙いがあったのだから……。ちょうど百十手目、４七銀と引いたとき、有吉さんのほうを見た。自分でも好手だと思っていた。こちらは金銀三枚の手つかずの堅陣。敵は生《なま》の飛車一枚。優勢だと思っていた。

僕にはわからなかった。白いのか、赤いのか。そうして、その直後に、９八王という敗着を指してしまったのである。

「なりましたよ。ポーッと赤くなりました」

「なったかね」

「何度か見ましたよ」

「お化けを見るみたいな言い方はよせよ」

そう言いながら、自然に私は笑っていた。

「きれいでした、目が……」

「それじゃあ、タイトルは、白面紅顔でいいかね」

「……?」

「白面紅顔、有吉八段でいいだろうか」

「………」

「おかしいかな、言葉として」

「いや、いいと思いますよ」

その瞬間に、僕は有吉さんの年齢を思い、いまが指しざかりだと思った。

第二番　神武以来の天才、加藤一二三九段

1

「小説現代」誌先月号に掲載された、東京の土屋隆さんのお便りに、まずお答えしたい。

土屋さんのお便りを再録する。

「山口瞳氏へ『続 血涙十番勝負』のうち第一番『白面紅顔、有吉道夫八段』を楽しく拝見しました。氏も言われるように、プロを相手の角落は、アマチュア名人といえどもなかなか勝てないというハンデ。それなのに少しずうずうしいのではないかとも思いますが、十番指しおえた時には二、三番は入っているという私の予想です。初段を取りたくて千駄ケ谷の将棋会館に通ったころ、山口（英）さんとか米長さんが指導に現われておられましたし、大会などで幾人もの棋士にも接していますので、なお一層の対局が楽しみです。氏など作家諸氏の頭脳も特別構造ですが、それが、プロ棋士の人間コンピューターぶりにどこまで通じるか、心から声援を

送りたいと思います。頑張って下さい」

この土屋さんという方は相当に強いと思う。平手で指せば、おそらく僕は負けるだろう。角落という手合いは「少しずうずうしい」というあたり、おっしゃる通りである。アマチュア名人でも勝てないのだから、貴君の棋力では蟷螂《とうろう》の斧だと言われても仕方がない。もうひとつ言うならば、僕がアマチュア名人と指すならば、手合いは角落になると思う。実際に角落戦を申しこまれたこともある。正直言って、角落では、こちらに自信がない。なぜかというと、アマチュア名人というのは、正確に言ってセミ・プロなのである。将棋教室を経営しておられる方もいるし、かつての奨励会々員もいる。そんな人に勝てるわけがない。

それなら、そんな手合いで、どうしてプロの高段者に挑戦するかといえば、それはもう僕の性分だと言うより他にない。世の中には負けるのを承知で突っこんで行く型の男と、勝たなければ厭だという実利一点張りの男とがいる。僕は、どう考えても前者のタイプである。破滅型である。「血涙」と銘うつのはそのためである。しかし「破滅型」が勇気ある男と言うつもりはない。むしろ逆である。多くは、どうせ負ける相手なのだから、負けるのは当りまえだという抜け道を考えたうえでの勝負である。真に勇気ある男とは後者であると僕は考えている。僕は小心で卑怯な男である。それが破滅型になると考える。ところが、僕には、どうやら破滅型（賭博者タイプ）と実利型（サラリーマン・タイプ）の両者が共存しているように思われてならない。それでもって、だから、いつでも混乱してしまう。僕における人生はスッキリしない。悩みは果てなし。渾沌《こんとん》である。渾沌が分裂する。いつでもわけわからずに酒ばかり喰らってしまう。僕は批評家に庶民派だと言われることがある。友人達にはお前は実はハイソサエティだと評される。ああ僕の如き悩める一箇の卑小なる渾沌はどうしたらいいのだろうか。右顧左眄《うこさべん》する。要するに頭が悪いのだ。ミットモナイと言って女房に叱られる。もうこんな話はやめよう。ただ、僕の頭脳および心的状況は将棋指しには極めて不向きだということだけは諒解せられたと思う。不向きだけどヤル。だから困る。なんだか、僕が僕をつくづくと観察するに、寿司屋の小僧が流行歌の作詞に凝《こ》っているのを見るような気がする。救いが無い。寿司屋の小僧の頭のなかは、ヤルセナイとかムセビ泣キとか港ノ灯リとか雨ニ濡レル舗道とかという言葉で満たされていると思う。そうして、実際に、ここが肝腎なのだが、彼は遣瀬《やるせ》ないんだな。

しかしながら、僕が高段者に角落で挑戦して絶対に勝てないということはない。そうでなかったら、この企画、そもそもが先生方に失礼になる。そうでないという証拠を、まず、お目にかけよう。

以下は飯野健二三段と戦ったときの棋譜である。僕は米長邦雄八段にも山口英夫五段にも勝ったことがあるけれど、ナレアイと思われるのが厭だから、初手合いのほうを御披露しよう。

飯野さんは、順調にいけば八段まちがいなしという、十八歳の、有望な少年棋士である。文士

の道楽将棋に負けてなるものかと必勝の意気で指したと後で語ってくれた。（むろん、手合いは角落である）

☖8四歩　☗7六歩　☖5四歩　☗5六歩　☖6二銀　☗7八銀　☖6四歩　☗6六歩
☖5三銀　☗5八金右　☖7四歩　☗6七金　☖4二王　☗4八銀　☖3二王　☗2六歩
☖5二金右　☗7七銀　☖4四歩　☗4六歩　☖2二銀　☗2五歩　☖3四歩　☗2四歩
☖同歩　☗同飛　☖4三金　☗6八王　☖6二飛　☗7八王　☖9四歩　☗9六歩
☖6五歩　☗同歩　☖同飛　☗6六歩　☖6一飛　☗7九角　☖3三桂　☗2八飛
☖2三歩　☗3六歩　☖1四歩　☗1六歩　☖5二金　☗4七銀　☖7三桂　☗8八王
☖6四銀　☗7八金　☖9五歩　☗同歩　☖8五桂　☗8六銀　☖6五歩　☗5七角
☖5五歩　☗同歩　☖同銀　☖6五歩　☗4五歩　（第1図）
☗8四角　☖6六歩　☗同金　☖同銀　☗同角　☖6五飛　☗6七歩　☖5五金　☗同角
☖同飛　☗5六歩　☖5三飛　☗4五歩　☖4六歩　☗同銀　☖5六飛　☗5七銀打
☖同飛成　☗同銀　☖5五角　（第2図）

（第1図は☖4五歩まで）

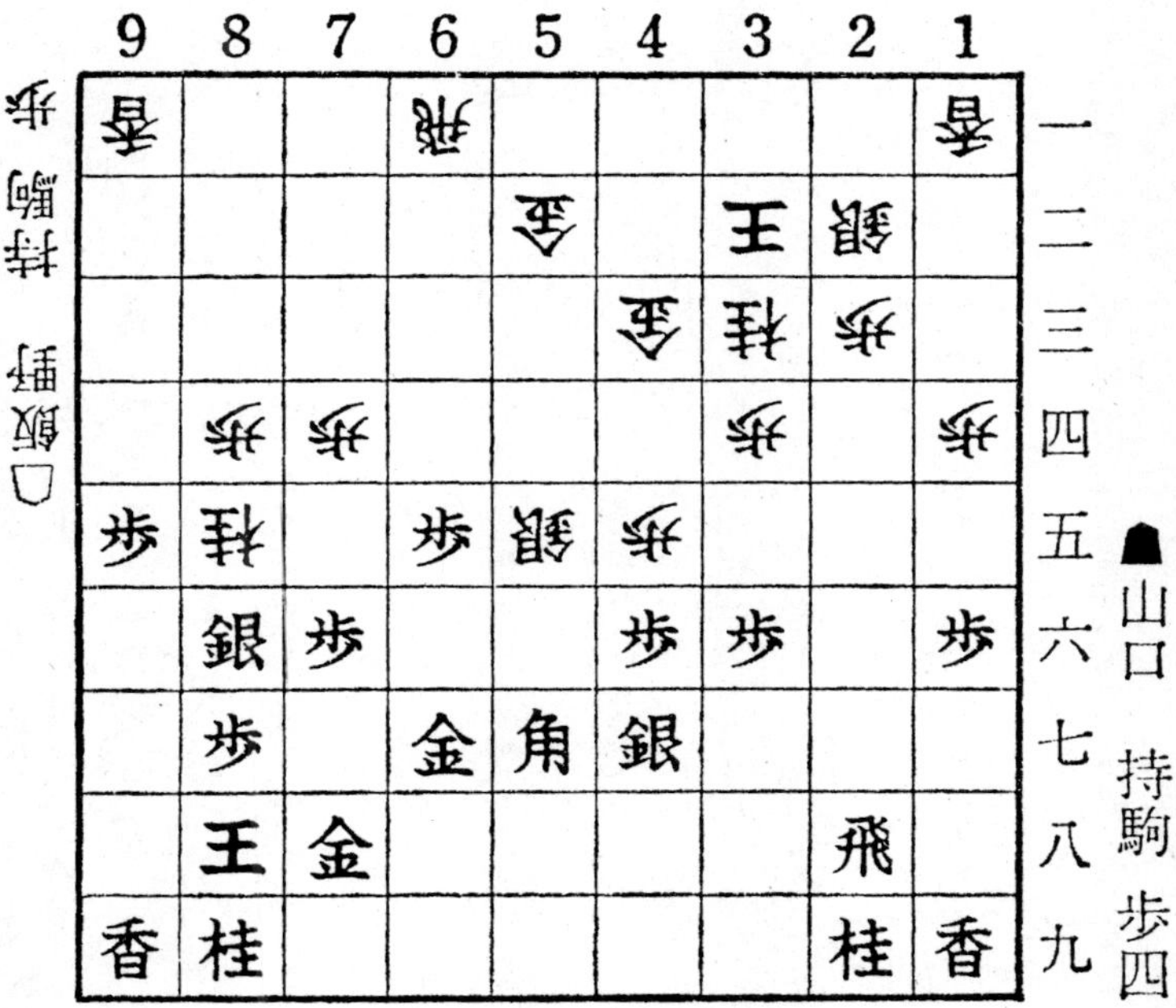

☗6六銀　☖2八角成　☗5八飛　☖5七歩　☗2八飛　☖5九飛　☗8五銀　☖3九飛成
☗4四桂　☖同金　☗同歩　☖2八龍　☗6五角　☖4一王　☗3二金　☖5一王　☗5三歩
☖同金　☗4三歩成　☖同金　☗7四角　☖5二銀　☗5三歩　☖同金　☗5四歩
☖6三金　☗同角成　☖同銀　☗5三歩成　☖7八龍　☗同王　☖4八飛　☗6八金
☖8六桂　☗同歩　☖8八金　☗同王　☖6八飛成　☗7八桂
（まで百二十一手にて山口の勝ち）

飯野さんは、中原誠が名人になったときの記念対局で角落で負けたという。その上手の戦法でやってきた。

☗9六歩。平手では矢倉に端歩受けるべからずというが、同じ勝つにも受けて勝つのが将来八段になれる将棋というのが米長八段の説。風格が違うそうだ。

☖5二金。これが中原流ではなかろうか。4二金か5二金かは難しいところ。本譜では後に微妙な綾が生じた。

☖4五歩で第1図となるが、ここでは下手が指し易いと思ったがどうだろうか。歩の数が違うというのが僕の見解である。

☗5五同角は悪手。3九角と引き、4六歩、5六銀打、同金、同銀とさばくところ。

（第2図は☖5五角まで）

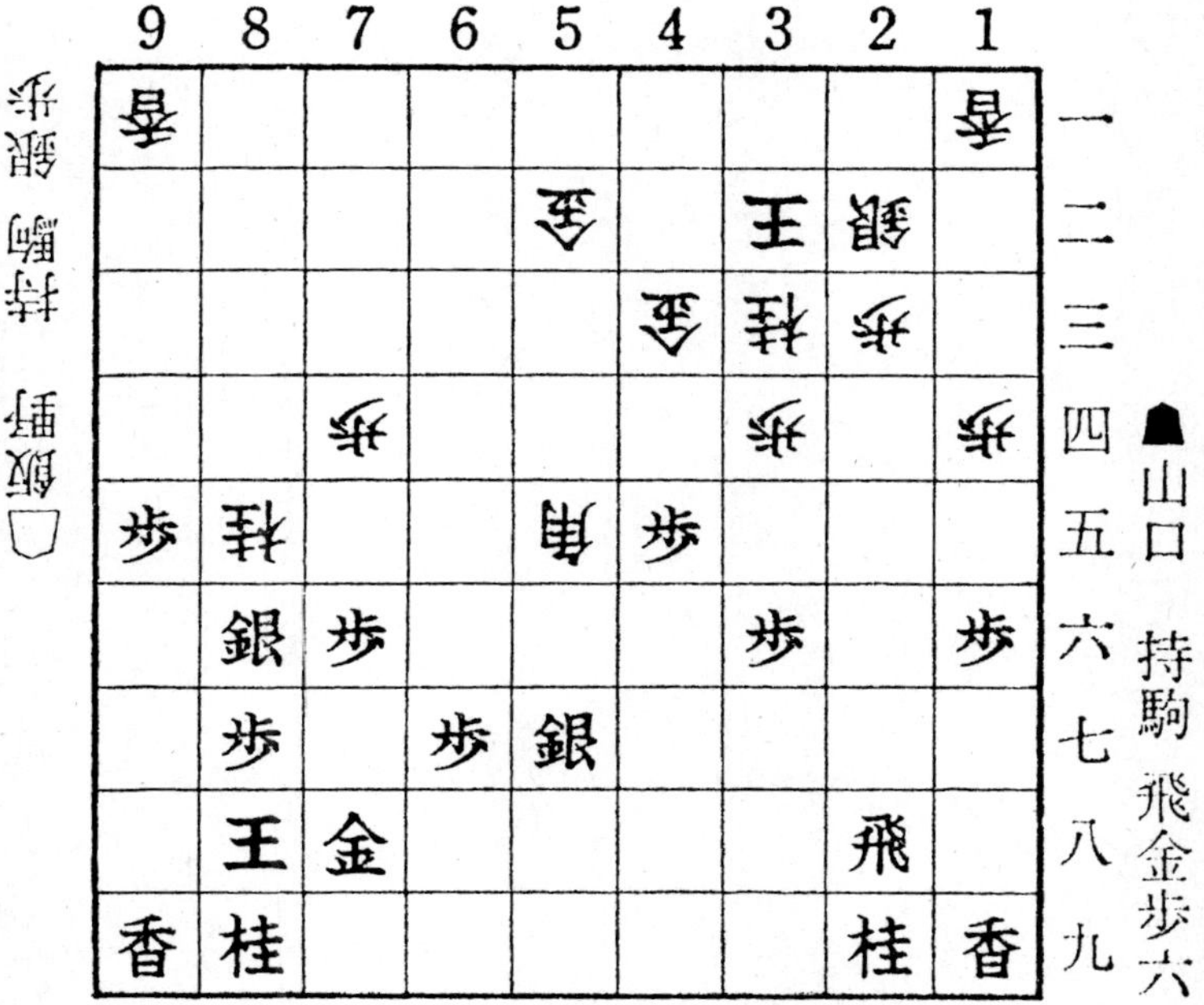

☖5五角。目から火の出る王手飛車と見えるが、あまりこわくない。前の5五同角からは一直線。上手の5二金の位置が、ここでは始末がわるい。

☗5三歩。ここは8三角と成って、次の7三馬（王手飛車）を見るところ。以下の攻手順で危うくなった。

この将棋、上手に失着があったわけではなく、角落で上手に攻めさせて勝つという僕の策戦が成功したのだと思う。

2

第二回目を加藤一二三《ひふみ》八段（当時）にお願いした。こうなったのは、中原名人の推薦および示唆《しさ》による。

第一番、有吉八段戦の掲載された「小説現代」八月号が発売された日に、中原さんはこれを買ってくださった。（有難い）その日、僕は中原さんと対談があり、遅くまで飲み、川崎市生田の彼の自宅まで送っていった。中原さんは読んでくれたという。ただし、棋譜は飛ばして前後だけを読んだという。（憎らしい）そこで、折角の機会だから、ならべてもらって教えを乞いたいと思った。

深夜、名人と対座して、棋譜をならべた。中原さんは多くを語らなかった。やはり、8七歩を同王と取っていれば下手勝ちであったという。

そのとき、僕は、角落の相手としてもっとも厭なのは加藤（一）八段だと言った。その意味は、加藤さんが矢倉の名手であるからだ。「なんでも矢倉」という人である。二枚落であろうが、飛落であろうが、居飛車で矢倉で戦ってさしつかえなしという考えを持っておられる。テレビ将棋で、時のアマチュア名人関則可さんを負かしたのを僕は見ている。この将棋、下手は最善手ばかり指しているようでいて、いつのまにか負けてしまった。狐につままれているような気がした。とてもいけないと思った。

僕の考えは、何人かと指して、一応は角落の指し方を会得したうえで加藤さんにお願いするということだった。九番目か十番目になるだろうと思った。

以上の考えを縷々《るる》説明した。これに対して中原名人は何と言ったか。

「加藤さんに指してもらえばいいじゃありませんか」

それだけしか言わない。てんで僕の考えなんか受けつけないのである。いや、そうじゃない。加藤さんを角落の名人だと考えているのなら、まっさきに加藤さんに指してもらうべきではないか。それが中原自然流の考え方なのである。逃げることはない。最初に堅い岩にぶつかれ。そうとも取れる。僕は、その考えに打たれた。

「そうでしょうか」

「加藤さんに教えてもらったらいいですよ」

どう考えても名人の言のほうが正しい。僕の考えに賛成したうえで、それならば、なおさら、加藤さんに指導してもらったらいいというのである。僕の考えは即座に決定した。中原名人、タダモノならず。僕は二十歳も若い彼に処世の道を教えられたような気がした。そうなんだ、いつでも、特に勝負の世界では、逃げてはいけない。こうやって、自然流は、自分の道をきりひらいてきたのである。そうでなかったら大山康晴に勝てるわけがない。


僕は「角落のココロ」を摑みたいと思った。飛落には「飛落のココロ」があり「飛落の顔」がある。同様にして、角落には「角落のココロ」がある。それが摑めれば卒業である。すなわち、下手が勝てるのである。

「飛香落のココロ」は、モタレコミであり、と金の速度であり、横から攻める兼ねあいであると思う。

「飛落のココロ」は、僕は6五位取り戦法しか指さないが、守りの構築の美しさにあると思う。ついで、仕掛けの時機であり、それは大駒をブッタ切ル時機の問題であり、縦から攻める。流れは緩やかである。

「角落のココロ」とは何だろうか。僕はキビシサにあると思う。角落では、それ以下の手合いとは違って、下手からの一方的な攻撃というものが通じない。すなわち、攻めあいとなり、そこにキビシサが生ずるのである。従って、角落では、中盤から「平手になってしまう」のである。すくなくとも、下手はそう思っていなければいけないし、それだけの覚悟が必要である。遅疑逡巡《ちぎしゅんじゅん》はいささかも許されない。手順前後などすると大きく響く。一手誤れば、まっさかさまに谷底へ落ちてしまう。つまりはキビシイのである。考えようによっては平手よりも流れは急激である。

技術的に言うならば、持っている歩の数の計算である。上手は、絶えず端攻めと継ぎ歩を狙ってくる。だから、それ以前に、歩の交換が必至となる。角落は「歩の戦い」でもあるのだ。下手も突き捨てを狙うのだが、一歩を渡したために潰されるという局面を計算していなければならない。そこにもキビシサがある。前記、飯野戦で僕が幸いしたのは、持歩の数が多かったからである。上手の8五桂が空振りに終っていることに注目していただきたい。

僕にわかっているのはその程度のことである。全部わかったときには卒業である。僕は「角落のココロ」に迫ろうとしている。

加藤一二三八段。

神武以来の大天才である。加藤の前に加藤なく加藤の後に加藤なし。十八歳で八段、二十歳で名人位に挑戦という記録は、今後、絶対に破れることはない。

長考派の筆頭である。超長考派と言ったほうがいい。誰に何と言われようと孤独の道を歩いている。

一二三ではなく、七八九であるという。それは秒読みになって、二十秒、十五秒、十秒、一二三四五六、七、八、九、と記録係りが読みあげた瞬間に指すからである。加藤さんは、駒を取り、高く持ちあげて、パッと指す。これは指しますよという意思表示であると思う。そうしないと時間切れになるおそれがある。おそらく、厳密にいえば、時間切れとなったことが何度かあったのではあるまいか。それは巨人軍王選手の一塁捕球の際の足の離れ方にも似ている。

加藤さんは色紙に「精読」と書く。正直な人だ。正直すぎる。他に書きようがないのだろうか。精読の加藤である。七八九の加藤である。

さらにまた、彼は空咳の加藤ともいわれる。緊張すると空咳が出る。将棋に没入する純度が高いのである。

さらにさらに、加藤さんは、パウロ加藤である。熱烈なカトリック信者である。多分、カトリック信者の棋士は彼一人だろう。日曜日には四谷の聖イグナチオ教会、関口台町のカテドラル大聖堂に礼拝に行く。

加藤さんに何故にカトリックに帰依《きえ》したかと訊ねると、彼は、自分は常に最善手を求めているが、人生において、カトリック信者になることが最善手であると思ったからだと答えた。この答、実は答になっていない。誰だって最善手を求めていると言えるのだから。ただ、加藤さんがそういう考え方をする人であり、そう考えているということは、かなり重要であると思う。加藤さんは本質的に攻撃型の棋士である。否、攻撃型の最右翼であるといったほうが正確だろう。かりに加藤さんが調和型（大山康晴のごとき）の棋士であったとしたら、あれほどの長考を必要としないだろう。

昭和四十五年度における加藤さんの成績は、三十七戦して二十勝十七敗、このうち対振飛車の将棋が十二局と圧倒的に多く、これが八勝四敗となっていることに注目すべきだろう。加藤さんは対振飛車の権威である。

対振飛車というのは攻撃の将棋である。この将棋には、位取り戦法という持久戦、もしくは調和型の指し方があるが、加藤さんは、これを厳しく拒ける。攻撃一辺倒である。特に5七金から4六金と出て行くのを得意とする。王側に置くべき金さえ攻撃に参加させようとする。

振飛車という守りの戦法、さあ攻めていらっしゃいというところへ突っ込んでゆくのだから、いっぺんに良くなるわけがない。わずかなわずかな、いわば千分の一ミリという利を求めるのだから、いきおい、長考とならざるを得ない。

加藤八段は苦悩する。これが孤独の道である。攻撃型の棋士は誰でも苦しむわけであるが、加藤さんの場合は求道者の形をとることになる。

世の中に最善手はひとつしかないという加藤さんの言葉を思いだしていただきたい。ある局面で、ＡＢＣという三手段があったとする。Ａならば決戦で五分のわかれ、Ｂならば優勢と思われるが変化が多く極めて難解、Ｃならば相手に手を渡して模様を見るという状況であったとしよう。普通の棋士は、今日は攻めたい気分になっているし、相手が受けに弱いからＡでいこう、どうも読みきれないが、いくらか良いらしいからＢを指そう、ここは手をきめにいかないで向うに考えさせたほうがよさそうだからＣといってみようということになる。ところが、加藤さんは、断じてそんなことはしない。最善手はひとつしかないはずである。その最善手にむかって苦悩するのである。時間などは問題ではない。持時間が一分を切って秒読みとなる。秒読みが十秒を切って「……七、八、九」となって、指さなければ試合放棄という寸前まで考えるのである。

なぜ長考するのか。加藤さんにインタービュウする人は誰でもその質問を発したはずである。僕はそういう馬鹿な質問をしなかった。なぜならば、加藤さんの長考は、彼の信念であり、道を求めることであり、彼の宗教であるからである。それは神の存在を問うことと同じになってしまう。僕には彼の答がわかっているのだ。すなわち、彼は「笑って答えない」という答を返してくるに違いない。

それが、加藤一二三八段の全人格であり、棋風である。

実際、将棋ファンのみならず、専門家の間でも彼の長考はしばしば話題になる。せめて終盤に三十分残していたら勝っていたのに、といったことである。はじめから六時間の持時間を五時間だと思って指せばいいのに——。また、現実に彼に忠告した先輩、評論家、ファンが何人もいたはずである。頑として彼は聞きいれなかった。長考を捨てることは神を捨てることである。僕にはそんなふうに思われる。下世話に言って、宗旨を変えることは、彼にとっては出来ない相談である。

それならば、と誰かが言うに違いない。長考は結構でしょう、しかし、それならば、加藤さんは、4五歩に二時間考え、相手同歩にまた一時間半考えているのはおかしいではないか。4五歩に同歩はきわめて平凡な応手である、二時間も考えたのだから、当然、4五同歩の対策も考えたはずである。こうなると、長考は単なる好みとなってしまうし、損だし、間違っているのではないか。

こういう疑問に対する僕の答も、きわめて明快である。そうではないのだ。加藤さんが4五歩と指したとき、最善手と思って指したことは指したのであるが、またしても、千分の一ミリという兼ねあいでもって、もしかしたら最善手は別にあるのではないかという疑問があったのである。自分は神ではない。そうして現実に4五同歩と取られてみて、もう一度、最善手にむかっての苦悩が始まるのである。もし、昔のタイトル戦のように、持時間が三十時間であったら、4五歩に十時間は考えただろう。制限がなかったら、面壁九年を要するかもしれない。そういう型の棋士である。

意地の悪い人は、加藤八段は家へ帰るのが厭なんじゃないかなんてことを言う。冗談じゃない。

加藤さんには弟子がいない。(これは僕の推測であるから間違っているかもしれない)加藤さんは稽古将棋の指せない人である。孤独な求道者は弟子をとるどころではない。しかし、たった一人の弟子がいるのである。それは、遠藤周作さんの一人息子の竜之介坊やである。遠藤さんはカトリック信者である。遠藤さんは渋谷に仕事部屋を持っている。これも僕の推測になるけれど、この部屋で、厳粛なる宗教問答の如き稽古が行われているのではあるまいか。高校一年の竜之介さんは僕の家に遊びに来たことがあるけれど、びっくりするくらいに強いし、態度の良さは無類である。もしかしたら、この師弟は、もはや勝敗を度外視して悟達の境地に達しているのかもしれぬ。

僕の師匠のヒデちゃんは競輪の名手である。従って……まあ、そんなことはどうでもいいや。

加藤八段における攻撃型の棋風(求道者タイプ)↓おそるべき長考と苦悩と悟達↓カトリック信者という図式は間違っていないと思う。その渾然一体が加藤八段その人である。

本年度の順位戦第一局、加藤・原田戦は、四百手を越して持将棋となり、明け方に指し直しとなり加藤さんが勝った。僕の伝え聞くところによると、持将棋となった第一局は、原田八段が優勢で、双方入王となり、駒数は原田八段が一枚多く、原田さんは、もう投げてもいいんじゃないかというソブリを何度か示したという。もう少し指したいと加藤さんが言い、結局、原田さんが相手王を詰めにいって持将棋になったという。加藤さんの面目躍如というところである。ネバッタのでもなく、勝負に執着したのでもない。彼はただ、最善手を求めて苦悩しただけである。

昨年度の王座戦の挑戦者決定戦は紀尾井町『福田家旅館』で行われ、同様の経過で差し直しになり、夜が明けてしまった。係りのミヨちゃんは嘆いていたけれど、これが加藤さんの信念であるのだから動かすことはできない。

いまから十年前、将棋界の趨勢は、ざっといって次のようなものであった。

大山名人は、全盛期を過ぎて、年齢的な衰えが感ぜられる。大山名人は二上八段に破れるだろう。しかし、二上八段の天下は、そう長くはあるまい。それは升田九段同様、創造派の宿命である。二上八段にかわって天下をとるのは加藤八段である。加藤さんの天下は、かの家康のように長く続くに違いない。

しかるに、十年経ったいま、大山さんは少しも衰えず、中原名人が誕生して、名実ともにON時代となった。

この間にいろいろのことがあったのであるが、それは端折《はしよ》るとして、どうしてこうなったのだろうか。神武以来の天才、加藤ピンちゃんは、いったい、どうしたのだろうか。

これが大問題である。

僕の如きが、この問題についてあげつらうのは不遜であるかもしれないが、まあ、勘弁していただきたい。

問題は、やはり、加藤さんの長考にあると思う。ナアンダと思うかもしれないが、まあ聞いてください。問題とするところは長考の質であり思考方法である。思考の組みたてであるといってもいい。

ABCDEの五手段が直感的に浮かんだとする。直感的にAが最善手、Bが次善手、CDEを凡手だと思ったとする。加藤さんは、まず、Eを検討する。Eにも枝葉がある。その変化を読む。ついでDに移る。Dを捨てる。Cへ進む。Cを捨てる。このようにしてAに達するのではあるまいか。だから長考になるのではあるまいか。そうして、僕の危惧は、Aに到達するまでに疲れてしまうのではないかということである。

さらにまた、こうも思う。

Aの上に「超A」あるいは「特A」があるのではないか。超Aから入ってゆく、特Aを探そうとする。いわば、とんでもない手から検討してゆく。それが、升田九段、米長八段、内藤八段であるような気がして仕方がない。どちらがいいというのでもないが。

加藤さんの将棋は正確無比である。精密機械である。しかし、僕思うに、加藤さんは、六段、七段の時代には、あっと驚くような妙手があったような気がする。いまの将棋は、何か、教科書を読まされているように思う。千分の一ミリの思考の積み重ねであって、そこからの飛躍に乏しいように思う。

以上は、まさに暴言である。一将棋ファンの外野席からの独り言だと思って聞き流していただきたい。

加藤さんは、彼の天分からするならば低迷を続け、ファンの期待を裏切っているといわれても仕方がないだろう。中原二冠、加藤二冠、大山一冠という情勢であっても少しも不思議ではないのである。僕等はそんな角逐《かくちく》を希《のぞ》んでいるのである。

僕は、すでにして、加藤八段は、その人格をあわせて、昭和期を代表する名棋士の一人だと思っている。僕の評が当っているかどうかは別にして、長いトンネルを突き抜けたならば大棋士になるだろう。昭和十五年生まれ。まだ若いのだ。一年のうち、三局や四局は飛車を振り、時にヒネリ飛車、横歩取りも指してみてはどうだろうか。苦悩するだけでなく、たまにはその道に遊び、楽しんでもいいように思う。そうでなければ、あまりにも痛々しい。将棋とはそういうものだと思う。たしかに、飛車を振るのは最善手ではないのだが——。

3

七月二十五日の朝、大橋克己（俳号巨泉）さんから電話が掛ってきた。

「青梅へ行くのに浴衣を着て行くのだろうか。それとも洋服で行ってむこうで着換えるのだろうか」

僕等は、将棋の駒の柄の揃いの浴衣をつくった。米長八段、山口（英）五段、安倍徹郎、赤木駿介のメンメンである。それでもって青梅へ行き浴衣温習《ゆかたざらい》をしようとしている。米長八段は大阪で対局があって参加できない。青梅で一泊し、翌日は僕と加藤さんとの対局という魂胆《こんたん》である。

「主人は明日対局がありますので、ちゃんとした着物でまいります」

電話口で女房がそう答えている。どうだい、おい、聞いたかい、明日対局がありますだってやがら。すっかり将棋指しの妻になったつもりでいる。僕、いい気分になる。僕の女房の名は治子である。ちかごろでは将棋仲間はこれをひっくりかえしてコハルと呼んでいる。

連盟へ遊びに行ったら、大山・内藤戦をやっていたなんて言うと、あら、王位戦のタイトル戦？　それとも十段戦の予選？　なんて聞きかえす。教育の精華かくのごとし。

将棋の駒の柄というのは、着物でも浴衣でも、どうしても下品になる。揃いの浴衣を造ろうと思って、僕は今年の始めから、神田の福山呉服店の若旦那を呼んで相談したりして、ずいぶん考えた。僕は、こういうところで長考する。『滝の白糸』の水島ともが序幕で将棋の柄の着物を着ていたことを思いだし、戦前の水谷八重子のブロマイドを取りよせたりする。どうもうまくない。やっぱり品がない。『双蝶々曲輪日記』の放駒長吉なんかもそうだけれど、これは駒が大き過ぎていけない。その他、歌舞伎にはいろいろあるが、どれもこれも感心しない。『宿無団七時雨傘』なんかは全員が格子縞であって、これを将棋盤に見たてればいいのだけれど、これはよくある柄であって、うっかりすると熱海後楽園ホテルという感じになってしまう。師匠が山口で僕が山口だから、山口組と染めぬこうかとも思ったが、何やら物騒な感じがしないでもない。

実に僕は悩んだ。寝ていても、盤の筋目やら駒やらがちらちらする。と金の「と」の字を小さく散らそうと思ったが、蟻が集《たか》っているようになりはしないか。相撲を見に行っても関取の浴衣ばかりが気になる。そういう何ヵ月間かを過したあとで、デザインはあきらめて、クルワツナギに駒散らしという出来あいの柄であつらえることになった。

出来てくると、大橋さんに言わせると、三波春夫の着るような派手なものになった。まあ、始終ニコニコしていればいい。仕立ての都合で、女でいえばワレメちゃんというあたりに「金将」がきてしまったが、これも止むをえない。

十二時、加藤八段、記録の飯野三段、山口五段、ミヤ少年、大橋夫妻、赤木さん、安倍さんが集合して、青梅市「坂上旅館」にむかって出発した。

僕にはひとつの考えがあった。

前回、有吉八段との一戦では、宝塚温泉の「七福荘」に泊り、ミヤ少年と同室だったので、おたがいに眠れなかった。翌日は午後からの対局であったので、午前中の時間をもてあましてしまった。

今回はそんなことのないよう、狭くとも僕は一人で一室をいただき、早く寝て、翌日は朝からの対局にしようというのである。朝ならば、僕の頭もいくらかはマトモでいるだろうと思った。

坂上旅館に着いて、その日は稽古日だから、加藤・大橋戦を皮切りに何番かの熱戦が行われた。僕は自重して一番だけ。それが冒頭の飯野三段との角落戦である。どうも、これを加藤さんに隣で見ていられたのはまずかったようだ。端歩を受け、上手に攻めさせるという戦法を知られてしまった。

大橋さんの顔が赤くなる。これが彼のいいところで、何事にも集中的に熱中する。二枚落で加藤さんに序盤で5五金と出られて面喰らったようだ。一局目はハッパフミフミになってしまった。大橋さんのよさは陽性で積極的であるところにあり、自分より強い人にも平気で挑戦する。鋭く狙ってくる将棋で、勝負強いのは、彼の師匠の米長八段の影響もあるだろう。自称、大橋宗桂の子孫である。

かくて、青梅の夜が暮れてゆき、和気藹々《あいあい》のうちに第一回の浴衣温習が終った。

しかるにだ、突発事故が起った。ヒデちゃんと安倍さんと僕との三人で寝酒を飲んでいるときに、意外や、ヒデちゃんが荒れたのである。うちの師匠は、そんなふうになる人ではない。ハズミというものだろう。また、それにつきあってしまった僕も悪い。自然に声が高くなり、離れに寝てもらった加藤さんも目をさましたという。僕が寝たのは四時であり、夏のことで、あたりはほの明るくなっていた。そういう関係で、ヒデちゃんと同室で寝ることになり、計画はオジャンになる。ああ、僕って駄目だな。そんなことより、加藤さんに迷惑をかけてしまった。稽古将棋を何番もつきあってくださったというのに。

昭和四十七年七月二十六日
東京都青梅市『坂上旅館』

4

血涙十番勝負（角落）第二局

上手☖加藤一二三八段

（持時間、各二時間）

☖8四歩　☗7六歩　☖6二銀　☗7八銀　☖5四歩　☗5六歩　☖5三銀　☗5八金右
☖7二金　☗6六歩　☖7四歩　☗4八銀　☖7三金　☗6七金　☖6四金　☗7七銀
☖7五歩　☗同歩　☖同金　☗7六歩　☖7四金　☗4六歩　☖6四歩　☗6八王
☖4四歩8　☗7八王　☖4二王　☗2六歩1　☖3二王　☗7九角　☖4二金　☗8八王
☖7三桂10　☗7八金　☖9四歩3　☗9六歩　☖6五歩9　☗同歩　☖同金　☗6六歩
☖6四金　☗4七銀　☖3四歩　☗2五歩　☖4三金　☗3六歩　☖2二銀　☗2四歩
☖同歩　☗同飛　☖2三歩12　☗2八飛　☖6三金　☗3七桂1　☖3三桂　☗1六歩
☖8五歩8　☗1五歩5　☖6五歩1　☗同歩　☖同桂　☗6六銀1　☖6四歩9
☗2九飛1　☖8六歩　☗同歩　☖同飛　☗8七歩　☖8二飛　☗2八飛2　（第3図）

角落では、下手に疑問手が二手あったら負けるという。一手にとどめなければいけない。そのうえに、さらに、下手に中盤以降に絶妙手が三手なければ勝てない。（下手の力からしての

（第3図は▲2八飛まで）

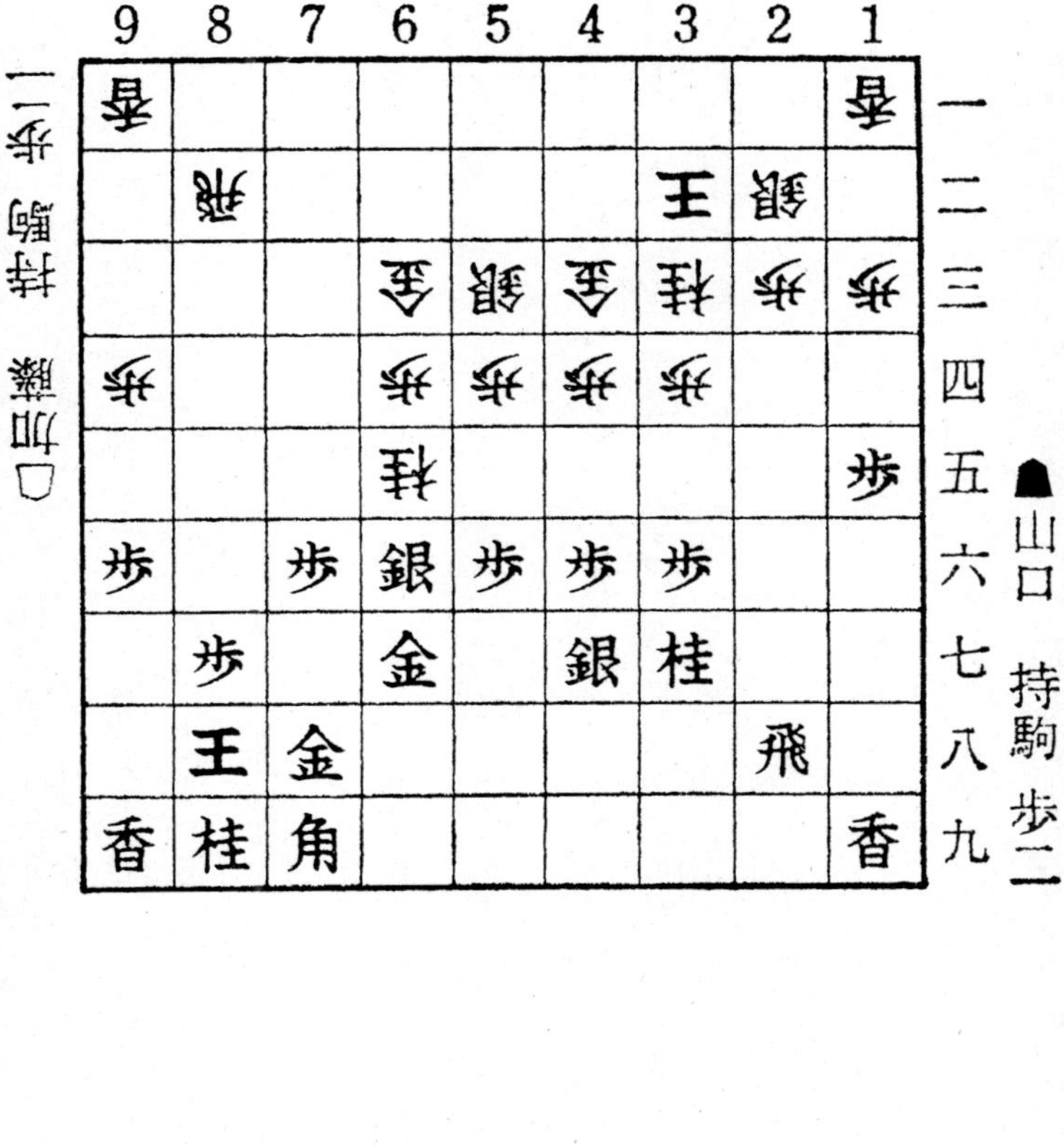

という。米長さんは、ナニ、普通に指せばいいという。その普通にというのが、なかなか指せない。

僕は、この企画では、どんな駒落将棋の書物よりもすぐれたものを書こうというのを、ひとつの狙いとしている。書物では、こうなったら下手が勝てるという、良くなることしか書いていない。上手の奥の手を書いたものは、まず絶無といっていいだろう。前篇の『血涙十番勝負（飛落篇）』は、どの飛落の定跡の書物よりも役に立つはずだと自負している。あれを読めば、初段の人だったら、間違いなく専門棋士に飛落で勝てるようになると確信している。今回も同様で、十番指せば、角落を卒業できるよう、僕は奮励努力するつもりである。大駒落に興味のある方は、ぜひ熱読されるようにお願いする。

今度の勝負、ひとつの興味は、加藤さんが秒読みになるかどうかということにあった。上手の消費時間に注意していただきたい。前回の有吉戦では、有吉さんが途中で顔面紅潮するかどうかが狙いだった。それと同じである。

△4四歩。ここで上手が八分考えているのは、その前の下手▲6八王が嘘手であり、それをとがめる方法がないかと考えられたのである。普通、下手は、7八金、7九角、6八角と矢倉を完成してから王を囲う。しかし、6八王と指すと一手得の意味があり、もし、上手にこれをとがめる手段が無いとすると、このほうがいいのではないかというのが僕の考えである。しか

し、この考えが後に、重大なる失着を招くことになる。

☖7三桂。ここでも十分考えられたのは（大駒落では大長考）6五歩と歩を交換するのとの比較を検討されたのだと思う。

☗9六歩。飯野戦と同様に端歩を受ける。来るなら来いである。

☖6五歩。ここでの長考は、端攻めの検討であったろう。来るなら来いなんて書いたが実際はヒヤヒヤしていた。

☗4七銀。5五歩なら、同歩、同金に、5八飛と廻り、5四金、5五歩、6四金、5六銀の意。従って、4七銀も、それを可能にする4六歩も大事な一手である。

☖2二銀。これが上手のひとつの奥の手である。飯野さんも同様であったが、2二銀とあがって固定し、これが壁と見えて左にあらず、2一王から1二王と逃げられるし、場合によっては2一飛からの反撃を準備している。

☖2三歩。ここでまた十二分考えているのは、9筋から端を攻めて香を取り、2三香打を狙ったもの。こっちはそんなことはわからないから、何を考えているのだろうかと不思議に思った。ノンキなもんです。

☖6三金。これが、ふたつめの上手の奥の手。攻めると見せて攻めてこない。上手としては、この形が受けの理想形なのである。加藤さんは最初からこの予定だったのではなかろうか。これは、今を去る何年前になるかわからないが、加藤さんの二段当時、升田九段にこう指されて困ったのだという。

それにしても、ここでこう引くということで、加藤さんがいかに居飛車一辺倒の棋士であるかということがわかるはず。普通はここで飛車の移動をはかるところ。

☗3七桂。上手が攻めてこないのだから、ゆっくり3八飛と廻って3筋の歩を交換し、3六銀と立つのが正着。これも加藤さんに教えてもらった。ただし、加藤さんも、対升田戦で3七桂と跳ねてしまったそうだ。

☗1五歩。矢倉に端歩受けるべからず。この格言を上手のほうが守っている感じ。上手陣型は僕は準矢倉だと思う。しかし、1五歩が悪い手だとは思っていない。

☖6四歩。これは、7七歩と6四銀を考えられたのだろう。あくまでも、受けの理想形を崩すまいとしたもの。しかし、上手として形をきめてしまうという難もあるそうだ。ここまで、加藤さんは一時間を使っている。下手は八分。

☗2九飛。疑問手というより、悪手。というより、凡ミス。まったく、うっかりした。ここでどう指すと聞かれれば、十級の人でも6八角と答えるだろう。まさに、前夜のタタリがここで出てしまった。上手に無条件で飛車先をきらせるなどは、もってのほか。

どうしてこうなったかというと、第一に、以前に加藤治郎八段に、下手必勝法は2九飛にありと教えていただいた先入観があったためである。２九飛は、攻めあいになったときに、３六歩と叩かれ、３七歩と成られたときの当りを避けるためである。しかし、ここでこう指す馬鹿はない。
第二に、４五歩、同歩、３五歩、同歩、同角、３四歩のときに６八角と引けば一手得をするという頭があったため。（それも嘘手）
第三に、上手が現在受けの理想形にあるとすれば、向うが動いたときに攻めようとする手待ちの意味。（実際は無意味）
いやはや全くお恥ずかしい。この２九飛で６八角とあがっていれば、上手がむずかしく、おそらく加藤さんの待望の一分将棋が見られたと思う。
☗２八飛。むろん、ここでも６八角が正着。僕は上手の８筋からの継歩を軽視していた。

第３図からの指手

☖７四金６　☗３五歩１　☖同歩　☗４五歩　☖８六歩３　☗同歩　☖８五歩　☗７五歩３
☖８四金　☗８五歩　☖同金　☗８七歩　☖４五桂５　☗４六角６　☖３七桂成　☗同角
☖７七歩10　☗同桂１　☖同桂成　☗同金直　☖７六歩　☗同金直１　☖同金　☗同金
☖８四桂　☗８六金２　（第４図）

☗3五歩。上手の陣型が変ったから攻めたのである。なんとアサハカな。ここでも6八角か。というのは、7九角のままでは攻撃だけで受けの役に立っていないばかりか、王の退路をふさいでいる。

☗8七歩。直接の敗因。ここは、8六歩と当て、同金、8七歩、7七歩、8六歩、7八歩成、同王と決戦するところ。すこし悪いだろうが、こうでなければならなかった。

☖4五桂。これが強烈だった。同桂では同歩で、次の7六桂でほとんど終り。といって、そこで6八角では、やはり7六桂。

☗8六金。7七金では、7六歩、7八金、8五桂でいけない。だいたい、7六歩なんか打たれるようでは駄目だと思った。ところが局後に聞いてみると、8五桂ではなく、4五桂と打って、4六角、3七金の予定であったという。それなら、6五桂と打って面白かったのだ。以下、4七金、5三桂成、同金、3四銀である。すなわち第二の敗因である。しかし実戦でそう指してくださるかどうか。

8六金と寄ったのは、8五歩、同金、7六桂、7七王、8五飛、7六王の意味。これなら、上手は歩切れとなり、まだ指せると思った。ところが指した瞬間に、9六桂と跳ばれる手に気づいた。9六桂で歩を取られたうえに、9五歩がきびしい。気がついたときには遅かった。

（第4図は▲8六金まで）

△加藤　持駒　金桂歩

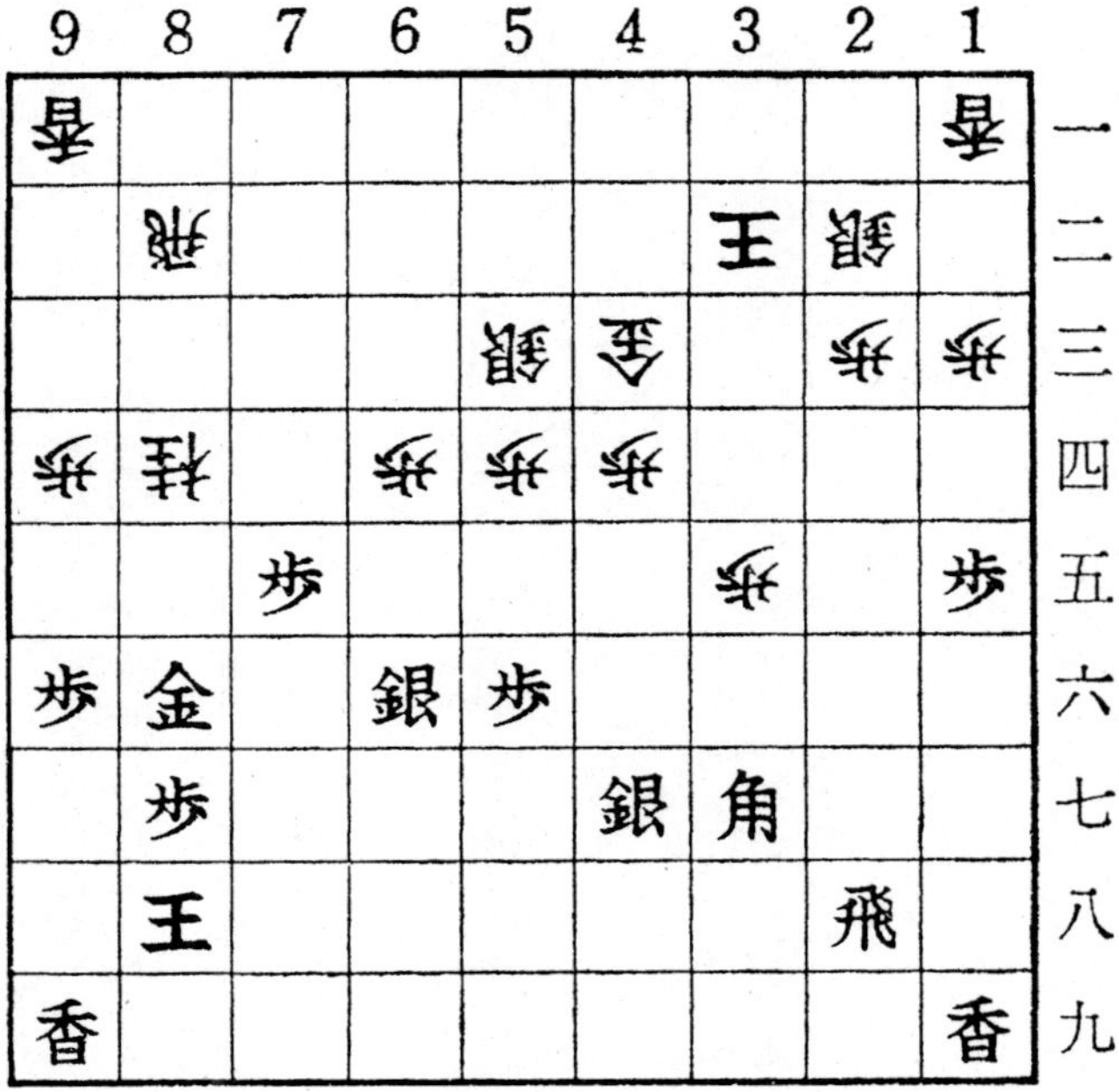

▲山口　持駒　金桂二歩五

第4図からの指手

☖8五歩1　☗同金4　☖9六桂　☗同香2　☖8五飛　☗7六金　☖8一飛　☗8四桂4

☖同飛　☗1四歩1　☖同歩　☗1二歩　☖9五歩1　☗1一歩成7　☖6七金

☗1二と2　☖9六歩1　☗2二と　☖同王　☗9八歩3　☖7八歩

まで百十七手にて加藤八段の勝ち。消費時間、上手一時間二十七分、下手四十八分。

第4図からは指しただけ。形をつくることもできない。完敗であった。こんどは頑張ります。

それにしても、加藤八段の対局態度は終始立派で、ただただ圧倒されるばかりだった。

第三番　東海の若旦那、板谷進八段

1

一通の手紙が来た。差出人は岡崎市のM氏となっている。その内容を要約すると——。

九月の二十六日に愛知県蒲郡《がまごおり》西浦海岸『銀波荘』で板谷進先生と一戦交えられるとのこと大慶至極に存じます。

進先生の将棋は捌《さば》きの将棋です。豆タンクが次から次へと手裏剣を投げつけるような棋風です。チナミダ十番勝負、小生の友人で十年先を見こして二十冊買ったのがおります。(筆者註。チナミダというのは、血涙をチナミダと読む書店員がいたということが将棋専門誌で紹介され話題になったので、わざとM氏がそう書いたもの。M氏の友人が十年先を見こすという意味がよくわからないが、とにかく有難い)

板谷一家(板谷四郎八段。その次男の進七段〈当時〉。弟子の石田和雄六段、大村和久六段、北村文男四段）は飛落四間飛車定跡と角落定跡は抜群に研究しています。四郎先生などは飛落四間旧定跡で行かないと機嫌が悪いくらいです。（僕は6五歩位取り戦法なので四郎先生はさぞ苦々しく思っておられることだろう。お目にかかったらぶっとばされるかもしれない）いままでの角落弐局を拝見するに、瞳先生は駒組の完成しないうちにミサイルを発砲されるので困ります。（その通り）駒組の頂点に達したとき、上手がいかに手を作るかが見たいものです。（お説の通り）反撃し、玉頭を盛りあげるのも上手が困るものです。（僕の棋力では無理）

流線形（6四銀、7三桂、6一飛、8四歩、5二金、4三金の形）の攻め方も山口英夫師範にトックンを。（僕は勉強しなかった）ほかの形は「将棋評論」に連載されています。（僕はその雑誌を知らない）

九月八日『銀波荘』で大山・内藤の王位戦が行われたとき、観戦に来られた板谷進七段は次のように語っていました。

「小説現代」の営業政策ということを考えると、三番目だから、負けてあげたほうがいいようなものであるけれど、名古屋ファンの気質を思うと、そうはいかない。

中日球場の野球を見てもわかるように、中日ドラゴンズが負けだすと、中日の選手までムチャクチャに野次《やじ》るようになる。

例の中日劇場での中原七段（当時）と石田六段との記念対局でも、最後は一手指すごとにオーオーという声が劇場にコダマし、中原七段の王がトン死して石田六段が勝ったからいいようなものの、あのときはどうなることかとキモを冷やしたものです。

従って、こんども山口瞳ごときに負けると名古屋ファンのために俺の体は蜂の巣のようになってしまうだろう。どうしても負けるわけにはいかない。

進先生はそう言っていましたが、とにかく瞳先生が勝たれたときは、小生は、、、金玉を抜き、、、、、ます。

文中、中日ドラゴンズの件、たとえば早稲田を出て中日に入団した森徹選手は、このために退団を余儀なくされたのである。右翼手であったのがいけない。ライト側外野席には熱狂的な中日ファンがタムロしている。それに彼は三振の多い打者でもあった。以後、中日には右翼手が育たないと言われている。名古屋人の気質かくのごとし。

石田六段の件も有名な話で、石田さんは感激のあまり舞台上で泣いたという。この感激には、ファンに野次られたり殴られたりしないようになったのでホッとするという安堵感もあっただろう。

ともかく、この手紙、一種の挑戦状ではあるまいか。板谷先生に勝ったらタダではおかない。そのかわり、小生は金玉を抜くといったような——

金玉を抜く?

いったい、これはどういう意味だろう。いくら考えてもわからない。

将棋を指すときに、金と玉を抜いて指すということだろうか。しかし、それでは将棋を指せない。そういうことなら、金玉を抜くではなくて、将棋をやめるとお書きになるだろう。

はて、わからない。

M氏の手紙を繰りかえし読んでいるうちに、僕の脳裏にひらめくものがあった。漫画家の東海林さだおさんなら「ハッ!」という文字を頭上に書くところだろうか。滝田ゆうさんなら、電球にパッと電気が灯る場面であろう。

しかし、まさか——。まさかそんなことはあるまい。

僕には「金二枚取られて寒き祇園かな」という秀句がある。これは京都の叢雲《むらくも》先生と将棋を指していて、金二枚を取られてしまって、ひどく寒いような思いをしたときのことを詠《よ》んだものである。そのとき、僕には微熱があったのだが。

金玉というのが僕の想像の通り、人間の男子の肉体の一部にして、かの鞦韆《しゅうせん》のごとく体外に排出して揺曳《ようえい》するものであったとするならば、それを抜くとはいかなる作業であり、そのことは何を意味するのか。男子が男子であることを放棄しようというのか。たかが将棋のために。

おそろしい……。おそろしいところだ、名古屋という土地は。自分の先生が負ければ金玉を抜いちまうという。熱烈、熱狂的なんてもんじゃない。僕はそのファン気質を形容せんとして、遂にその文字を探ることができない。アア！

睾丸は袋みたいなもののなかに収められている。袋みたいなものには縫目みたいなものがある。抜くということは縫目みたいなものを解《ほど》いてしまって、嚢中の珠を取りだすのだろうか。僕にはわからぬ。もっとも中国に宦官《かんがん》あり馬に騸馬《せんば》あり、古来から方法は考えられているのだろう。宦官汝を珠にすとはこのことか。

そんなことを考え、僕は眠られぬ幾夜かを過した。

M氏の手紙には「M屑繊維売買商会」というゴム印が押してある。このうちの屑だけをとれば屑屋さんである。繊維売買だけを見れば仲買人の如きものだろう。商会だけを取ると、何やら貿易商社のように思われる。M氏はそこの社長さんだろう。屑繊維売買商会というのが、これまたわからない。僕に悶々の幾夜かが過ぎたのである。

M氏は親切な方である。手紙を下さるだけでも親切である。しかも板谷七段流線形の戦法まで教えてくださる。これは一種激励の手紙でもある。そういう人の金玉を抜いてしまっていいものかどうか。眠られぬ悶々の幾夜さに、まだ見ぬM社長の金玉を思ってみたりもしたのである。

2

九月二十五日午後一時三十分発「こだま」号。その車中の人となって西下するのは、僕とミヤ少年と、それに今回は国立《くにたち》のドストエフスキイこと関保寿画伯に僕の女房が加わったのである。

まず最初に読者諸氏におわびしなければならない。

僕は将棋必勝法の第一は前夜によく眠ることだと書いた。体調を整えなければならない。しかるに、第一番有吉八段戦には眠られなかった。そのことは精しく書いた。第二番加藤（一）九段のときにも眠れなかった。そのことも書いた。

その件に関して、僕は何度も読者から叱られていた。今度は絶好のコンディションで対局場に臨むようにと固く言われ続けてきた。

しかるに、だ。出発の前日、九月二十四日の日曜日は大相撲秋場所の千秋楽である。これはまあ、徹底的に飲むべき日である。僕は蔵前で飲み、高橋義孝先生のお宅で深夜までお酒をいただき、新宿でまたジンを飲んだ。その前日、二十三日は秋分の日、すなわち、氏神様である谷保《やほ》天神の年に一度の大祭である。僕は一升瓶を二本持って天満宮へ駈けるようにして行った。なんだか、北島三郎のＴＶＣＦにあるような「酒だい、酒だい、酒なら富貴だい」という心境になり大酒を飲んだ。僕は自分で自分の心持が甚だ粗雑だなと思った。祭だからといって浮かれることはない。その前日、二十二日が安倍徹郎さん宅での将棋の稽古日で、そのあと麻雀になり、家へ帰ったのが午前三時を過ぎていた。その前日が原稿の書き溜めで徹夜。その前の日が同じく天満宮の菅原道武公（菅公の三男）千五十年祭の奉祝の会があり、御神酒《おみき》をしこたまいただいた。その前日は……と辿ってゆくと際限のないことになる。

こうなったのは僕が悪い。悪いのだけれど仕方がない。天の配剤というほかはない。

九月二十五日。へたへたになっていた。それでも、西浦海岸『銀波荘』、温泉でゆっくりやすめば眠れるはずだと思った。今回は、板谷進七段と記録の関半治一級で一室、関保寿画伯とミヤ少年で一室、僕と女房で一室、対局室で一室（鳳凰の間）というわけで、『銀波荘』の五階のいい所を全部借りきるという豪華版である。久しぶりの温泉であるけれど、よもや女房が僕を寝かさないなんて事態は考えられない。僕も女房も四十五歳である。女房は僕の深酒を注意してくれるはずである。

板谷進七段。渾名《あだな》は東海の快男児。大きく出たもんだ。しかし、まさしく彼は快男児だ。僕はこういう人が好きだ。思っていることは何でも言う。ぼんぼん言う。

対大山康晴戦のとき、「カテ　ナゴ　ヤファン」という電報が入ったのを記憶している読者がおられるかもしれない。それが板谷七段である。「カテ」の二字。そういう簡明率直なる人柄である。

昭和十五年生まれ。三十一歳。いま絶好調である。B級1組から昇級して昇段する最有力候補は西村一義七段と板谷さんの二人ではあるまいか。

三遊亭円歌師匠に風貌が似ていると思う。女房に言わせると、日本舞踊、泉流の家元の泉徳右衛門さんにそっくりだという。M氏の手紙にあるように豆戦車《タンク》の感じ。それにしてもあの手紙、豆タンクが手裏剣を投げるというのもわからなかった。機関銃とか速射砲ならわかるのだけれど。いやいや、そうではない、実際にお目にかかり、実際に対局してみると豆タンクの手裏剣なのである。実は、僕、標題を「東海の豆戦車」としたかったのであるけれど、板谷さんに言わせると、弟弟子の石田六段こそ豆戦車であるという。してみると名古屋方面には、ずんぐりむっくりが多いのか。いずれにしても豆戦車の登場は後日のお楽しみ。とっておく。(余談であるが、石田六段は、桐山六段を破って第三回赤旗新人王となり、記念対局でまたしても中原名人を破っている)

僕は板谷七段のどういうところが好きなのか。その第一は、彼が将棋に熱心であるところが好きなのだ。将棋というゲームが好きであるばかりでなく、将棋の周辺が好きであり、将棋の普及という事業にも熱心である。僕はその道の人がその道に熱心であるというときに大変にいい気持になる。棋士名鑑の趣味欄に「古棋書集め、将棋史研究」と書かれているのは彼一人だろう。こういうことは、ありそうでいて、実際は珍しい。

麻雀がきらいである。麻雀ばかりでなく、ギャンブルいっさいが嫌いである。そのことも棋士としては珍しい。好きなのは、将棋を除けば酒だけであると答えた。まっしぐらという人柄である。つまり、快男児である。

闘志の人である。負けん気の人である。一本気である。内藤王位の豪刀、丸田会長の小太刀、米長八段の剃刀、花村八段の妖刀、佐藤八段の鉈《なた》を板谷七段は持っていない。中原名人の茫洋、加藤（一）八段の苦渋とも無縁である。板谷は板谷である。

軍隊でいえば、内務班でも役立ち、実戦でも活躍して味方の危機を救うという型である。すなわち鬼軍曹である。名古屋ファンよ怒ってはいけない。彼が下士官どまりと言うのではなく、そういうタイプであると思うだけだ。頼りになる人である。関保寿画伯に言わせれば斎藤道三であるという。

こんなふうだから人気がある。お父様の板谷四郎八段は東海本部の本部長であるが、門弟三千人であるという。名古屋本部で将棋大会を催すと、必ず会員千人が参加するそうだ。こういう地区は他にはない。

豊橋から自動車で一時間、西浦海岸に着いた。

『銀波荘』といえば、将棋ファンなら知らぬ人はいないはずである。大山王将がここを贔屓《ひいき》にしている。従って、社長、支配人はじめ従業員は大山ファンである。ところが、おかしなことに『銀波荘』における大山さんの勝率はよくない。三割台である。七割打者の大山さんとしては、まことに低い勝率である。

タイトル戦に使われる旅館、将棋指しの好む旅館へ行って、僕は、いつでも奇異な感じを受ける。『銀波荘』がよくない旅館だと言うのではない。そんなことではない。渥美半島を遠望する三河湾の絶景は、倉島竹二郎さんの名筆で度々紹介されている。

僕が、将棋指しの好む場所として勝手に空想する所は、たとえば奥深い山のシンと静かな温泉旅館、書院造り、杉の皮の匂いがたちこめて、人っ子一人通らぬ山道、婚期を逸した一人娘がしずしずと茶菓子を持ってあらわれ、霖雨《りんう》が晴れて時折さっと日が射し、咳をしても谺《こだま》しちゃうような部屋であるが、そうはいかない。そりゃそうだろう。情報の時代である。連絡に便であり、大盤解説の大広間も必要となる。

それならば『銀波荘』のどこがよくて、何故に棋士に愛されるか。(たとえば中原名人の新婚旅行もここと聞いた)扱いがいいのである。馴れているだけではない。将棋を指す人を大事にしているのである。そこがいい。全社をあげてという感じがある。大山さんもそこが気にいっているのだと思う。

わがドストエフスキイこと関画伯が卓抜なことを言った。

「この旅館、将棋盤が割れやしませんか」

「どうして？」

「寝ていてそう思ったんですが、天井の板がちぢんでいます」

そうなのだ。『銀波荘』では将棋盤が三度割れている。一度は対局中に割れた。都合で画伯にしてしまったが、関さんの本職は木彫であり、神社や寺の建築家である。僕にはそんなことはわからないが、この旅館、それほどに将棋とは縁が深い。


僕等が到着して、間もなく、板谷七段があらわれた。

「おう……」

「しばらく」

そんな挨拶がふさわしい。坊主頭で無精髭。その髭が伸びている。相撲の輪島同様、負けるまで剃らないという。好調である証拠。

僕、M氏の話をした。

「俺の？　俺の金玉を抜くって？」

「さあね。板谷さんのじゃないでしょう。ご自分のでしょう。Mさんをご存じですか」

「知ってますよ。多分、あのひとだと思います。いいひとですよ」

板谷さんはしばらく考えてから、また言った。

「俺のじゃないだろうね」

思いなしか、顔が蒼くなった。熱烈なファン、門弟三千人という土地を私はそこでも味わっていた。

「あれは米長さんの好物でね」

「ヨネちゃんは、そんなものが好きなの？」

「あいつはね、金玉とくると目がないんだ」

「へえ」

「金玉も好きだし子宮も好きなんだ」

「両刀使い？」

「そう。ホルモン焼きが好きでねえ」

僕、自然に股間をおさえる形になる。

「それは豚でしょう。豚のでしょう？」

「さあねえ」

見事にカタキをとられた。

板谷七段、翌日のために用意された将棋盤を、タイトル戦に使う上物に代えさせたりして、ちっともじっとしていない。当りまえじゃないですか、盤も駒も使わなくちゃよくならない、そんなことを社長に言っている。遠来の客への心づかいであることがわかる。そのことが有難い。

板谷さんは酒を飲む。有吉八段は少し飲んだ。加藤八段も少し飲む。それにくらべれば板谷七段は大いに飲むといっていい。そこに今回の僕の気の楽な面があり、つけこむ隙と言っちゃおかしいけれど、五分だという考えがあった。酒に関しては――。

これは内輪の話になるけれど、僕は単なる対局者ではない。対局者であると同時に観戦記者である。将棋を指してくればいいというわけではない。弁解ではなくて、そこにひとつのハンディキャップがある。板谷さんの話をきかなければならぬ。話をきくには酒が必要になる。夕食もそうそうに自室にひきこもり、なんていうわけにはいかない。

僕としては、板谷さんに大いに飲んでもらわないといけない。本当は将棋が終ったあとで飲んだほうがいいのだけれど、日程やら諸費用の関係で、わがままは許されない。

板谷さんは大いに飲み、大いに語ってくれた。

「おい。飲まんかい。ちっとは喰らわんかい」

彼は関一級に何度も言った。まことに気持のいいひとだ。好漢という言葉がぴったりとくる。

女房は、本来は鬼軍曹タイプは好みにないはずであるが、いっぺんに気にいってしまったようだ。それは、やはり、板谷さんの将棋に対する情熱に打たれたためだと思う。そのように、僕たちは、飲み、かつ、大いに語った。

「どうだい、うまくいったろう」

僕は女房に囁いた。冗談に、板谷さんを酔わせるのも策戦のうちと言っていたのである。

「だめよう。あんただって、同じように飲んでいたわよ」

夕食後に、関一級に角落を指してもらった。その将棋、下手に序盤に見落しがあり、おさえこまれたが、中盤でじっと我慢したのがよく、桂二枚を打って必勝の形となったが、得意のウッカリが出て負けてしまった。

「山口さんの将棋、奥がありますね」

と板谷七段が言った。

「書いていることと違うじゃありませんか」

板谷さん、序盤で五級、中盤で二段、終盤で十級という僕の原稿を読んでいたのである。板谷さんにしても、専門家とならいざ知らず、素人の僕と将棋を指して、棋譜が雑誌に載るのは一生に一度という思いがあるのであろう。言外に、負けませんよという言葉があるのを知らされた。僕にしたって、一期一会《ごえ》という思いがある。

風呂へ行って、そこでも将棋と将棋界の話。残念ながら、こっちも酔っていて、あまりよく記憶していない。

「俺のじゃないんだろうね」

湯槽《ゆぶね》に腰かけて板谷さんが、また言った。

「多分そうだと思うけれど」

首まで湯につかっている僕には、左様、若者用語で言うならば、バッチリとそれが見えた。

それにしても、岡崎のM氏、たいへんなことを言ってくれたもんだ。

3

昭和四十七年九月二十六日
愛知県蒲郡市『銀波荘』
血涙十番勝負（角落）第三局
上手☖板谷進七段
（持時間、各二時間）

☖8四歩1 ☗7六歩 ☖8五歩 ☗7七角 ☖6二銀 ☗7八銀 ☖5四歩 ☗5六歩

☖5三銀　☗5八金右2　☖6四歩　☗6六歩　☖6二金　☗6七金　☖7四歩　☗6八角2
☖4四歩　☗4六歩　☖4二金　☗7七銀　☖3四歩　☗4八銀　☖7三金　☗7八金
☖8四金　☗6九王　☖7五歩1　☗同歩　☖同金　☗7六歩　☖7四金　☗7九王
☖6五歩　☗同歩　☖同金　☗6六歩　☖6四金　☗4七銀　☖4一王3　☗2六歩
☖4三金　☗3六歩1　☖1四歩　☗1六歩　☖9四歩　☗9六歩　☖7三桂1　☗8八王
☖3二王　☗2五歩　☖5五歩　☗同歩　☖同金　（第1図）

駒落は下手が勝つようにつくられたものである。従って、棋書にある下手良し、下手勝勢とあるところからが勝負であって、下手が優勢から勝勢へ、そして勝ち切るというところに意味がある。というのが板谷さんの考えであって、僕はこの考え方に大賛成である。

極端にいうならば、☖8四歩、☗7六歩と一手ずつ指したところで下手の絶対の優勢であって、そこを勝たせないというのがプロの芸であると思う。僕がプロと指すのを好むのは、その芸を味わいたいからである。ひとつのことでいうならば、プロ棋士は形勢が悪くなってからは、まず絶対に間違えない。そこで間違ったら負けなのであるから——。その正確さに、いわば美しさがある。そういう言い方を、人は感傷的と見るかもしれない。しかし、相撲の貴ノ花の土俵際での踏んばりから際疾《きわど》い逆転はプロの芸だろう。真赤になった顔、強靱な足腰は美しくないか。駒落の上手は、下手が善戦する（あるいは普通に指す）ときは必ず土俵際に立たされるのである。僕は土俵際の貴ノ花にプロの芸を見るのである。そうしてその芸は稽古（訓練）によって生ずるのである。

ところで、僕の将棋は、最近すこし変ってきた。意識的に変えているのである。中原自然流に近いと言ったらチャンチャラオカシイと笑われるだろうが、無理をしないことにしている。僕はもともと玉砕型の攻めの将棋だった。いわば破滅型。これを変えようとしている。正々堂々の陣を敷くと言ったらまた笑われるだろうけれど、無理をしないように心がけている。それで負けるなら、それでいい。勝敗とは無関係である。それを自分の信念にしたいと思っている。（将棋のみならず、あらゆることにおいて）この血涙十番勝負の第一局（飛落篇）二上八段との将棋をごらんになればおわかりのように、玉砕的な攻撃を好んでいた。駒落だからそれでも勝負になる。おそらく、駒落の場合、短期決戦のほうが勝率もよくなるだろう。見た目にも華々しい。

しかし、僕は、無理をしないのだと自分に言いきかせている。というのは、ひとつには、無理をしない相手に負かされる辛さが身に沁みてきたからでもある。なんだか人格的に負かされてしまうという気分になってしまう。また、無理をしないで、じっと辛抱していれば、必ずチャンスが廻ってくるとも思うのである。それは、攻めないということではない。将棋というものは攻めのゲームであり、中原自然流は本質は攻め将棋である。

中原自然流が天下を制したからといって、誰もが自然流で勝てるというものではない。自然流もまた綱渡りであることに変りがない。僕は、ただ、自分の将棋を自然流に近づけようと心がけるだけだ。もう迷ってはいけない。そうして、自然流で、無理なく勝てたときに、はじめて、それが血涙の名に価するのだと思っている。そのときに僕は初めて勝利の笑いを笑うことになるだろう。(なんだか血笑録みたいになってきたな)

板谷さんの初手△8四歩に一分という消費時間が記録されている。角落の初手は8四歩にきまっているのだ。なんだか、それがひどく長い時間であるように思われた。快い時間の経過だった。『銀波荘』の対局室、ときおり船のエンジンの音が聞こえ、微風が入ってくる。

板谷さんは、第一手で五分とか六分とか考えることが珍しくない。これは、考えるというより、気をしずめ、闘志をわきたたせ、盤面に己を集中しようという姿勢だろう。それが気持がいい。しかし、あまりいい気持になって、うっかり僕が先きに▲7六歩と突いてしまうと、その瞬間に負けになる。笑いごとではなくて、奨励会で本当にそういう事件があったのだ。

▲9六歩。これが実は問題の一手である。角落の下手矢倉戦法において王側の端歩を受けるべきかどうか。これは専門家のあいだでも意見がわかれている。

芹沢八段の意見。「端歩なんか受けることはありませんよ。その前にどんどん行っちまってぶっとばすようでなければ強くなりませんよ」
師匠の山口英夫五段の意見。「その一手を活用しなければいけませんね。下手はとにかく、攻めの手がかりをつくっておかなければ勝てません。特にあなたの棋風からいけば、当然、攻めに出るべきです」
加藤（一）八段の意見。「平手でも矢倉に端歩受けるべからずと言うじゃありませんか」
米長八段の意見。「絶対に受けなさい。なぜかって、上手は矢倉崩しにくるわけでしょう。下手も矢倉崩しです。その場合、下手には角が一枚いるわけです。角のいない上手をなかなか攻め潰せないくらいですから、角がいれば破られっこないですよ。従って受けてよろしい。角落では上手に攻めさせるのが必勝法です。ぼくは、奨励会の連中の将棋を見ていて、9六歩を受けるのは将来八段になれる、受けないのは中堅棋士で終りだと判断しているんです。第一、将棋の格調が違います」
板谷七段の意見。「受けたほうがいいね。明日、俺、9四歩と突くからね。必ず受けてくださいよ」（前夜の話）
中原名人の意見。「さあ。私にはわかりませんね」（あとは笑って答えず）
僕は、現在のところ、受けたほうがいいと思っている。理窟ではわからない。将棋を指していて、肌で感じてそう思うだけだ。従って、目下のところ、不肖の弟子である。

☖7三桂。このへんが手裏剣である。ふつうは王を囲うところだろう。板谷さんの角落は3一銀をなかなか動かさないところに特徴がある。この銀を早くきめてしまうと上手は勝てないと言われる。

☖5五同金。（第1図）さあ、ここで下手はどう指すか。定跡では5八飛である。5八飛に5四金ならば、5五歩、6四金、5六銀とあがって下手優勢。そこで、5八飛には6四銀、5六金、同金、同銀となって下手がいい道理である。

しかし、僕はそうは指さなかった。多分、気後《きおく》れだろう。実を言えば、その将棋を指したことがなく、自信がなかったのである。悪いのを承知でやってきたのだから、上手に何かあると思った。そのへんが実戦心理であろう。ただし、角落で上手に素直に5筋の歩を切らせ、5四に金をひきつけられたら下手に勝はないといわれている。そのことも承知していた。承知していて5六歩と打ったのは、やはり、どこかに、無理なく指そうという気持があったからに違いない。

5筋を切らせては勝てないそうだが、こう指しても悪いわけはないと思った。あとは力だと思った。不遜にも——。（本当はここで長考すべきである）

第1図からの指手

（第1図は☖5五同金まで）

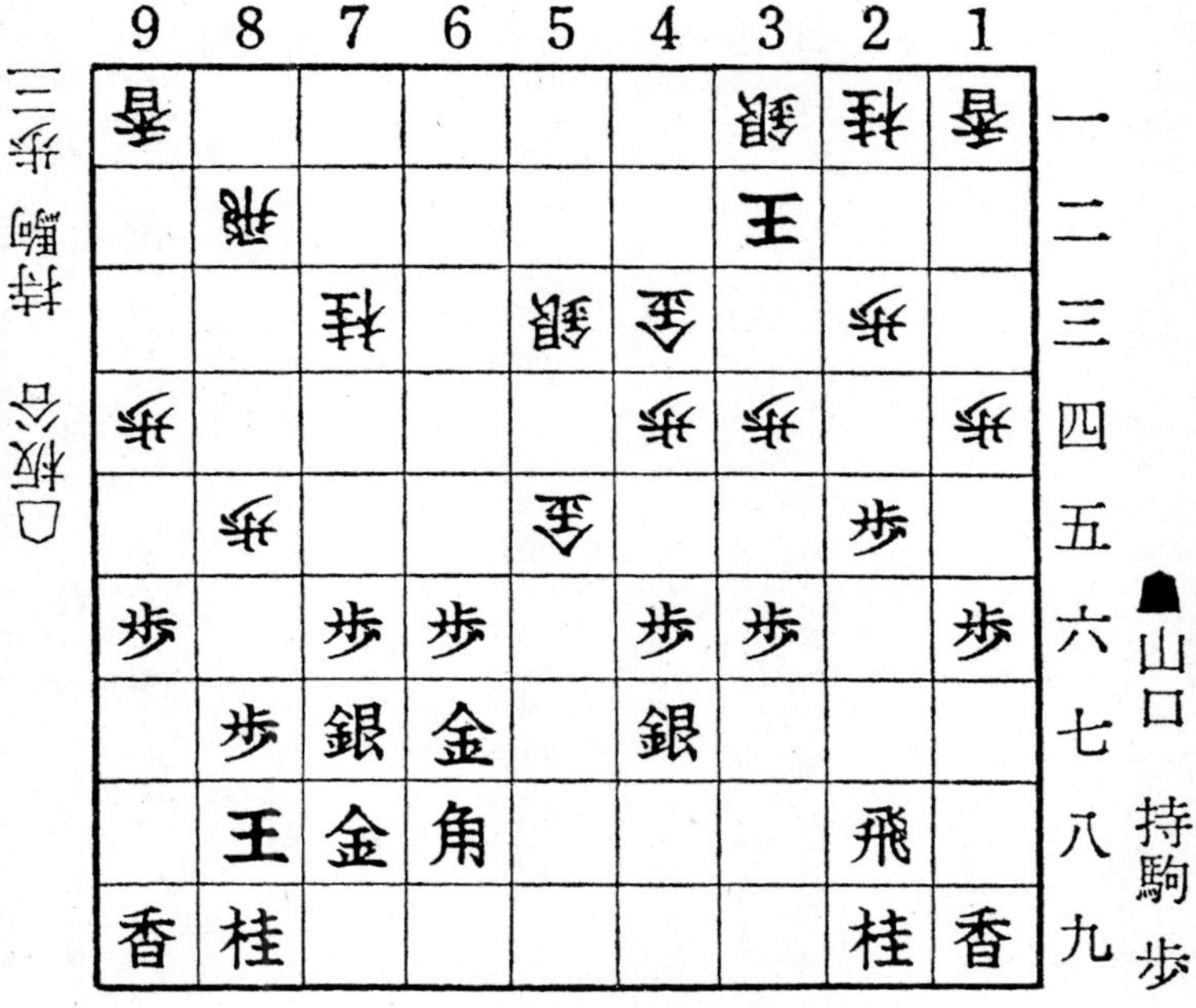

☗5六歩3　☖5四金引　☗2四歩　☖同歩6　☗同飛6　☖6四銀1　☗2八飛　☖2三歩
☗4五歩2　☖同歩　☗3五歩1　☖同歩7　☗同角　☖5三銀　☗3六銀3　☖4四銀5
☗6八角3　☖2二銀24　☗1五歩18　☖同歩15　☗1四歩3　☖6五歩1　☗同歩1
☖同桂　☗6六銀　☖5七歩　☗3七桂12　☖3五歩3　☗4五銀9　☖7七歩6　☗同桂
☖同桂成　☗同角3　☖4五銀　☗同桂　☖同金　☗4六歩2　☖4四金引　☗4五銀1
☖9五歩7　☗4四銀　☖同金　☗5五銀1　☖3四金14　☗5四銀　（第2図）

そこで☗5六歩と打ったのであるけれど、5四金と引かれてみて、なるほど下手の指しづらい局面となった。

☗4五歩。ここではこの一手だろう。ほかに指す手がない。3七桂などでは、上手の6五歩が早そうだ。4五歩は、しかし、無理なのだ。無理ということは下手が悪い。

☖2二銀。実に二十四分の長考である。この間、板谷さんは雑談で過した。局後、あのときは、すっかりお喋りしてしまって申しわけないとあやまると、板谷さんは、いや、そうではない、雑談しているように見えたかもしれないが、考えていたのだという。というのは、下手からの1五歩がわかっていたからである。

僕も負けずに十八分の長考で☗1五歩。ここも、この一手。板谷さんは、おいでなすったと

（第2図は▲5四銀まで）

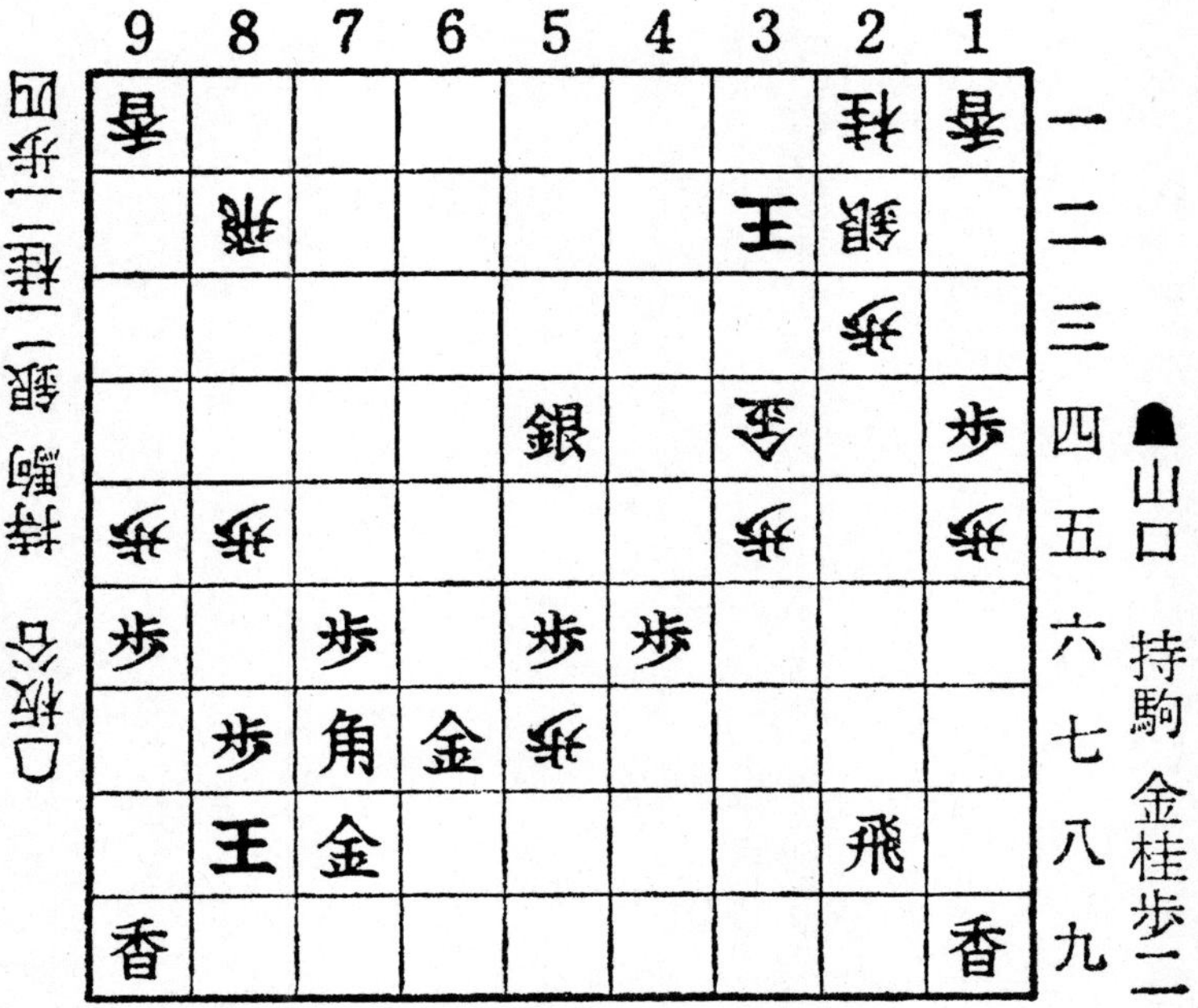

呟いて坐りなおし、またも十五分の長考で☖同歩と取る。

☗1四歩は、ふつうは1三歩と打つところ。同香、同桂はいずれも1四歩と打って下手有利。同銀に同角成と切って、同香に1四歩、同香、2五銀と進む。しかし、これは、たとえば、3三銀、1四銀、2四歩とされても自信がない。駒得のようにみえるが、下手の銀がソッポであり、銀香の持駒は上手の角と比較して働き場所がないように思う。しかも歩切れである。この1四歩の垂らしは、僕の自慢の一手であるが果してどうだろうか。1五歩に十八分の長考の内容は以上のようなものであった。このあと下手としては、われながらよく指していると思う。

☗3七桂。気合からして盤上この一手。

続く☗4五銀も、こう指すところだろう。

☖7七歩。ただちに4五同銀では6五の桂を取られる。

☗4六歩。いかにもピッタリとした手。この歩が打てて下手優勢だと思った。

その次の☗4五銀も好手だと思う。こういう俗手が利くようでは筋に入ったというべきか。

5五銀では、6五桂がうるさい。

☖9五歩。負けていたら、これが敗着だったろうという板谷さんの意見。

☗5五銀。こんど6五桂なら、かまわず4四銀と出て、7七桂成、同金寄で、次の6八飛が素通しでヒドイことになる。

上手の☖３四金はいかにも辛い受けである。ここも十四分の長考。

僕は、ノータイムで☗５四銀と出て、昼食休憩にしてもらった。そう言って板谷さんを見ると、満面朱を注ぐようにという形容がふさわしく、真っ赤であった。坊主頭に無精髭、顔は充血して、さあ何と言ったらいいか、金太郎が肺炎になったとでも言えばいいのだろうか。すなわち、貴ノ花の剣ガ峰の顔である。僕は、これを、貴いことに、有難いことに思った。ここにきて、僕の１四歩がサンゼンと光っている。上手は３三銀とは上りにくい形である。

上手の手番で休憩にしてもらったのは、僕のユトリであり、オゴリである。これは正直に書くのだけれど、僕は勝ったと思い、板谷さんの顔を正視するに耐えなかったのである。そんなふうに思うことが危険なのであるが。

５四銀は、４三金打を見ている。同時に６五桂を消している。７七角が威張りだす。

この銀出を見て、関画伯は、下手の角がすうっと通っちゃって、形勢はいいんじゃないかと思いましたと語った。もっとも、昔でいえば三十級の腕前だから彼の形勢判断はアテにならない。

休憩となり、例によってミヤ少年、盤側に立って、頸を一度ひねって、消えてゆく。悪い癖だ。関画伯とどっこいどっこいの棋力なのだから、気にすることはないのだが。

板谷さん、専門家同士の対局のとき、食事で休憩になり、形勢が悪いときは食事がまずくてしようがないという話をする。僕は冗談だと思って聞いていたが、本当に、ソバを半分ぐらい食べて食卓をはなれてしまった。かく言う僕だって、ほとんど食べられない。

読者諸君。どうか第2図をよく見ていただきたい。下手は桂損であるけれど、これは必勝形といっていいのではないだろうか。下手の王は手つかずである。遊び駒がない。飛車も角も、縦横斜めに充分に威力を発揮している。負けようのない形である。

負けようのない形であるが、僕は負けてしまうのである。なぜかというと、この後、僕は悪手を連発する。終盤で十級になってしまう。すなわち本領発揮である。

第2図からの指手

☖4三歩15　☗2六桂4　☖2五銀　☗3四桂　☖同銀　☗5五角　☖9二飛　☗5三金1
☖3三銀打1　☗6二歩3　☖2四歩　☗4二金打1　☖2三王　☗4三金引　☖6六歩
☗同角　☖7四桂　☗5五角　☖6六歩　☗7七金寄1　☖9六歩　☗9八歩2　☖5八歩成
☗同飛1　☖3一桂　☗3三金1　☖同銀　☗7三角成1　☖6七金2　☗2八飛
☖9七歩成1　☗同歩　☖9八歩　☗7四馬1　（第3図）

さて、第2図となって、僕には、またしてもM氏の金玉がちらついてきたのである。まさかとは思うけれど、名古屋ファン、中京人の気質を考えると、とんでもない事態が出来しないとも限らない。M氏は自分で自分の金玉を抜くのか。それとも僕が抜きに行くのか。（僕は厭だ）それは刑事事件になるのか、ならないのか。文面から察するに、M氏は好人物である。どうして、そういう人の象徴を引き抜けるか。

また、板谷さんの「俺のじゃないだろうね」という言葉も思いだされる。目の前でうなっている人の金玉を抜くわけにいかない。だいいち、金玉のない快男児なんておかしいじゃないか。ホルモン焼きが大好物という米長八段の顔もちらちらする。あれを食べるときは、薄く輪切りにして食するのか。スライスド・ゴールデン・ボールなんていう食物があるのか。嘘じゃあない。疲労困憊《こんぱい》、宿酔、朝からの頭脳酷使でもって、僕の頭はぐらぐらとしているから、あらぬことを妄想するのである。

今回の僕の敗因は、M氏の手紙にあったのではなかろうか。（板谷さんM氏に記念品を差しあげてください。丸型の金のカフスボタンなんかがいい）

☖4三歩。これに十五分を費している。前の3四金が十四分。この間に三十五分の昼食休憩があるから、合計一時間有余の超大長考である。板谷さん、残り十分となる。

この頃になると、『銀波荘』の社長、支配人、堀田工務所の社長の堀田正夫氏（この方が板谷さんの後援会長であるらしい）、毎日新聞社の井出等氏が観戦に来られ、盤側でじっと息をのんでおられる。女中さん達も見ている。ドストエフスキイもミヤ少年も、なんとなく、うろうろしている。女房も、次の間で『斎藤茂吉歌集』なんかを読んでいる。

たまりかねて僕は席をはずした。

堀田社長と雑談。申しわけない話であるが僕はうわのそらで聞いている。（名古屋の将棋ファンはとにかく熱心だ）

かちりと音がして4三歩。僕の2六桂は、4四桂、同歩、4三金ときめてしまったほうがよかったかもしれない。このあたり、どう指しても勝てるという安易感があった。

☗3四桂。これが悪手。当然、5三金を先にするところ。あるいは6二歩か。悪手であり、手順前後。☗5五角も余計な手。

☗5三金。ここも6二歩と打って、4二金、同王、2二角成を狙うところ。6二歩を同飛なら、5三金が先手になる。このへんで決めなくてはいけない。3六歩と打っていても勝だったろう。☖3三銀と打たれて、もつれてきたのを悟る。板谷さんの話だと、もっと前に、8三金、9四飛、8四金打で飛車を取ってしまう勝ち方もあったという。

☗4二金打。なんという野暮ったい攻め口だろう。いやんなってしまう。2三歩と打って、わざと、逃げたいところへ逃がして、4三金と入るのが洒落ていた。また、1五香と出てもよかった。

（第３図は▲７四馬まで）

▲4三金引。これも4三金と寄って、3二銀打を狙ったほうがいい。寄せのまずいこと目を覆わしめるものがある。

▲6六同角。これがまた悪い。同金でなんでもなかった。6六に拠点をつくられて上手に楽しみを与えてしまった。

午後からの僕の指手は、ほとんど悪手である。

▲7三角成。僕は好手だと思っていたが、8三銀と打って7四の桂を取り上部を広くするのが正着であったらしい。このへんでは、あまりの悪手の連発で厭気がさしていた。

▲2八飛。これまた大悪手で敗着にちかい。1八飛と寄っておけば、おそらく勝っていたろう。

▲7四馬。またまた決定的大悪手。これでオシマイ。9八同香、8六桂打、同歩、同桂、6七金上、9八桂成、7八王、6七歩成、同王、9七飛成、8七金打で僕の優勢であったろう。9七飛成という子供でもわかる手を見落していたのである。というより、8六桂と打たれるのがイヤで、目がくらんでいたのである。将棋は最後まで粘らなくっちゃ。

第3図からの指手

△9七飛成　▲7九王　△9九歩成2　▲4一馬2　△3二香　▲3一馬4　△9八龍3

☗6七金寄18　☖同歩成　☗8八金打3　☖同龍1　☗同金　☖6九金まで百四十五手にて板谷七段の勝ち。消費時間、上手一時間五十九分、下手一時間五十七分。

4

関保寿画伯と僕と女房とは、西浦海岸発三時十五分のホーバークラフトに乗っていた。この船は、水陸両用で、船の周囲に巨大なるゴムの浮輪がめぐらされている。噴射によって水上に浮かびあがる。それをプロペラでもって推進させるという化物みたような乗物である。この船でもって鳥羽港へむかう。鳥羽から自動車で紀伊長島へ行く。長島にわがドストエフスキイは御堂を建立中である。それを見に行こうというのである。

対局が終ったのが、二時半であるから、あわただしい別れだった。『銀波荘』の玄関まで、板谷さんほかの諸氏が見送ってくれた。板谷さんの顔がまだ真っ赤だった。板谷さん、有難う。堀田社長、有難う。みなさん、ありがとう。

西浦港には、支配人とミヤ少年が来てくれた。ミヤ少年、無言である。ときどき首をひねる。

「ビールだ、ビールだ」

僕、罐ビールを買って飲む。異常にノドがかわいている。対局中は、水差しの水を二杯飲み、小便に十回は立った。緊張ということはあったけれど、糖尿病の頻尿である。

ホーバークラフトは別れには都合がわるい。物凄い水しぶきである。ミヤ少年、逃げていった。船の窓から探すのだけれど、どこへ行ったことやら。

僕、まだ茫然としている。いくら僕だって、あんなに悪手を連発するのは珍しい。最終第3図からの☗6七金寄には十八分も考えた。苦しかった。あそこは、4三銀と打ったほうが勝負だったかと、まだ考えている。7八金から2二金と受けられて駄目か。……まだ考えている。いや、そのほうがよかったか。……まだ考えている。

勝負師は、負けた将棋は忘れたほうがいいと言っている。しかし、あの将棋、忘れられるだろうか。紀伊長島での三日間、僕はメチャメチャに酒を飲むだろう。大変なことになった。それでも忘れられるか。思えば、対大山王将戦、対桐山六段戦以来の痛恨事である。千載一遇のチャンスだったのに——。

それにしても、板谷七段、いい男だなあ、あれは。快男児だな。正攻法でやってきた。ちっとも悪びれない。残り一分まで、真っ赤になって考えてくれた。あれでなくちゃいけない。

ホーバークラフトは篠島めざして速力をあげる。

関画伯も女房も無言。

そのとき、猛烈なる尿意を感じた。あれだけの水を飲み、お茶を飲み、桟橋でビールを飲んだのだから、たまらない。

いけない！　便所がないよ、この船は。

水中翼船には便所があったんじゃなかったかな。これは、たまらぬ。

「困ったわね」

と、女房が言った。長考している場合ではない。

「ちょっと待って……」

女房は、『銀波荘』の手拭の入っているビニールの袋を取りだした。いつのまに持ってきたのだろう。これだから女は油断がならない。いや、有難い。

さいわいにして、相客は、商用らしい若い男と、中年女性四名だけである。僕は、そろそろと後部の席へ移っていった。それでも、もし、中年女性が振りむきでもしたら一大事である。卒倒するかもしれない。

僕、やはり、我慢ができない。

ままよ……。僕は僕自身のものに脳中枢より発射を命じた。

出るわ、出るわ。喜んで出てくるよ。いけない、いけない、あふれてくる。袋を支える手も、僕自身をおさえている手も、なま温かくなってくる。

僕、僕自身のものをおさえながら、ああ、しかし、これで、一人のまだ見ぬ男の金玉が助かったことを思いだす。それが、せめてもの救いだと思う。疾《はし》れ、ホーバークラフト。疾駆せよ、怪物。一路平安。M氏と板谷七段の多幸と一路平安を祈る。そうして、噴射する僕自身のそれよ、いい加減にしろ！

第四番　疾風迅雷、内藤国雄棋聖（九段）

1

こんどお願いするのは、内藤国雄王位（当時）である。将棋界の時の人、新タイトル保持者。彼は三十歳でタイトル（棋聖）を取り、三十三歳で大山名人を負かす（王位）と宣言し、見事に公約を果たした。いままた、三十五歳で天下を取ると言い放つ。

好漢である。気性はさっぱりとしている。

棋聖位を中原誠から奪ったとき、彼は「残心」という扇子を造った。剣道で敵を撃ったあと、反撃に備える心の構えであるという。

王位となったとき「自在」と書いた。まことに、内藤さんの将棋は変幻自在である。升田九段の「新手一生」とも少し違う。升田さんのすばらしさは序盤の構想力にある。序盤から一気に終盤に突入する。

内藤さんは軽快である。升田さんをバッハ、ブラームスとすれば、内藤さんはストラビンスキイ、ハチャトリアンであろうか。彼は将棋は音楽であり、リズムであると言う。そのように、彼の将棋、律動感にあふれていて、鋭く人を酔わせる。決して巌のような将棋ではない。巌に砕ける水飛沫《みずしぶき》である。岩が強いか水が強いか、それは歳月を経なければわからない。

内藤さんが中原棋聖に挑戦したとき、大方の予想は中原乗りであった。僕の周囲もそうだった。僕は三勝一敗で内藤の勝と言い、それが適中した。当時、主催社のサンケイ新聞でも専門誌でも、内藤乗りを探すのに苦労したはずである。

そのとき僕は、いまの内藤の将棋はオチンチンが立っていると書き、顰蹙《ひんしゅく》を買った。つまり、イキがいいのである。そのイキのよさをあらわす言葉を他に思いつかなかった。

内藤さんは、きわどく勝つ。綱渡りである。ハラハラさせる。おっかない将棋である。すれすれの将棋である。専門家同士の将棋はどれでもそうだとも言えるが、内藤さんの場合は兼合いというかニュアンスというか、そいつが少し違っている。誰だって、大事な一番のときは、はじめは慎重に構えるだろう。内藤さんは最初から綱渡りでいく。一触即発で勝負をいどんでゆく。従って形にとらわれるということがない。すなわち、変幻自在である。内藤さんの相手は、対局がはじまったと同時に激しい緊張感を強いられることになる。それが快い。そいつが人を酔わせるのである。立っているのである。

升田さんの序盤は終盤を目ざしている。一発で相手を倒す。どうすることも出来ない非凡な強さがある。内藤さんはジャブの応酬である。軽快なフットワークである。そのパンチは後で効《き》いてくる。

内藤さんは一歩あったとすると、その歩を、気前よく、いさぎよく、パッと捨ててしまう。そんなことをしていいのかと思っていると、数手後に、捨てた歩が生きてくるといった按配《あんばい》である。相手はそれに幻惑される。

内藤さんの勝った棋聖戦、彼の採用したのは、浮飛車でひっかき廻す、いわゆる空中戦であった。それは、いわば、思いつきであったという。思いきっていけ、暴れまわれ、ひっかき廻せ、バンバンいけ。

これを受けて立った中原棋聖も見事だった。中原さんも飛車を中段に浮いたままで、その空中戦を買ってでたのである。当時、なぜ中原は低く構えるなりガッチリ組むなりして自分の将棋を指さないかと言われたものである。なぜ自分の土俵で相撲をとらないのか。勝つためにはそのほうがいいのではないか。将棋は勝つためにあるのではないか。中原さんのような重厚な将棋は厚ぼったくいったほうが自分の力を発揮できるのではないか。

しかし、負けたあと、中原さんは、例のアドケナイような笑いを浮かべ、低い声で、ぼそっと言った。

「それでも勝てると思っていましたから。それでいいと思いましたから……」

僕は、この男、タダモノならずと思った。

この自信、この気合い、この勇気。

タイトル戦で危っかしい戦法を採用した内藤さん、わるびれず受けて立ち、わるびれず負けて笑った中原さん。男と男、意地と意地、自信と自信。あの棋聖戦は名局だった。棋譜は名局であり、終ったあとも、清々しい。

棋聖戦に名局多しというのが僕の説である。その前の大山・中原戦もよかった。大山の振飛車に中原の位取り、力と力のねじりあい、受けの強手の連発。他のタイトル戦と違って一日指し切り制がいいのかもしれない。息が抜けない。

「強《つえ》え、強《つえ》え……」

あるときの芹沢八段が言った。

「なにが?」

「内藤ですよ。強《つえ》えの強《つよ》くないのって」

多分、内藤さんに負かされた直後だったのだろう。

いま、将棋指しのなかで「いちばん将棋の強い人」は内藤王位だと僕は思う。米長八段も強い。若手では勝浦七段も強い。引退した大友八段も将棋の強い人だった。奨励会では真部一男三段が強い。

ただし、将棋の強い人は、必ずしも将棋に勝つ人であるとは限らない。勝率がいいのとイコールにはならない。将棋の強い人は、取りこぼしの多い人でもある。

将棋が強いというのは、ある局面において、とうてい普通の棋士には考えられない手を指す人という意味である。この説明をすると長くなるので、ただ単に、内藤さんは「いちばん将棋の強い人」とだけ言っておこう。将棋が強いと、そこに危険があるのであり、僕のようなファンにとっては、それが堪らない魅力になっている。一例をあげれば、ある局面を見て、どちらが勝っているとか、詰んでいるとかいう判断は、内藤さんと米長さんが一番早いと思う。それと将棋に勝つということとは少し違った問題になってくる。

思いっきりがいい。少し悪いといった程度なら、ひっくりかえしてしまう。着想が凡ではない。これを要するに「棋才がある」ということになろうか。

内藤さんが棋聖を奪いかえされたあと、六本木の酒場で会い、酒を飲んだ。さすがに、彼、気落ちしていた。全体に生気が無く、汚れた感じがあった。顔がむくんでいるように見えた。なんだ、この程度の棋士なのかと思った。内藤さんの容貌、まかりまちがえば、小さな銀行の、それもせいぜい貸付主任までということになってしまう。その意味でも、危っかしい男である。彼の顔貌から鋭さが失われてしまうならば……。それでも、彼、唄ってくれた。『古城』が得意である。三橋美智也がうまい、「おぼえているかい故郷の空を……」も唄った。僕にとっても辛い夜だった。

今度会ってみて驚いた。「男子三日会わざれば刮目《かつもく》して待つべし」その言葉がすぐに浮かんだ。汚れていたのが、湯あがりの顔になっていた。顔がひきしまっていた。目の輝きが違う。顔貌から挙措動作、すべて、すがすがしい。青年が男になり、男が男っぽく匂っている。貫禄と言ってしまえばそれまでであるが、まぎれもないタイトル保持者の貫禄が身についていた。袴をつければ、内藤国雄ではなくて、内藤王位だった。おそろしいくらいだった。もはや、強いだけの将棋指しではない。棋才だけの棋士ではない。

内藤さんの周囲の空気に何物かが漾《ただよ》っていた。坐った姿がサマになる。その何物かは、外連《けれん》の将棋ではなくて、内藤将棋が完成しつつあることを示していた。それを僕は怖しいと思った。強いだけの棋士ではない。勝つだけの棋士ではない。強いことで、勝つことで、それが彼を別の台座の上に押しあげていた。本当の意味の「変幻自在」が備っていた。動ずるところがない。

内藤国雄。故藤内金吾八段の弟子。藤内八段は坂田三吉の弟子であったから、内藤さんは孫弟子になる。自在の棋風は、つまり坂田三吉の血筋なのである。

兵庫県には有吉道夫八段がいる。有吉さんは大山王将の弟子である。大山さんは木見八段門下であり、有吉さんは木見さんの孫弟子である。

むかし、大阪で、坂田三吉と木見八段は二大勢力であり、宿敵であった。いま、兵庫県で、有吉さんと内藤さんとにはそれぞれのファンがついていて、ライバル同士となっているのは、そういう因縁があるからである。いうまでもなく、棋風を全く異にする。目下の対戦成績は、内藤さんの十八勝十七敗。

内藤少年十四歳のとき神戸の町を歩いていると「藤内将棋教室」という看板が目についた。似たような苗字があるものだと思ってフラリと入ったのが入門の動機。藤内さんが亡くなって「藤内将棋教室」の看板は「内藤将棋教室」に変った。藤内さんの八段位は死後に贈られたものであるから、いまだに内藤さんは神戸では内藤七段と言われることがあるそうだ。内藤さんは藤内さんの弟子。しかし、田丸四段は丸田八段の弟子ではない。そう言って内藤さんは笑うのである。

前回、板谷進七段に負けたあと、一時、電話がジャンジャン、手紙がドシドシという状態になった。半分は惜しかったねという慰めの言葉。あとの半分は手合い違いだという忠告。

いわく、手合い違いだから即刻中止せよ。いわく、専門家に角落で挑戦するのは神聖なる将棋界に対する冒瀆《ぼうとく》である。いわく、貴殿が間違ってA級八段の棋士に勝つときは、彼は引退声明を出すだろう。いわく、あなたの矢倉戦法はプロの造った営業上の陥穽《おとしあな》であって、あれでは勝てっこない……等々。ほとんどが好意のものであって僕は有難いと思ったが、なかには明らかに悪意に発するものもあった。

このことに関して、いつかゆっくり考えてみたいと思っているが、現在の心境を簡単に記しておく。

一、手合い違いは百も承知である。しかし、本年度の僕の対専門家角落戦は十三勝二十四敗（勝率三割五分七厘）であって、全く希望がないわけではない。

一、僕は、将棋は勝負事であるけれど、反面、これは芸だと思っている。あまり勝敗にはこだわらぬことにしている。それが上達への道だとも思っている。

一、二枚落には二枚落の、飛落には飛落の、角落には角落の味があると考えている。飛落で完璧に勝てるのでなくては角落に進んではいけないとは思っていない。

一、現在は専門家同士の大駒落の対局が行われないので、良い実戦譜、良い定跡書が見当らない。僕の棋譜が参考になれば幸いだと思っている。駒落は下手良しとなってから勝ちきるまでが大変なことはご承知だと思う。

一、地方在住の将棋愛好家は、専門家に指導を受けるチャンスがない。専門家は、勝負というときに、本に書いてあることをやってこない。その点では、僕の棋譜は参考になるはずだと信じている。僕はファン代表、初心者代表だと思っている。

一、僕は、将棋および将棋指しが好きである。少しでも役に立ちたいと思っている。僕は、

『血涙十番勝負』によって、現代花形棋士銘々伝を書くというのがひとつの狙いである。勝敗はそれほど問題にしていない。しょせん叶わぬ相手である。良い棋譜を残したいと思う。そのうえに勝てたら、こんなに嬉しいことはない。そんなふうに考えている。残余のことは、またいつか書く。

2

十二月四日、対藤沢桓夫（五段）先生戦がツイた。これは「日本電波新聞」主催の「新春お好み対局」である。対局場は、大阪帝塚山の『鉢の木』。翌々日が対内藤国雄王位戦。対局場は兵庫県有馬温泉『古泉閣』ときまり、勇躍西下することとなった。僕は、奨励会の諸君より対局数が多いのではないかと言われたりする。そんなことはない。ちなみに、内藤王位の年間対局数は約六十局である。月にならして五局というのは、さすがに大スター、非常に忙しい。

これより先、大橋克己（俳号巨泉）二段に、こう言われた。

「山口さんの下手必勝法は〝周章《あわ》てず、懼《おそ》れず〟じゃありませんね。〝周章てず、懼れず、飲まず〟ですよ。こんどは飲んじゃいけませんよ」

実は、前述の電話と手紙にもそれが多かった。飲んではいかんという。編集部宛の投書にも「飲ませるな」が多く見られるという。まことに有難いことだ。

そこで、僕、決意した。

対局の前日の十二月三日、前々日の十二月二日は、とにかく飲まなかった。その前のことは聞かないでください。いや、そうじゃない、十二月三日は日曜日であって、東京府中競馬場でクモハタ記念レースが行われ、歌右衛門丈の持馬スターチャイルド号に賭けてスッテンテン、あんまり疲れたので家に帰って焼酎をコップに一杯だけ飲んだ。それ以外は飲んでいない。(ああ、ゴール前、成駒屋あ！　と叫ぼうと思っていたのに、スターチャイルド号の影も形もない。例のタケデンバード、ハクホウショウの写真判定をめぐってトラブルのあった一戦である)

で、十二月四日、朝七時に起きて、東京駅十時発ひかり号に乗り込んだ。同行はミヤ少年である。

前日が前日だから、僕の嚢中すこぶる乏しく、ほとんど無きに等しい。その話をすると、ミヤ少年、そうですかと一言言ったきり押しだまってしまった。たいていの人は、こういうときに、心配するな、おまかせあれと言うものであるが、少年は潔癖であって、ゴマカシが言えない。

いつだったか、朝早く目ざめると、隣に寝ているはずのミヤ少年の姿がなく、ふと見ると、彼、床柱に寄りかかって札束《さつたば》を数えながら涙含《なみだぐ》んでいる。札束と言ったって、ナニ、一枚じゃないというだけで幾許《いくら》もありゃしない。それを何度も何度も数え直しながら、地の底に引き摺りこまれでもするような深い溜息をついている。ああ、僕が悪かった、芸者なんか呼ぶんじゃなかった、僕だって寝たふりしながら反省していたんです。そのくせ、彼、気前がいいことはいい。あれは癖なんだと思うことにしている。お勘定の前に、とりあえず溜息をついてみる、そうなんだ、あれは単なる癖なんだ。

かくして新大阪駅から地下鉄で西田辺へ。さんざ迷って『鉢の木』に着いたのが、二時であったか。対局は三時からということになっている。

「頼もう」

と叫んだが誰も出てこない。何度言っても出てこない。呼鈴を探したが見つからない。升田九段が鶴巻温泉『陣屋旅館』で立腹されたのはこんな具合であったのかと思い、なおもうろうろしていると、やっとお女中が出てきた。おそらく、これはこの店の流儀であって他意はなかったと思う。なんせわいら江戸っ児は気が短いさかいにあかんわ。

「うちは一見《いちげん》さんはお断りですよってに」

しかし、言うことは言わはるなあ。僕とミヤ少年の風袋が悪いのだから仕方がない。ああ、いいほうの背広を着てくれればよかった。

「あのう、藤沢先生の……」

と、くちごもる。

「藤沢せんせ？」

「はい。今日の三時から」

「はあはあ。へえへえへえ。……へえーえ、へえへえ……」

なんだい、こりゃ。

「東京から参りまして」

「へえーえ、へえ。はあはあ、そうでっか。ほな、まあ、おあがり。あんたがヤマグッツァン。へええ？（ト、上から下まで見て）へえへえ、聞いてま……はあはあ、ほな、はよう、おあがり」

ずうっと奥へ通される。途中、畳廊下みたいな所あり。

「ここはスリッパを脱ぐんですか」

「どっちでもええけど、ま、脱いでもらいまほか」

「はいはい」

大広間よりややせまく、大座敷と中座敷の間ぐらいの部屋。立派なものである。すでに盤と駒、記録係りの机、控え室に食卓が用意されている。菓子は宗右衛門町ナニガシ製という美々しきもの。

『鉢の木』は名人戦ほか数回の名勝負の行われたところ。盤は木村・大山の名人戦に使用されたもので「深潭《しんたん》」の銘がある。さすがに毛ほどの傷もない。名人同士が指したのだから当然である。他に「白雪《はくせつ》」という名盤もあるそうだ。

静寂《しん》としてあたりに声も音もなく、庭の山茶花《さざんか》が散りかかっている。

ほどなく、朝日新聞の永田新嘗さん、同じく朝日の吉井栄治さんが連れだってあらわれる。へへっと恐れいらざるを得ない。吉井さんは、名人戦の解説、栄の署名で知られる名記者である。

続いて橋本三治五段。サンちゃんの愛称で知られる四十七歳の大ベテラン棋士である。

「本日は僕の将棋を見に来られたのですか。おそれいります」

「いいえ、私は記録係りです」

「うへえっ！」

僕、上気していて、最後の最後まで、電波新聞の方が来られたのかどうか、わからなかった。

次に大野源一八段。ご存じのように、升田、大山の兄弟子で、振飛車日本一の名棋士である。津川雅彦にそっくりという美男棋士でもあるのに、飄々として、どこか喜劇役者坊屋三郎にも似たところがある。

「大野先生が立合人です」

誰かが言った。うひゃあ！

「わしゃあ違うで。わしゃあ、すぐに帰るんや」

大野さんは、来られたときからお帰りになるまで、すぐに帰る、もう帰る、それじゃ失礼を繰りかえされ、遂に最後まで残っておられた。座布団でさえ、容易に敷こうとはなさらない。大野さんに座布団を敷いてもらい、お茶を飲んでいただくまでが大変なことになる。僕思うに、大野八段は照れ屋である。そう言っちゃ悪いが、無類の好人物である。従って、口が悪い。わざと相手を怒らせるようなことをおっしゃる。それが趣味なのだろう。さんざんに僕の将棋をけなしておいて、十三日と十四日は東京へ出るけれど何も用事がないから遊ぼうかなんてことを言われる。言外に一番教えましょうかという意味がある。毒づいて、目の奥が笑っている。僕、かたじけなさに涙がこぼれそうになる。角落将棋日本一を自他ともに許す大野先生に、いつか教えていただく日の来ることを願っている。

やがて熊谷達人《くまがいみちひと》八段。この人、わが友開高健の中学時代の同級生である。開高さんが体操の選手、熊谷さんが陸上の選手で、仲がよかった。将棋連盟関西本部の理事であり中心人物、この人がいるから運営は安心だと言われている。頭がきれて、万事につけて叮嚀な方である。

しかるに、不幸なことに、近年、難病に罹られた。口がきけるようになったのが今年の初めというのだから推して知るべし。そうでなかったら、A級にとどまって、どのタイトルかの挑戦者になっていたはずである。某日某酒亭で熊谷さんの色紙を見た。「苦中楽あり」それは将棋だけのことではあるまい。僕は思い見て、そのときも涙を禁じ得なかった。

そうして、藤沢桓夫先生。正真正銘の五段であり、前にも書いたように、藤沢先生は素人ではなく棋力ではセミプロに近い方だと思っている。素人棋士といえば僕なんかすぐに朝日の永井大蔵さんの名が思い浮かぶが、永井さんと七番勝負を三度指して一度も負けたことがないという。強豪中の強豪である。しかも無類の早指しと聞く。

こと文壇に関していえば、幸田露伴は別格として、菊池寛、佐佐木茂索、滝井孝作の諸先生の名が出るが、僕は、菊池さん佐佐木さんよりも藤沢さんのほうが強いのではないかと思う。そのわけはいろいろにあるが、まず第一に、プロの棋士と指した将棋の番数が違う。第二に、低血圧のために旅行をされず、小説以外は将棋だけに打ちこまれていたからである。（これは僕の推測）第三に、ご自宅と連盟本部が近く、関西本部自体が研究熱心であり、かつ、藤沢先生を尊敬するという、きわめていい環境におられるということである。そこが、つまり、関西の良さである。だだっ広い東京とはわけが違う。かの升田九段でさえ、藤沢先生には一目を置いているのである。

藤沢先生は大野源一八段の愛弟子である。この師弟のヤリトリが面白い。大野さんは藤沢先生にもポンポンと毒舌悪口をとばす。温厚な藤沢先生も、時にやりかえす。

藤沢先生は、むかし、大野八段の勝った将棋の棋譜だけをきりぬいてもらって、寝る前に、繰りかえし繰りかえし、読み、研究し、味わったという。藤沢先生の振飛車は筋金入りである。

ここにおいて、大野八段が、帰る帰ると言いながら遂に最後まで残られたわけが判明したと思う。大野八段は愛弟子の藤沢先生の将棋を見ないで帰るわけにはいかなかったのである。つまりは、それが、僕の言う、いい環境である。

藤沢先生、むろん、文壇の長老であり、大先輩である。はじめてお目にかかったのであるが、風貌はどこか高見順さんに似ていて、喋り方は川端康成先生に似ておられる。いきなり、僕は、懐しい感じにとらえられた。

その将棋、藤沢先生の石田流に対して、僕の位取りが利に適わず、たちまち劣勢に追いこまれた。

内藤王位評「それでも悪いことはないけれど、しんどいやねえ。まあ、苦しいかな」

その意味は、石田流のほうは手がきまってくるけれど、受けるほうは、どうしても時間と精力を使わされてしまうということである。一発で潰《つぶ》されるのを絶えず警戒しなければならないので……。

その一発が、すぐに来た。

（第１図は▲５五歩まで）

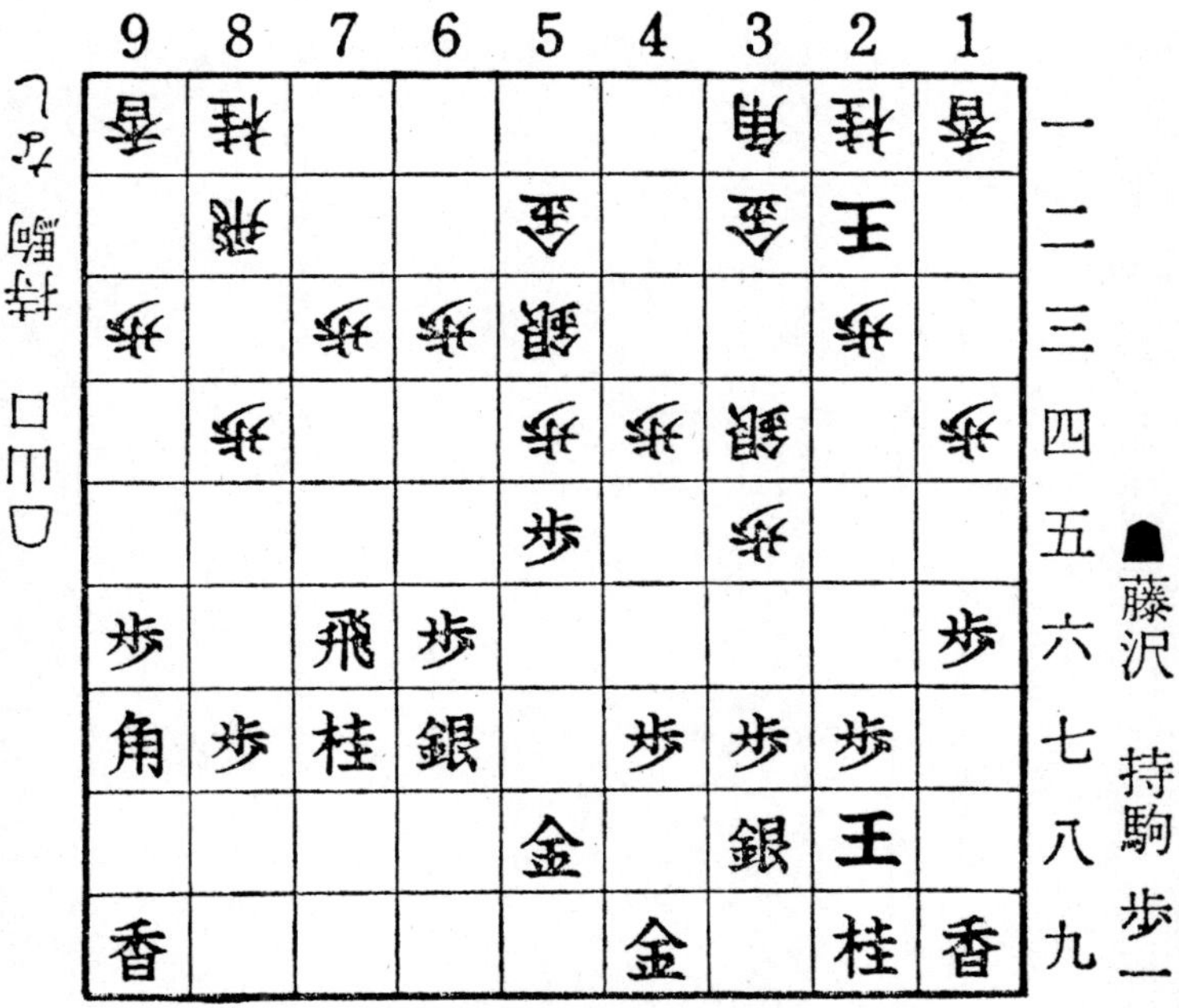

藤沢先生の5五歩で将棋はきまった。僕はシビレている。5五歩は、大野八段絶讃の好手である。珍らしくエエ手を指したなと毒舌の師匠が言った。してみると、その前の5六歩が妙手なのであり、次4六歩ぐらいだろうと軽視して3二金とあがった僕が悪手を指したことになる。5五歩を同歩と取れば、5四歩、同銀、3一角成、同王、7一角、7二飛、4四角成で負け。5四歩に銀を逃げれば6五桂と跳ねられて駄目。

ああ、大阪まで来て四十手足らずで敗勢とは！

僕、六分の大長考で、泣く泣く、4三銀と引いた。位取りの銀を引くようでは全く勝目がない。

ミヤ少年の姿がない。ひとがこんなに苦しんでいるのに何処へ行ったのだろう。

あとで聞いてみると、心斎橋だか道頓堀だかジャンジャン横町だか法善寺横町だか、南だか北だか、僕は大阪は全く不案内であるが、たこ梅で関東煮《だ》きを食べ、どことかでお好み焼を喰い、またどことかでカニちりを食べ、そのうえに善哉《ぜんざい》を食べたという。凄い少年である。

僕、こうなれば、じっとモタレて指していて、ほどよきところで投げ場をみつけ、せめては形をつくろうと思っていると、驚くべし、ハッと気がついたときに、将棋は逆転していたのである。指しているときは、逆転とまでは思わず、いくらか面白くなってきたと思っただけであるが、そのときに、いわゆる震えがきていた。

（第2図は▲4六銀まで）

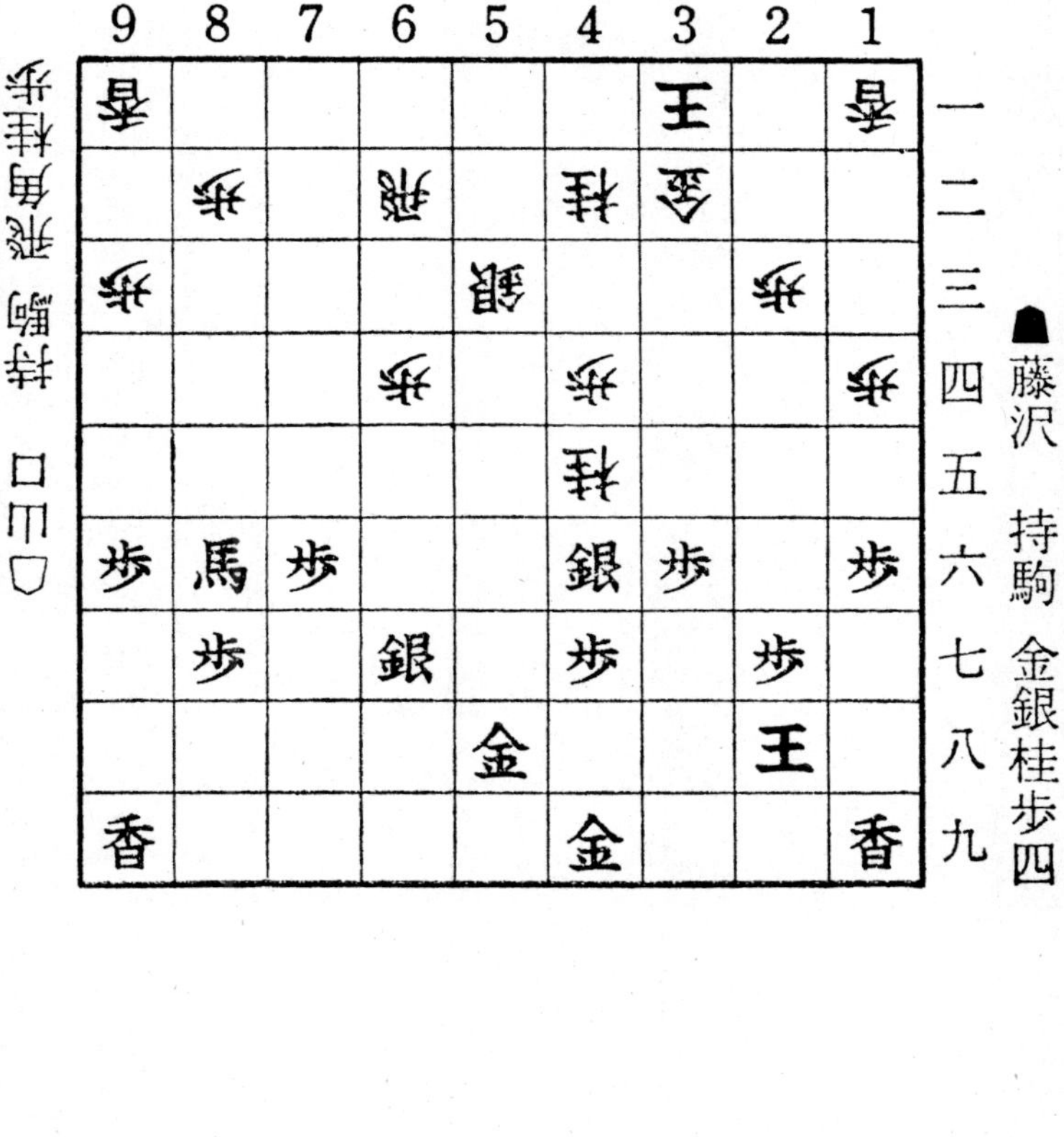

僕、何度も書くように、序盤が五級、中盤が二段、終盤が十級という将棋である。見よ、この中盤の糞力！

ここは、3七角、同銀、同桂成、同王、4五桂、4八王、6九飛で、これがほとんど必至だから勝だろう。その3七角が僕には打てない。むろん、一目で映る角打ちではあったのだが。もっと洒落《しやれ》た手は1五歩だった。まあ、こんな手が指せれば玄人に近くなるが。

しかるところを、僕、2四桂。これは詰めろだから打ちたい誘惑にかられる手。藤沢先生、2五銀。そのあとで致命的な悪手を指してしまった。僕、6一角と打つ。応手は2六歩ぐらいだろうから、2五角、同歩、3六桂で勝と思っていた。独善もいいところだ。6一角に2四銀と切られ、同歩に、こんどは4五銀と切られ、つまり、桂をみんな取られて負けてしまった。桂がなくては敵王は寄せにくい形になる。

藤沢先生に指していただいて、その強さをつくづくと感じた。手ごたえが違う。ましてこれが早指しであったら問題にならないだろう。先生の消費時間の二十三分というのは非常に珍しいのだそうだ。ふだんは五時間で二十局は指されるという。番数を多くするのも必要だと説かれる。

僕の敗因。

一、藤沢先生と将棋を指したこと。

一、それが平手であったこと。
一、振駒の結果、僕が後手になったこと。
一、大野先生が帰る帰るとおっしゃったこと。
一、『鉢の木』のお道具がよすぎたこと。
一、『鉢の木』でお女中がなかなかあらわれなかったこと。
一、ミヤ少年がどこかへ行ってしまったこと。
一、立合人、観戦記者、記録係りが立派すぎたこと。
敗因をあげればキリがない。何でも敗因になる。言っておくけれど、僕の体調は禁酒のおかげで、近来にない快調だった。

快調だから、その晩は大いに飲んだ。これ当然。ひょいと見ると、隣に芸者のような人がいた。その人が、じゃんじゃん、お酌をしてくれた。

3

明くれば十二月五日。早朝に起きて、大阪駅から新幹線で神戸駅へ。

東亜ロードと元町を歩く。カラッケツだから買物なんか出来ない。素見《ひやかし》ばかし。

そのうちに、僕、ハッと気がつく。ＪＣＢというものがあるではないか。日本クレジットビユーローである。僕だって会員である。

神戸へきてステーキを食べないという法はない。JCB加盟店。これがやたらにあるんだな。

「食べるんですか、ステーキを」

ミヤ少年は依然として浮かぬ顔である。自分だけ昨日はさんざ食べておきながら。ステーキだから、葡萄酒を飲む。これ必然。二本飲んじゃった。

自動車で有馬温泉へ。

五時過ぎに内藤王位、記録の酒井順吉三段、神戸新聞の中平邦彦さんがあらわれる。東京以外で対局すると、だいたいにおいて新聞社の人が来られる。嬉しいような嬉しくないような。東京では新聞社の人が取材に来られると、だいたいにおいてお金をくださるけれど、東京以外の土地では、だいたいにおいて、くださらない。それが喜ばしいような喜ばしくないような。僕思うに、東京以外の土地では、新聞記者や広告代理店の人の地位が高いのだろう。こちらでお金を用意しなければいけないのかもしれない。そのへんの勝手が摑めない。しかし、中平さんは、とても気持のいい方だった。また、彼の書く記事は取材が綿密で、文章のキメもこまかい。

内藤王位、前日は中原名人との対局があり、一泊して、そのまま駈けつけられたという。

その対局は、東京12チャンネルの「新春お好み早指し将棋」で、スタジオは東京タワーの二階だった。

着いてみると何やら局の人が騒いでいる。中原さんは対内藤戦の前にもう一局あり、それが終って一服しているところだった。

内藤さん、坐ってみると、盤がまがって置かれている。おかしいなと思う。中原さんにそれを言うと、さっき指していたときには曲っていなかったそうだ。

「ははあ、いがんでますね」

中原名人、立ったまま、盤を見て言った。

内藤さん、天井を見ると、スタジオの照明器具が大揺れに揺れている。

「ははあ、これは地震ですね」

「そう言えば、さっき、みんな大騒ぎしていました」

この日この時、東京では震度4の地震が長く続き、東京タワーの上のほうでは、はば十五センチに亙って揺れたという。将棋指しなんてものは、こういったようなものだ。

温泉に入って夕食。温泉に入ったのだから、相手が内藤さんだから、これは飲むことになる。僕、お銚子は二本ときめた。これは僕がきめたことであって、『古泉閣』のお女中の関知せざるところである。じゃんじゃん注ぐ。むこうは商売なんだから。僕、相手の職業を尊重する質《たち》の男である。おたがい、商売を大事にしよう。

酒というものは、もう駄目だと思っても、飲もうと思えば飲めるものである。何事も意志の力である。昨晩あれだけ飲んで、今日またこれだけ飲める。これ実に不思議。

お女中が膳をかたづける。あと三本だけ。そう言ったのは僕である。でも、内藤さんの唄が出るまでは飲まなかった。

その三本を脇において、酒井三段と角落の早指し。終盤に上手にミスが出て拾わせてもらう。それで寝れば、なんのことはなかった。

内藤さんが酒井さんと稽古将棋を指すという。こういうのをやられては根が好きなんだから見ないわけにはいかない。見るというと、どうしても、中平さんやミヤ少年の前にあった徳利をこっちへ引き寄せる恰好になる。酒というものは、そうなっても、飲もうと思えば飲めてしまうものである。

それで終れば、別にどうということもなかった。

さあ寝ましょうというときに、内藤さんが言った。

「明日は坂田流でいきますから……」

これがいけない。そも、坂田流とは何であろうか。明日の相手にそれを訊《き》くわけにはいかない。ただでさえ変幻自在の人である。その人が奇手を宣言したのである。ひっかき廻して、そのうえに疾風迅雷の寄せがあったんでは目も当てられない。僕、寝られなくなった。寝られるわけがない。悶々のうちに夜は白々と明けてくる。

有馬温泉『古泉閣』は、将棋界にとっては因縁のある対局場である。特に大山王将にとって記念すべき場所となっている。

昭和三十三年二月、第七期の王将戦第三局がここで行われた。升田幸三、大山康晴の一戦である。このとき升田さんは、名人、王将、九段の三冠王で棋界に君臨していた。このときも、すでに二連勝、第三局に勝てば、王将戦に優勝するばかりでなく、規約により香落に指しこむのである。前名人の大山さんの剣ヶ峰である。

その将棋、升田さんの優勢であったのを、大山さんがネバリにネバッて逆転する。そうして勢いに乗って、ついに優勝、王将位を獲得する。運命の一局だった。かくして大山時代が到来したのである。その時の記録係りが十七歳の内藤少年だった。

その後、同じ王将戦、やはり同じく二上八段が大山王将に二連勝しての三局目が『古泉閣』だった。当時、大山さんの振飛車はまだ完成していなくて、一方の二上さんは絶好調だった。このぶんなら、王将位のみならず名人位も……二上さんはそう思い、大方の見方もそのようなものだった。二上・加藤（一）時代来るの声が高くなっていた。そこに、どうやら、二上さんの安易感があったようだ。一番ぐらい落しても、タイトルは貰ったも同然だ。そう思ったのは無理もない。また、棋士は、そのくらいの意気込みがなくては将棋を指せない。
升田戦と同じように、絶対不利の局面をひっくりかえし、大山さんは逆転優勝を遂げ、二上さんのスランプが続くようになる。

午前九時、升田・大山戦、大山・二上戦に使われた盤を間にして、内藤王位と僕とが対座していた。
「おねがいします」
酒井三段の声で、僕は頭をさげた。

昭和四十七年十二月六日
兵庫県有馬温泉『古泉閣』
血涙十番勝負（角落）第四局
上手☖内藤国雄王位
（持時間、各二時間）

☖2二飛1（第3図）　☗7六歩　☖5四歩　☗5六歩　☖6二銀　☗4八銀　☖5三銀

（第3図は☖2二飛まで）

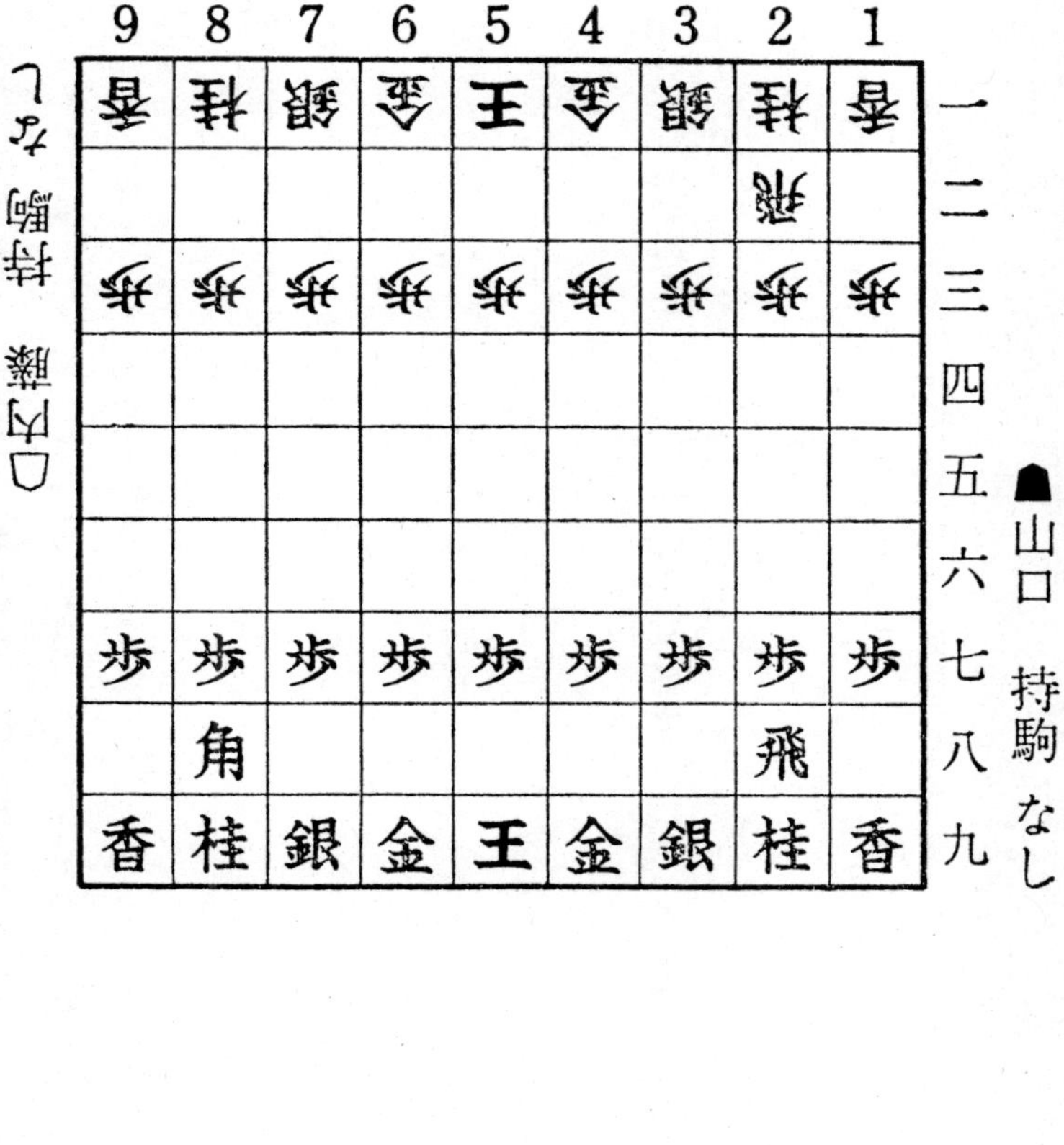

▲5七銀　△4二銀上　▲6八王　△4四歩　▲4六歩　△4三銀　▲7八王　△3二金　▲6八銀上2　△3四歩　▲3六歩2　△3三桂　▲9六歩2　△9四歩　▲5五歩　△同歩1　▲同角　△2二飛1　▲5六銀1　△6二王　▲7七角　△7二王1　▲6六歩6　△6四歩6　▲5八金右3　△5二金　▲6七金1　△6三金　▲8八王1　△7四歩　▲7八金3　△7三桂　▲5七銀4　△8四歩　▲5九角1　△5四歩　▲3八飛　△2四歩1　▲3五歩　△同歩　▲同飛　△3四歩　▲3八飛　△2五歩　▲6八銀4　△2三金3

（第4図）

奇妙に長く感ぜられる一分間だった。初手を指す前に、内藤さんは目を閉じ、ときに窓外を見るなどして気持を静めておられたようだ。

内藤さんの細く長く白い指が飛車をつまんで、パチッと横へ2二飛。これは誤植ではない。第3図をよく見ていただきたい。この図面は書き誤りではない。飛落戦のまさに角のいる場所へ飛車を持っていったのだった。

「これが坂田三吉流ですか？」

「そうです。藤内先生が、今日はお前に坂田流の極意を伝授すると言って指したのが、この2二飛だったんです」

２二飛のひとつの意味はヒッカケである。角筋に飛車がいるのだから、飛角交換は容易である。ところが、序盤での飛角交換は、平手同様に角を持ったほうが有利になる。

第二は、譜に見られるように３三桂と跳ね、２一飛と引いて、中飛車にもなれば、９筋から端攻めにも参加するという具合に縦横無尽に活躍する。

僕は、奨励会の将棋で、いきなり２二飛と指した人がいるということを聞いていたので、この手自体にはさほど驚かなかった。しかし、いきなり、未知の世界にひっぱりこまれたのである。

はたせるかな内藤王位、だしぬけの変幻自在だった。

☗３六歩。ここで４五歩と突くと、同歩と取られ、２二角成、同金で、飛を打つ場所がない。８二飛がうまそうだけれど、７二角と打たれ、同飛成、同金、３一角のとき、５二飛の用意がある。従って、上手は一歩の得と４五の位でもって指せると見ている。

☗５五歩。ここはこの一手。中央から攻めるよりないと思った。

☖６四歩。この手で５五歩なら、強く同銀と取り、９五歩なら同歩、同香、同香、５四歩、９二歩、５五歩、９一歩成のつもり。上手六分の長考は、５五歩を検討されたのだろう。

☗５七銀。上手は全部の駒が捌《さば》けて、飛が自在に動ける形。ここでは下手不利で、はめられたと思った。組みかえに行くよりほかにない。

☗3八飛。一歩を加えて反撃に出る含み。

☖2三金。上手が動きはじめて、駒がはなれた。ここで何かあるはずだと思う。

第4図からの指手

☗7五歩4　☖同歩　☗7六歩　☖同歩　☗7五歩3　☖2四金2　☗7六金　☖8五歩1
☗6五歩3　☖同歩　☗7七桂　☖6二王4　☗6七銀直7　☖5二王　☗6五桂2
☖同桂　☗同銀2　☖6四歩　☗5六銀引3　☖2六歩1　☗同歩1　☖3五金
☗6五歩5　☖4六金2　☗5五歩2　☖8四桂2　☗6六金1　☖7七歩　☗同金2
☖7六歩　☗7八金1　☖4五桂　☗5四歩2　☖同銀左　☗5五桂1　（第5図）

ここは☗7五歩。行く一手だ。王頭戦になれば駒の数が違う。

☖8五歩。これを突かないと金が死んでしまう。

☗6七銀直。これ自慢の一手。

☗5六銀引。これ悪手。当然、7四銀と乗っ込むべきだった。ただし、6二金と引かれて、上手も下手も入王模様となり、非常に長い将棋になる。棋風として僕はどうしてもその形を嫌うようになる。7四銀、6二金には9五歩と突いて角の活用をはかるべしと教えられたが、自

（第4図は△2三金まで）

△内藤　持駒　なし

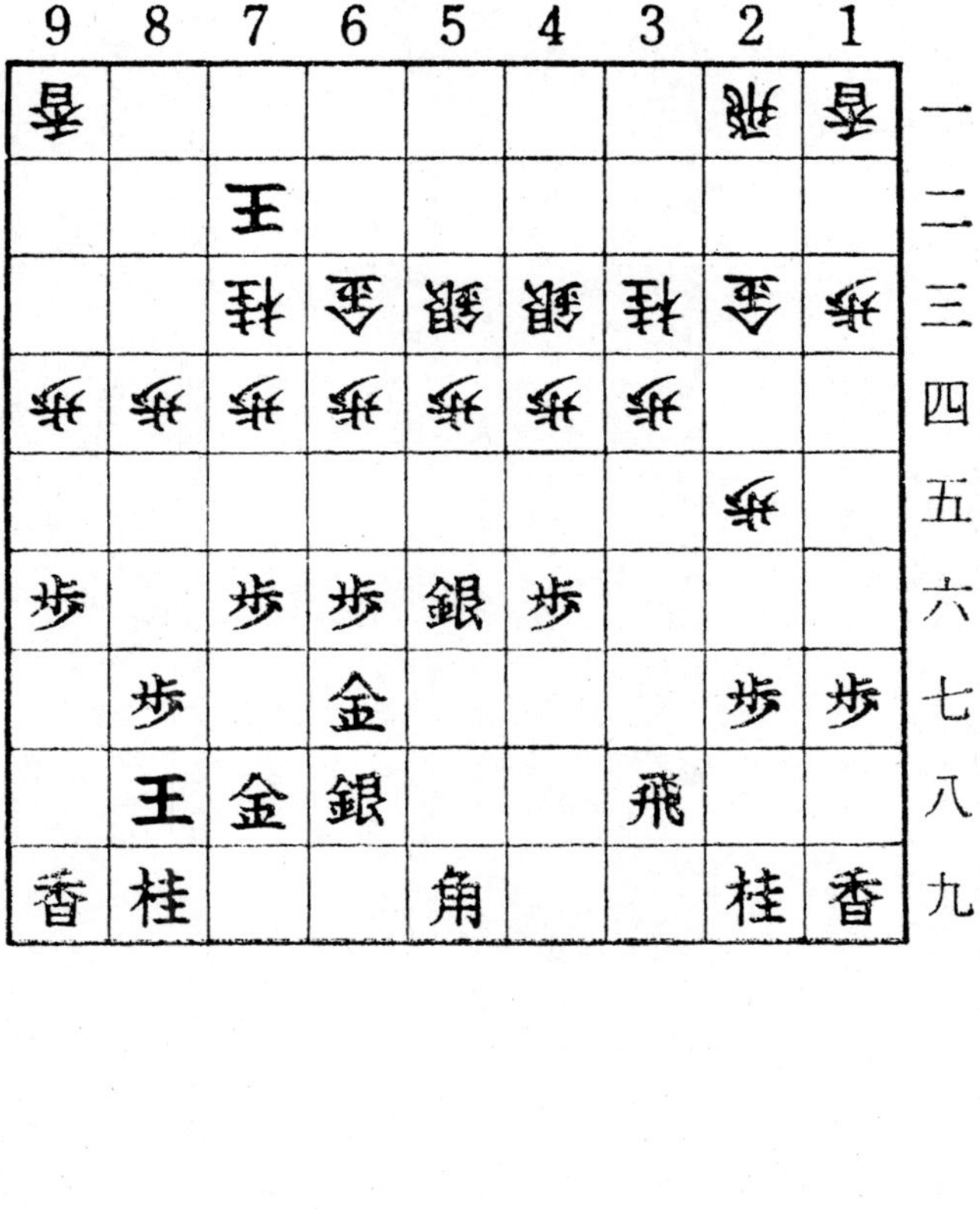

▲山口　持駒　歩二

信がない。

☗6五歩。☗5五歩。このような接近戦は大好き。すなわち、中盤の糞力を発揮するのは今なるぞ！

☖4五桂。あとの下手の5五桂があってみると疑問手だったかもしれない。

☗5五桂。これぞ絶妙手。単に3四飛と出るのは、4三王で後手をひく。次に3四飛と走れば、上手は受けなしとなる。ここでは断然優勢だろう。……さあ、僕、また、震えがきた。

第5図からの指手

☖4二王14　☗6三桂成5　☖同銀　☗5五銀4　☖5四桂2　☗4六銀4　☖同桂

☗3四飛1　☖3三歩　☗3六飛2　☖5七桂成16　☗4六飛5　☖3五銀　（第6図）

いったい、将棋指しの言う「震えがくる」とは何だろう。何を意味するのか。

僕はこう思う。僕の場合はこうなのだ。

第5図を眺めていただきたい。上手には受けがないのだ。初段の実力のある人にはすぐにわかるだろう。上手投了となっても不思議ではない局面である。それほどに開いてしまっている。

5五銀なら同銀。6五歩などは論外。上手は☖4二王の一手である。それでも負け。負けを

（第5図は▲5五桂まで）

△内藤 持駒 歩二

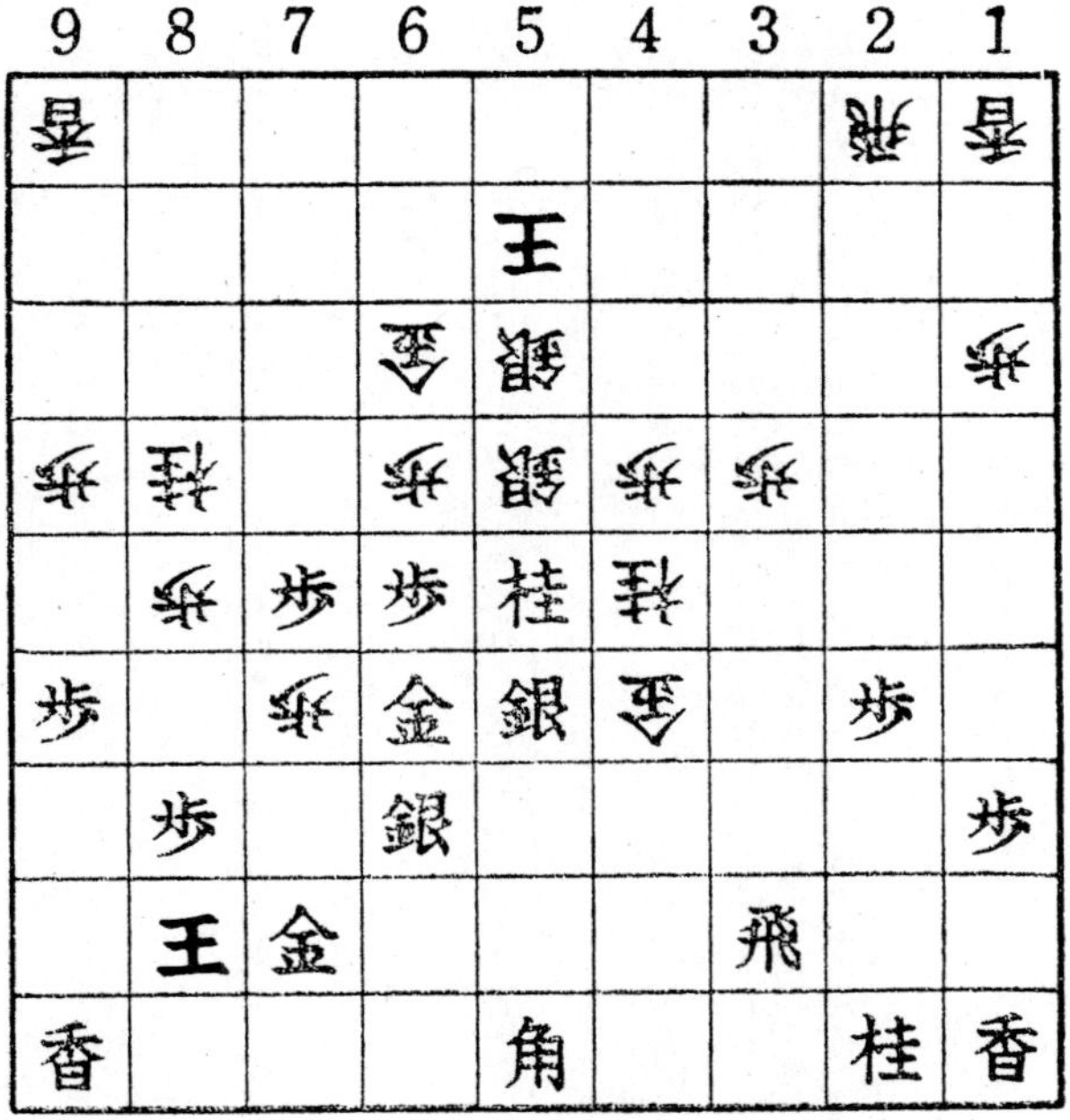

▲山口 持駒 歩三

承知の苦慮十四分の大長考。僕にはそれがわかる。わかったときに震えてくる。

たとえば、こうだ。

内藤さんが「負けました」あるいは、笑いながら「これまでですね」とおっしゃる場面が見えてくる。記録の酒井さんもニッコリ笑って祝福してくれる。なにしろ、文士がプロの高段者に、それもタイトル保持者にいわば準公式といった場で角落で勝つとすれば、文壇はじまって以来のことになる。これは事件である。僕は四段の免状を持っているが、これは文壇四段であって、もし勝てば、実力の素人五段になってしまう。そんな馬鹿な話はないという考えもちらつく。第一、内藤さんに「負けました」と言われたときに、どう挨拶していいかわからない。卒倒するかもしれない、そいつは危険だという思いもある。

ミヤ少年が、ひそかに会社に電話を掛けるだろう。師匠の山口英夫五段にも電話を掛けるだろう。世話になっている米長邦雄理事にも連絡するだろう。そういった考えがちらつく。もし勝ったら、すぐに教えてくれと頼まれているジャーナリストがいる。彼はいくつかのコラムを持っている。ニュースはたちまち流れるはずである。

僕はまた、万一勝ったときは、内藤さんになんと御礼を言ったらいいだろう。僕、万一のときは、とりあえず、愛用の鉄道時計を差しあげるつもりにしている。そのほかに、神戸の最高級の中国料理店に、内藤さん、酒井さんをお招きする心づもりがある。その際に内藤夫人をお呼びすべきかどうか。藤内門下の森安兄弟、若松四段、淡路三段、小阪三段はいかに。神戸の雄、有吉八段はいかに。

どうか笑っていただきたい。そんな考えも脳裏を駈けめぐるのである。そいつは生意気だと思う人もいるかもしれない。しかし、たとえば、今年A級八段に昇進した佐藤大五郎八段は祝宴攻めで調子をくずし、昇段昇級後に七連敗を重ねた。あの佐藤さんが……。将棋の世界とはそんなものである。

あれやこれや、頭のなかが乱れに乱れ、ずんずん将棋を離れてゆく。空白になってゆく。考えられなくなる。うわずってくる。それが「震え」である。

たとえば、高校野球の決勝戦、一点リードして九回裏のマウンドに立った投手の心境である。母校の名誉、郷土の誉れ、耐えてきた何年間、それらがわっと襲ってくる。勝利の瞬間の紙吹雪、校長の万歳、父と母の涙、女生徒の涙、応援団長の握手と涙、そいつがわっと襲いかかる。九回裏のピッチャーは、実は、もう、野球のことは何も考えられなくなっているのだ。プロ野球の契約金のことだって、ちらり頭をかすめるだろう。それは野球であって野球ではない。その証拠に、豪胆不敵と見えたピッチャーが勝利の瞬間に号泣するのである。あるいは呆然自失となるのである。相手のチームも同じことなのだ。九回裏、一点差、そう思うから、一打同点を狙って悪球を強振して退くのである。

僕の場合「敵も同じこと」ではない。敵はプロ、こっちはアマである。

僕は弁解をするつもりはない。泣言を言っているのではない。「震えも実力のうち」である。それは承知している。僕は「震え」の中身を説明しているのに過ぎない。

内藤さんは布団をずらし、半身とか斜に構えるとか言いたいところだけれど、ほとんど横向きになって盤面を睨んでいる。その顔が、時に窓のほうを見る。あるいは目を閉じる。開いた目が異様に光る。

大長考の十四分で、やはり☖４二王。この一手だ。

６三桂成、同銀に、☗５五銀が、また、すこぶるつきの強打である。これできまっている。

５四桂、４六銀、同桂、３四飛、３三歩。

この局面を見ていただきたい。ここでどう指すか。

もし、これが「次の一手」の出題であったなら、誰だって４三歩と答えるだろう。これがいいタイミングで同王の一手である。そこで３六飛と引いて桂を催促する。

４三歩に５二王なら、３三飛成。３二王なら、４二金、同銀、同歩成、同王、４四飛。４二金に２二王なら３二金と打って寄り筋。

僕の頭が空白になっている。わずか二分考えただけで３六飛。どうかしている。

この４三歩と叩くのを、専門家は「王様《おうさん》の値段を聞く」と言っている。手筋である。このよ

（第6図は△３五銀まで）

△内藤　持駒　歩

▲山口　持駒　金二桂歩四

うに駒がぶつかっているときがチャンスなのである。中盤まではそう指していたのに。

☖5七桂成に十六分。これは、いわば形づくりだろう。これは昼食をはさんでの十六分であり、4二王のときからすると、上手は約一時間半の消費時間ということになる。僕はまるで考えられなくなっているが、内藤さんの頭のなかには盤面が刻みこまれているはずである。

☗4六飛。ここでも4三歩があったろう。ここでの駒割りは、実に、僕の金得となっている。遊び駒もない。いかに大差であったかがわかると思う。しかも、内藤さんの狙いの飛車は2筋に釘づけで目標になっている。

☖3五銀で、第6図。

僕の残り時間は、まだ三十分ある。いったい、なんだって僕は慌てていたのか。

第6図からの指手

☗6四歩2　☖同銀直　☗6五歩6　☖6七成桂1　☗同金上1　☖7七銀　☗同金
☖同歩成　☗同角2　☖4六銀　☗6四歩1　☖2八飛　☗5八歩1　☖7六歩
☗6三歩成7　☖5八飛成　☗6八歩2　☖7七歩成　☗同王　☖7六歩
まで、百二十一手にて内藤王位の勝ち。消費時間、上手五十九分、下手一時間五十二分。

第6図の上手の3五銀は苦しまぎれであったという。こんなところへ銀を打つのは苦しいからだと内藤さんが言われた。

僕はあわてている。僕の予測した手は、4五銀だった。それなら、いますぐではなくても、同飛と切って、3五桂と5五桂を見て勝というのが読み筋。

まったく、どうかしている。飛車は捨てるつもりだけれど、4六銀と取られた形が、3五桂、5五桂の両方を消している。それであわてたのだ。取られてわるい飛車なら逃げればいい。どうして逃げなかったのか。自分でもわからない。

多分、ここで負けたと思ってしまったのだろう。負けるならカッコよく。それが☗6四歩、☗6五歩の連続悪手となった。

それなら第6図での正解は何だろう。

4九飛である。4九飛に、6七成桂、同金引、5八銀、2七桂（好手）、これで終りだった。

☗6四歩で、内藤王位の口から息が洩れた。☗6五歩で、顔つきがやわらかくなり、緊張が解けた。というより、拍子抜けだろうか。

6四歩と指すときに電報が来た。

ナイトウオイフンサイ・ヒトミセンセイガンバレ」セリザワ

ちょうどいいときの電報だったのに、芹沢さん、ごめんなさい。

あとは内藤さんの華麗な寄せを待つばかり。

投了のとき、内藤さんが言った。

「どうしたの？　昼食後にガタガタになっちゃった。板谷さんのときと同じですね。昼飯を食べなければよかったですね」

「食べなくても駄目ですよ」

「おかしいなあ。終盤が弱いと書いておられたけど本当なんですか」

「駄目なんです」

「そう思われるだけでも損ですね」

「内藤さん、この将棋、手合い違いでしょうか」

「そんなことはありませんよ。いっぱいいっぱいでした。ただ時間とエネルギーの使い方だけですね、問題は。それと詰将棋」

「失礼は承知で角落をおねがいしているんです」

「失礼だなんて、とんでもない。はじめは私も手合い違いだと思ったんですよ。私は兵庫県の県代表と毎年角落を指していて二十連勝ですからね。これは立派なもんです」

「アマチュアの参考になりますか」

「なりますとも。妙手探しの問題がふたつ出来ましたよ。ひとつは、下手5五桂」

内藤さんが、やっと笑った。僕は、内藤王位はお世辞の言えない男だと思うことにする。

ミヤ少年、座敷の隅のほうで、首を振り、不機嫌に黙りこくっている。

第五番　江戸で振るのは大内延介八段

1

ミヤ少年の機嫌がわるい。内藤王位との対局が終り、神戸駅から乗った新幹線最終便の車中である。

これより前、神戸新開地のフグ料理屋で強《したた》かに飲んだ。内藤王位、酒井三段、ミヤ少年、僕の四人である。ニコゴリ、フグサシ、フグチリ、フグゾースイ。酒はむろんヒレ酒である。肝が出た。僕は、以前、広島でフグの肝を食べたことがある。肝をほぐしてポン酢にまぶし、サシミをつけて食する。非常なる美味である。広島人はほぐすなんてことをせず、そのままガブリとやる。今回は、これも出たけれど、そのほかに、チリ用の肝が山と出た。内藤王位の説明によると、肝は六つ食べると死ぬという。そやけど、六つ食べると死ぬというときに、五つはよう食べられへんで。まあ、ええとこ四つやなあ、と言われる。僕、出てきた肝を、ひいふうみいようと数えてみる。みんなが平均して食べれば誰も死ぬことはない。四人分を三人で食べれば誰かが死ぬ。二人で食べれば二人とも死ぬ。

かりに、四人の全員が死ぬとすれば、誰が一番幸福かというと、それは僕であるという。なぜならば僕が最年長であり、僕がもっとも長生きしたのであるから、幸福度でいえば、僕、内藤王位、ミヤ少年、酒井三段の順になるという。そうかもしれないが、そんなのは厭だ。僕は常に「氏は春秋に富む」と言われたい。特に将棋界において――。もっとも、婚約間近しという噂のあるミヤ少年に万一のことがあったら大変だけど。みんな長生きをしよう。

僕は肝を三つ半、内藤さんは大きいのを選《よ》って四つ、あとの少年二人は二箇ずつといった具合に食べ、ヒレ酒を飲み、内藤さんの懇意の三宮の酒場へ行き、三橋美智也を聞くことになる。本当は『ゴッド・ファーザー』が歌いたかったと言う。しかしながら時間がない。また、こういう時に限って伴奏のギターの絃が切れたりする。ミヤ少年が「逃げた女房」一節太郎を歌う。僕、時間が気になるので、懐中時計を出したり入れたり。「まだまだ早い。楽勝やで」内藤さんの声を後にして酒場を出た。

そうやって、新幹線に乗ったのである。

ミヤ少年、昨日からの不機嫌が続いていて、黙りこくっている。二人になってからが、いよいよいけない。僕、神戸駅でジョニ黒の小瓶を奮発した。ノシイカ、センベ、ピーナッツなども買った。黙って二人で飲んでいる。忽ち、空になる。そこでビュフェへ行って、なにやらわけわからぬミニチュア瓶各種を買ってくる。ナポレオンなんてのも買ってくる。

少年が口を開いたのは、京都駅を過ぎてからだった。

「あなたは素人と将棋を指しちゃ、いけないいんです」

「………」

「素人と指しちゃ駄目です。私は怒っているんです」

「藤沢先生と指したのがいけないの？」

「当りまえですよ」

内藤王位との対局の前々日、大阪で藤沢桓夫五段と指して負けた。藤沢先生、およびお膳立てをしてくださった将棋連盟関西本部の皆様、さらに主催の電波新聞の皆様、どうか怒らないでいただきたい。ミヤ少年は、将棋のことも将棋界のこともわからないのである。藤沢先生の強さについても理解がない。

「負けたのがいけない？」

「そんなこと、言っちゃいませんよ」

「指したのがいかん……」

「そうです。勝ったって負けたって、それはどうだっていいんです」

「どうして？　どうしてアマチュアの人と指したらいけないの」

「あなたの将棋は、そういう将棋じゃないいんです」

「どういう将棋？」

「あなたの将棋はね。プロと指したときに初めて力を発揮するんです。そういう将棋なんです。強いとか弱いとかいう話じゃない」

「そうかね」

「まるで自分のことがわかってない。困った人だな」

プイと横を向いて黙ってしまった。ミヤ少年、自分なりの考えをうまく説明できないで余計に不機嫌になる。たしかに酔ってもいるのだろう。こんなになったのも初めてのことである。あるいはフグの毒で痺《しび》れているのかもしれない。

そういえば、藤沢先生と僕との対局中、彼は行方をくらましてしまった。いつもは盤側にいて、首をかしげたり、溜息をついていたりするのに——あとで聞くと、南へ行って、関東煮《だ》きとお好み焼とカニと善哉《ぜんざい》を食べていたという。変な人だ。

「わかったよ。もう指さない」

「ほんとですか？」

「もう素人とは絶対に指さない」

「ああ、よかった」

少年の顔に喜色があらわれた。それから、突然、こんなことを言った。

「老酒《ラオチュー》を御馳走することになっているんです」

「なんだって？」

「老酒ですよ。みんなで老酒を御馳走しようって話してるんです」

「つまり中国料理を奢《おご》ってくれるわけか」

「そうです。編集部一同です。みんなで老酒で乾盃です」

「マオタイ酒とか五加皮酒とか」

「いえ、老酒です」

そういえば、こんなことがあった。僕は、「小説現代」の小説の新人賞選考委員を勤めているが、あるときの授賞式、そのときの当選作は負けることを目的とする剣豪という奇妙な作品であって、僕は挨拶のときに、実は僕も負けることを目的とする将棋小説を書いていると言ったら、つまりその編集部一同がドッと笑った。あれは軽蔑が八割方で好意が二割という笑いであったと思う。彼等の頭に老酒がひらめいたのだろう。それは、いわば幻の老酒でもあったのだろう。

「紹興酒《しょうこうしゅ》か……」

「いえ、老酒です」

「馬鹿だな。老酒のなかの最高級品を紹興酒と言う。昔は浙江省紹興府で産し、いまは蘇州あたりが名産地となっている」

「もうひとつ、別の話ですが」

「まだあるのかね」

「今日、熱を見てくれと言われたでしょう」

以前からそうなのであるが、僕は対局中に微熱を発することに気づいていた。そこで、昼食休憩のときに、ミヤ少年にオデコにさわってもらった。少年は、たしかに熱があると言った。

「あれは微熱なんていうもんじゃありませんでした」

「…………」

「高熱でしたよ」

僕は対局中にやたらに番茶を飲み、水を飲む。板谷七段との一戦のときなど、水差しの水を一杯飲んでしまって、お代りをして、それを半分は飲んだ。ノドがかわくのである。

女房は将棋を指すと糖尿病が悪化すると固く信じている。対局中にはドンドン進行すると言う。あるいはそうかもしれない。糖尿病の最大の敵はストレスである。プロ棋士との対局など、ストレスのでかい奴の連続なのであるから。とくに終盤の鍔迫合《つばぜりあ》いがいけない。

そうとわかっていても、止めるわけにはいかない。ミヤ少年の忠告、あるいはこのことを含めてのことかもしれぬ。

2

内藤戦のあとでも、いろいろに言われた。僕の耳に達するのはマシなほうばかりだから、陰で何を言われているかの察しはつく。それでいいと思う。これは開拓者の道なのだから。

将棋界の発展を阻んでいる原因のひとつは、プロとアマの力の懸隔《けんかく》の甚しきことである。どうしてそうなったかというと、わが将棋界においては、プロとアマとの交流が少いからである。すくなくとも囲碁の世界のようではない。交流（対局）がないから、アマがプロに近づけないのである。プロ野球の二軍の強打者が一軍に登用されないのは、たいていの場合、変化球が打てないからである。一軍でベンチをあたためている選手も、変化球が打てないから試合に出されない。しかし、僕思うに、試合に出なければ、いつまでたっても変化球を打てるようにはならない。試合に出て、相手投手の生きた球を打つのでなければ。

キャンプのフリーバッティングで長打を飛ばし、オープン戦で好打率をあげる選手が、いざ開幕となるとまるで姿を消してしまうのを御存じだろう。聞いてみると、やはり変化球のことになる。

将棋界にもこれに似たところがありはしないか。

たとえば、こういう案はどうだろう。

C級1組、C級2組で五段以下の棋士が二十二人いる。これに奨励会A組の三段十六人を加える。さらにアマ強豪十三人を加える。これに、さらに、いわゆる有名人（大橋巨泉、柳家小さん、貴ノ花、など）十三人を加えると六十四人になり、トーナメントを行うと、三位決定戦を含めて六十四試合になる。総平手戦（ただし、いわゆる有名人の場合は手合割り）とする。専門棋士以外は対局料無し。優勝賞金百万円、二位三十万円、三位二十万円、四位十万円。これなら、たいして費用はかからない。どこかの新聞社、出版社でこの企画を買ってくれないか。総費用を三百万円とし、週刊誌で一局四頁で掲載すると、頁当りの単価が一万二千円弱となる。

これは試案である。僕は、プロとアマが交流し、力が接近し、若手棋士の収入が増すのを願う者であって他意はない。

つまり、僕の十番勝負が、そういうことの機運になってくれれば、こんなに有難いことはない。この二、三年、「将棋世界」や「近代将棋」という専門誌で、アマとプロの棋戦がふえてきたように思う。部数も伸びていると聞く。

僕にはそういう願いもあるのだ。

しかるに、たとえば今年の年賀状、どうしても一番は勝て、ツベコベ言わずに勝て、なんていうのが多かった。これは好意であるが、そのたびにドッキリし、驚き、そういうものかと思ってしまう。将棋に対する考え方が違うのかしら。近い人には、僕の考えを説明するのだが、それでも勝てと言われる。むろん、僕も勝つための努力はしているのだが。

芹沢八段は、こう言う。

「あれは小説ですよ。小説だと思って読んでいますよ。勝負はどっちでもいいんじゃないですか。気にすることはありませんよ。そういうもんですよ」

中原名人。

「『小説現代』の発売日は楽しみにしています。近くの本屋へ行ってすぐに買います。だけど棋譜のところは読みません。(と、笑う)」

そういえば、米長八段にも、こんなことを言われた。

「山口さんの近所はいいところだから引越して行きたいんです。そうすれば毎日将棋が指せますしね。……だけど、そうすると僕の将棋が弱くなっちゃう」

放送作家の安倍徹郎さんは言う。

「この十番勝負、全部負けちまいなさいよ。そのほうがいいと思いますな」(どういう具合にいいのかわからない)

大橋克己(俳号巨泉)二段が言う。

「山口さんの将棋はね、競馬で言えば、ほら、高い馬でね、血統よし馬格よし、調教でよく走って人気になる、それで、レースになって、バーンとハナをきって、ぐんぐん引きはなし、大楽勝かと思うと、直線でどういうわけかとまっちまう、そういう馬いるじゃない？　姿はいいし、下卑《げび》たところはない。ところが実戦で走らない。種馬にはいいかもしれないけれど。たとえば、ミネラルシンボリとかさ……」

ミネラルシンボリは少し賞めすぎだけれど、むかし、デストロイヤーという馬に凝《こ》ったことがある。馬か麒麟《きりん》かというぐらい背が高い。ジョッキーが乗るのに苦労する。これが走ったらペガサスのガソリン屋の看板みたいだろうと思って、いつも単勝を買うのだけれど走らないのだ。持時計はあるのに走らない。

僕の将棋、毎度申しあげるように、序盤が五級、中盤が二段、終盤が十級になっちまう。終盤が弱い。

僕は、しかしながら、終盤が弱いということは「将棋が弱い」のだと思っている。「将棋の強い」人は終盤（寄せ）が強い。

関東の棋士は僕の型が多いという。（少しは言わせてもらう）関西の棋士は序盤が甘く、中終盤が強い。力で来いというわけか。

また、一説にいわく。序盤の甘い棋士は、勝つときは常に逆転勝ちとなるのだから、自然に終盤が強くなり、終盤に自信を抱くようになる。序盤のうまい（構想力のすぐれた）棋士が負けるときは逆転負けだから、終盤の自信を失ってしまうという傾向があるそうだ。（これはプロの話で、僕には当てはまらない）

僕は、序盤が大甘で、中盤にいくらかの自信があり、終盤がカラッキシ駄目で、従って将棋が弱い。終盤で塡《は》められればすぐに塡まってしまう。

ところが中盤で時に妙手を指すから、相手がプロだと驚くことがある。プロの場合だと、負けたとは思わぬまでも悪いと思う。悪いことに気づく。プロでないといけない。素人は驚かないからいけない。それからあと、ガタガタになる。そこでプロはもう一度おどろく。僕のはビックリ将棋である。

中盤の妙手とは含みの多い手である。味のある手である。相手が素人だと、含みとか味に気がつかない。（むろん、僕自身も気づいていない。あとで言われて自分で驚いたりする。あるいは、相手が長考するので、盤面を見廻して、悪くないなと思ったりする。僕の自戦記には「意外やこれが好手であった」といった表現が多いのもそのためである）すなわち、僕は、甚だ情緒的な人間なのである。そう思わざるを得ない。ミヤ少年が素人と将棋を指してはいけないと言うのは、このへんのところを言っているのかもしれない。彼は将棋はわからないが、僕という人間について何物かを摑んでいると言えるかもしれない。僕の将棋、もしかしたら、感覚はプロ的であるかもしれない。これは決して自慢して言うのではない。だいたい、何々的なんてのにロクなことはない。しかしながら、プロ棋士を相手に、必ず負けるけれど必ず善戦するという男も少いかもしれない。たとえば、対板谷戦、対内藤戦の終盤をアマ強豪の誰かが持ったら絶対の大楽勝であったと思う。大橋克己さんが俺でも勝てると言ったくらいだから。(ただし、大内八段の、上手はあれ以後かなり厭らしく指しているという評もある)

先日、東京12チャンネルの早指し将棋第一回優勝者の中原名人と、学生名人黒川さんの飛落将棋をテレビで拝見したけれど、僕ならばああは指さないという手が何手かあった。感覚的に言って、そういうことになる。僕ならば、あの将棋、いったんは下手勝勢に持ってゆく自信がある。そうして必ず負けるだろう。また、黒川名人と僕が平手で指したら、必ずや大差でもって僕が負けるだろう。その証拠に(こんなところで威張ったってしようがないが)僕は、米長八段の兄さんのモト東大将棋部主将の米長修さんと指すと、何番でもブッ飛ばされてしまう。以後、学生の強い人とは指さないことにした。負け方がミジメだからである。将棋連盟塾生の鈴木輝彦初段の渾名は「ミジメ君」であるそうだが、「ミジメ君」ならば僕のほうが自信がある。

要するに、僕は甚だ情緒的な人間なのである。情緒なり含みなり味なりが最後の決着をつけるところで間違ってしまう。

そういうことは、将棋以外にも、僕の人生、何度もあった。「文は人なり」と言うけれど「将棋もまた人なり」だと思う。

僕ら素人が将棋を指すときに、そこに人柄があらわれるのだけれど、逆に言えば、将棋を指すことは自分を知る手段であると思う。

自分を知るために将棋を指すとも言えないだろうか。そうして、そのことにおいて僕は絶望的である。終盤が弱いということは、詰将棋を勉強したからといって強くなるという性質のものではない。終盤が弱いのは将棋が弱いのである。なんだか悩める奨励会棋士の言のようになってきたが僕は決して迷っているのではない。前記諸事情は僕において確定的なのである。僕の人生を枉《ま》げることは出来ない。まがりもしないだろう。

もしもあの時、僕の構想において、僕の含みにおいて事件が発展し、最後の詰めを誤らなかったら僕の人生は変ったものになっていたろうということは何度もあった。いま、かえりみてそう思う。

しかしながら、それは、終盤が弱いから終盤の勉強を放棄しようということにはならない。なぜならば、抵抗することが人生なのだから。もしかしたら、この人生、すべては自分の運命に抵抗することの美しさにあるのかもしれない。そう思わないか、奨励会棋士諸君、塾生諸君!(このくらい言わせてもらわないと気が済まぬ)

3

今回の対戦相手は大内延介《のぶゆき》八段である。江戸っ児である。芝で生まれて千葉で育つ。（この千葉が惜しかった。しかし、本籍地は今でも新橋である）

昭和十六年生まれ、三十一歳。すなわち、花の十六年組である。十六年は、他に高島弘光、西村一義、山口英夫、桜井昇、安恵照剛の諸氏がいる。

土居名誉名人門下。三段当時「古豪新鋭戦」で連続優勝という快挙がある。第八期王位戦挑戦者。昨年A級八段となり、いきなり二連勝、そのあと三連敗したが、大山王将を破る大殊勲があり、戦線を攪乱《かくらん》するとともに、自らも挑戦者となる権利を得た。あれは中盤戦の大一番だった。

若くして連盟理事。つまり人望があり、頭が切れる。

彼が連盟理事で経理を担当するに至った件については、僕らの常識で判断のつかぬ事情が存する。大内さんは独身である。独身だから経理担当であるという。僕らの社会では、経理担当重役は、温厚で家庭円満の紳士、もちろん妻子あり孫ありという人を選ぶ。組合の帳簿をあずかる人でも穏健な人物を任命するだろう。将棋連盟ではそうはいかない。

大内さんが穏健ではないと言うのではないけれど、たとえば彼の所へ月給の前借を申し入れる棋士に「貸さねえとタタッ殺すぞ」と言われたときに、芝で生まれた勇み肌、「なにをッ」と一喝《かつ》くらわせる度胸と腕っ節が必要なのである。だから、若くって強くないといけない。修善寺サイクリングセンターでの棋士競輪大会では抜群の強さで優勝、すなわち腕っ節も強いが脚力もある。

なかには「俺に貸さねえとテメエの家に火をつけるぞ」と言う棋士もあるそうだ。そういう際には独身でアパート暮しのほうがいいんだそうだ。この話、芹沢八段の解説だから、あまりアテにならないが、若くて独身で経理担当理事であることは間違いがない。

もっとも、彼、この二十三日に結婚する。二月二十三日といえば、将棋指しにとってもっとも忙しく大事な時期に当る。(順位戦最終日は三月六日)どうして大安ではなく先負の二十三日にしちゃったか自分でも理解に苦しむという。このあたりが将棋指しだけれど、あるいは、隠れた狙いが秘められているのかもしれない。ただし、結婚すると経理担当はどうなるのか。

彼は理論家で、将棋の腕っ節も強く、沈着冷静であるが、僕は東京人には珍しい粘りのある将棋だと思っている。

振り飛車党で、八割は振って指す。いま、A級棋士で振り飛車党は大山王将、升田九段、佐藤八段の三人である。原田八段は、最近は昔のように居飛車が多くなった。

なぜ飛車を振るのかという問いに対して、

「はじめは松田茂行八段にツノ銀中飛車を教えてもらったんです。それが面白くなって……。大山さん、升田さんが引退すると、振り飛車が少くて淋しくなってしまう。振り飛車は味のある将棋です。いなくなってしまうのもツマラナイと思って……。私も三段までは居飛車だったんです」

と、答えた。佐藤八段の四間飛車があるが、彼は北海道出身であり、東京人で振り飛車というのは非常に珍しい。それが大内八段の存在価値であり、一風変ったところでもある。

僕は、将棋指しは、百人中九十何人かまでは好きだけれど、大内八段もまた何とも小気味のいい男である。元気で威勢がよく、悪びれるところがない。遠慮がなく、そうかといってデシャバルわけではない。将棋界には、どうしていい男が揃うのか、ゆっくり考えてみたいと思う。

対局場は、「陣屋《じんや》騒動」で有名な鶴巻温泉『陣屋旅館』である。いったい、どんな事件であったか、倉島竹二郎さんの文章（『近代将棋の名匠たち』角川書店）を借りることにしよう。

「対局場の『陣屋旅館』のある鶴巻温泉は、新宿から小田急の急行で約一時間ほどかかるところで、今は見違えるようにひらけて温泉街らしくなったが、当時は道も悪くまだ草深い感じのする場所であった。私は風邪を引いて微熱気味だったが、対局前日の午後鎌倉腰越の家を出て、藤沢から小田急に乗り相模大野という駅で乗り換えて鶴巻に向かった。二月初めの寒々とした日で、電車の窓ガラスに霙《みぞれ》が絶えず吹きつけていたのを覚えている。」

昭和二十六年十二月から第一期王将位決定戦が、木村名人と升田八段との間で行われ、升田八段は名人を半香に指し込んで、第六局の香落番（二十七年二月）が『陣屋旅館』で行われることになった。

対局の前日、木村名人は早くから来ているのに升田八段はあらわれない。夕食時間になっても来ない。

「そこへ、当時将棋や碁の設営を引き受けていた『毎日新聞』の飯田君という人が顔色を変えて現われると

『升田さんは隣りの光鶴園に来ているのですよ。いま光鶴園から電話があって、升田さんが明日の将棋は指す気にならないから一日延期してほしいといってきたのです』と告げた。

皆はアッと仰天した。」

「その夕刻、升田は霙の降るぬかるみ道を寒さにふるえながら陣屋にたどりついたが、玄関先で幾度ベルを鳴らしてもだれも現われなかった。升田は長い間立ちん棒をさせられたが、寒さは寒し、それに旅館には宴会があるらしくドンチャン騒ぎが手に取るように聞こえるだけに、ついに業《ごう》をにやした升田は踵《きびす》を返して近くの光鶴園に上がった。そして、酒を呷《あお》るうちにますます気持ちがこじれてきて、こんな気分では名人に香を引いて指すという歴史的な大勝負は到

底やれそうにない、木村名人には相済まぬが、対局を一日延期するか、それとも対局場を変更してもらおう――と、肚を決めたのだという。これが当時伝えられた表向きの理由で、新聞は陣屋のベルの鳴らなかったことを大きくユーモラスに報道したし、陣屋ではベルが故障して鳴らなかったのだと弁解した。たしかに、ベルが鳴らなかったのが直接の原因ではあろうが、升田が感情を爆発させたのには背後にもっと深い複雑な事情があったようだ。」

当時、僕は、この事件を知って、いかに旅館のベルが鳴らなくても、夕食時に玄関が締っているわけはなく、かまわずあがって帳場へ行って案内しろと言ってもいいし、宴会があるなら、そこへ行って女中を摑まえて将棋の部屋はどこだと訊いてもいいのではないかと思った。それが出来ないというのは、いかにもハニカミ屋の升田さんらしいとも思った。また光鶴園に行って荒れたのは、大変な淋しがり屋だなとも感じた。

また、こうも思った。「名人に香車を引いて勝つまでは帰ってきません」と、母の物指の裏に彫りつけて家を出た升田八段であっても、いざ実際に不世出の名人木村義雄に香を引いて指すというときに、気遅れがあったのではないか、そこに僕は升田さんの優しさを見たように思った。武士の情である。つまり、僕は、名人のためにわざと喧嘩を売って、損な役を引き受けたと解釈したのである。（当時の関西と関東との対立はそんなナマヤサシイものではなかったとする考えもあるだろうが）

倉島さんは、背後の複雑な事情について、次のように書いておられる。

「升田は一つまちがえれば命を投げ出してかかるといった激しい気性の持ち主だが、いちめん非常に神経が繊細で、義理堅く情に脆《もろ》いところがあった。

升田がある事情で人間不信におちいり精神的に参っていた時代に、彼を破格の待遇で招聘《しょうへい》し、その後全面的に彼を支援しつづけてくれたのは『朝日新聞』であった。その朝日の名人戦で味噌をつけながら、対抗紙である毎日の王将戦で同じ相手の木村名人を半香に指し込んだことについて、升田は一種の不義理感からくる煩悶に悩まされていたフシがある。また、当時の木村派と見られた将棋連盟役員との感情問題にも彼の神経をかき乱すものがあったようだ。そうしたところへ当日の偶然が重なり、鬱積《うっせき》していた感情が一時に爆発したと見るのが陣屋騒動の真相ではなかろうか？」

4

霙こそ降っていないが、一月の末の寒い日の夕刻、僕とミヤ少年は『陣屋旅館』に到着した。すこし後になってのことであるが、番頭さんの一人が「お迎えに出ておりましたのに」と、いくらか不服そうな顔で言った。

これにはわけがある。僕とミヤ少年とは新宿発四時二分の急行に乗るつもりで、三時半に小田急改札口で待ちあわせた。僕が着いたのが三時十五分であり、程なくミヤ少年もやってきて、これなら四時二分まで待つ必要はなかろうということで、早い電車に乗ってしまった。

僕らが早く着いたのを知らない番頭さんは、四時二分発ということで駅に自動車を廻して待っていたのである。『陣屋旅館』は駅から二分と聞いていたが、とてもそんなものではなく、駅の前がすなわち旅館の入口であって、アッケナイくらいだった。そこへ自動車を廻して迎えにきてくださるとは!

『陣屋旅館』における対局拒否事件は、すでに二十余年の昔の出来事であって、将棋ファン以外には知る人もないだろう。しかし、当時は、かなりな社会的な事件であった。その後遺症はこんな形で残っているのである。

そうして、僕の知るかぎり、『陣屋旅館』は将棋の対局場としては最高である。他の旅館が悪いというのではない。あくまでも僕にとってということである。他の旅館は、僕にとって、景色がよすぎたりする。湯治場の印象が強すぎたりする。陣屋なら遊びに行くところもない。苛烈なる勝負の場があるだけだ。

若夫人も結構だし、女中さんもいい。対局場の次の間のほかにもう一室あって、誰かがひっそりと控えている。むこうから話しかけることは絶対に無い。陣屋騒動以来、将棋指しを大切にしろという教育が行き渡っているのだろう。

こんなことがあった。一泊して翌日の対局中の昼食休憩のとき、女中がミヤ少年に夕食はどうしますかと訊いた。いらないと答えると、

「あら、今晩はお泊りじゃないんですか」

彼女びっくりしている。二日制のタイトル戦だと思ったようだ。

大内さんが、ふざけて「いや、徹夜になるかもしれません」と言った。一分将棋を続ければそういうこともあるだろう。

女中は僕を将棋指しだと思ったようだ。僕は作家として名の売れていないことを悲しむべきか、それとも専門棋士と見られたことを喜ぶべきか、大いに煩悶した。いや、実は、気をよくしたのである。将棋を指していれば棋士だと信じてしまうのは全く正しい心がけである。野坂昭如さんだって歌っているときは歌手である。

一月三十一日午前九時、二階の奥の広間で床の間を背にして大内八段、盤をはさんで僕が対座した。記録は、沼春雄三段。対山田九段戦でもお願いした因縁のある少年棋士である。山田さんの葬式のときは見るかげもなく憔悴《しょうすい》して目を赤く泣きはらしていた彼がすっかり太ってしまって、風貌が二上八段に似てきた。

これがいけないとある人は言う。これが敗因であると——。

そのわけは、将棋指しというものは、朝から将棋を指すように体が出来てしまっている。順位戦その他の棋戦は朝十時からである。タイトル戦は一泊して九時からである。棋士の体質は、朝から指すようになってしまっている。これに反して、素人が朝から指すということはない。

つぎに、このようなお膳立てがいけない。『陣屋旅館』の二階の奥の広間、香がたきしめてあって、上等な盤と駒、記録係りがついて、ではお願いします、ということになると、棋士はその気になってしまうというのである。

そのつぎに、持時間の二時間、これがいけない。専門家に考えさせてはいけないのだそうだ。僕は三時間ぐらいほしいのであるが、それもよくないという。なぜならば、こっちが考えるときに向うも考えてしまう。

もし、専門棋士を負かそうと思ったら、将棋会所の隅っこの赤茶けた畳の上で、悪い盤、悪い駒、こっちは立て膝で鼻水すすりながら超早指し……というのでなければならない。むこうにヤルキを起させないというのがいいという。

あるいは紙製のクシャミをしたら吹きとんでしまう盤と駒、せいぜいが磁石将棋というのがいい。そういえば、箱根から帰るロマンスカーのなかで、米長八段と磁石の盤で平手で指して危うく勝ちそうになったことがある。あのときは、米長八段、顔を赤くして、わしゃ怒っているんだと言いながら、成城学園、下北沢なんてところまで指しついで、とうとう持将棋にされてしまった。

そういった具合のものであるそうだけれど、これはキメだから仕方がないし、まさか、高段者にそんな扱いは出来ない。

昭和四十八年一月三十一日
神奈川県鶴巻温泉『陣屋旅館』
血涙十番勝負（角落）第五局
上手☖大内延介八段
（持時間、各二時間）

☖8四歩　☗7六歩　☖6二銀　☗7八銀　☖5四歩　☗5六歩　☖5三銀　☗5八金右
☖6四歩　☗6六歩　☖9四歩　☗6七金　☖4二王　☗2六歩　☖3二王　☗4八銀
☖5二金右3　☗2五歩　☖4四歩　☗4六歩　☖2二銀　☗3六歩　☖3四歩　☗2四歩2
☖同歩　☗同飛　☖2三銀　☗2八飛　☖2四歩　☗7七銀1　☖1四歩　☗1六歩
☖7四歩　☗6八王　☖9五歩　☗7八王　☖4二金直　☗7九角　☖4三金右　☗8八王
☖3三桂　☗7八金1　☖6二飛　☗4七銀1　☖6五歩1　☗同歩4　☖同飛　☗5七角4

（第1図は▲5七角まで）

△大内 持駒 歩

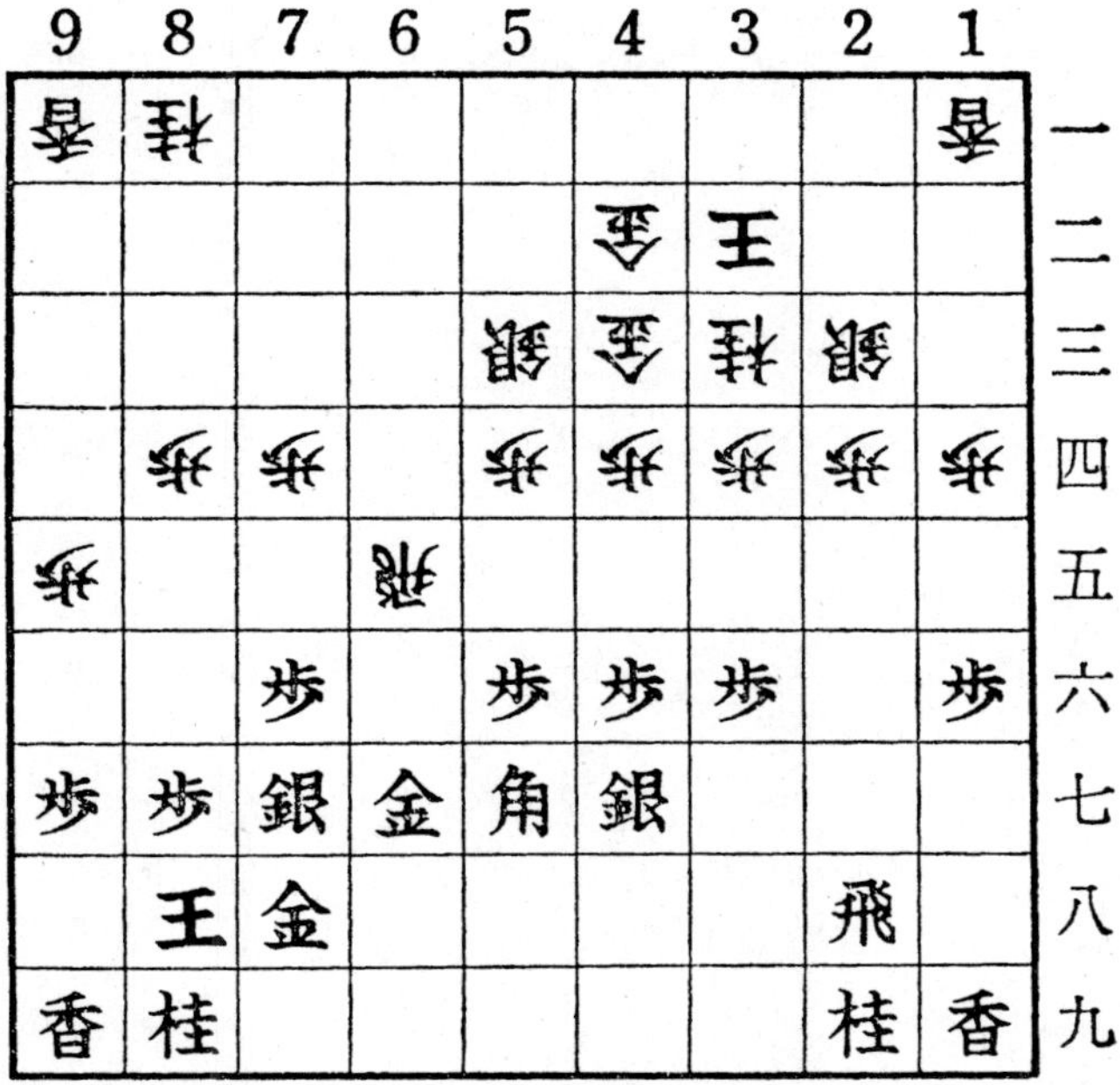

山口 持駒 歩二

（第1図）

☖9四歩。早く端を突いてきた。僕は受けないことにした。といって、端歩受けずの説に従ったのではない。

☖2三銀。2一飛廻りを見る上手の奥の手である。これが厄介。

☗5七角。6六歩と受けるのが普通の手。よっぽどここで4五歩、同歩、2五歩、同歩、2四歩、1二銀、3七桂、6一飛、2五桂、同桂、同飛、と行ってやろうかと思ったが、2二歩から2一飛廻りを見られて指し過ぎになると思い、止めた。

5七角とあがったのは、2三銀を相手にせず、8四の歩を取って実利で戦い、受けにまわろうと思ったからである。自信はないが、大内八段は、下手の気あいとしては5七角でしょうと言われた。

『陣屋旅館』は背後が丘になっていて、前方は田畑がひらけている。なるほど相模大野だなと思った。

第1図からの指手

☖6一飛　☗6八飛3　☖7三桂2　☗8四角3　☖6四銀　☗3九角1　☖5五歩2

☗5八飛6　☖5四金1　☗6六金11　☖5六歩1　☗同銀7　☖5五歩　☗4七銀
☖8五桂5　☗8六銀2　☖9七桂成　☗同銀1　☖9六歩　☗8六銀　☖9七歩成1
☗同香3　☖9六歩　☗同香　☖同香　☗9七歩　☖6五香　☗同金1　☖同銀　☗9三角成4
（第2図）

☗6八飛。上手の2三銀を相手にせず、中央から盛りあがってゆく方針だったが、趣向をこらし過ぎたかもしれない。ただし、2、3、4筋から攻めてゆくのは上手の陣型からみてむずかしいと思った。どれが最善か僕にはわからない。

☖5五歩とこられて弱った。潰《つぶ》されるような気がした。そこで5八飛なのだけれど、5四金で手にされた感じ。

☗6六金。これはおかしいか。6六歩なのだろうけれど、あやまるのが厭だった。一歩の得で受けに廻るという方針からすると、乱れてきている。

☖8五桂。ここから下手9七歩までは一直線。僕はこれをワンセットと呼んでいる。

どうも具合が悪くなってきた。僕は例によって、心中「出せ、中盤の糞力！」と叫んでいた。

また、米長八段の「将棋というのはヒドイ手さえ指さなければそんなに悪くはならないものです」という言葉を思いだしていた。これは名言である。読者諸君、この言葉を味わっていた

（第2図は▲9三角成まで）

△大内 持駒 金歩

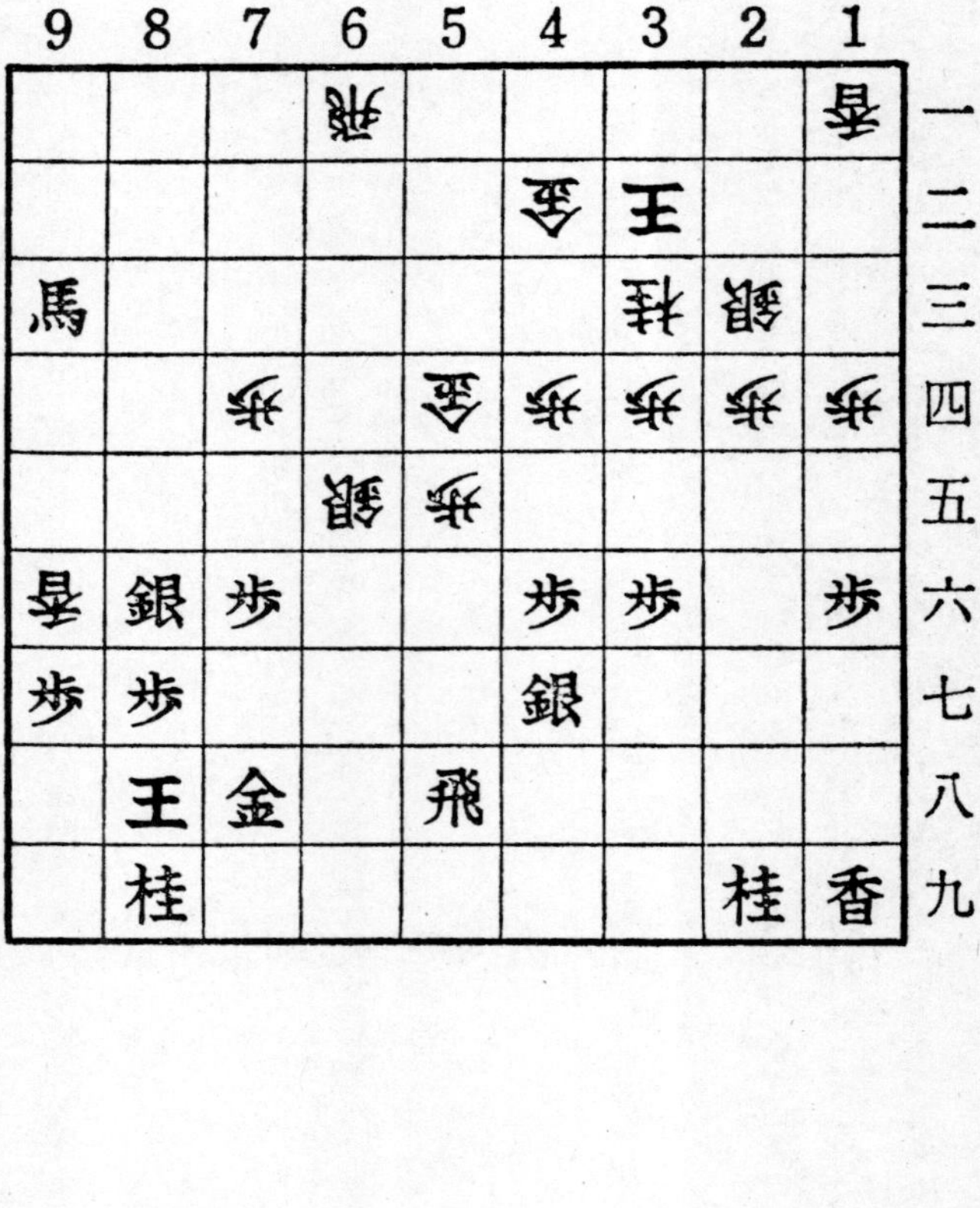

▲山口 持駒 桂香歩五

だきたい。とんでもない手さえ指さなければ悲観することはない。常に逆転のチャンスはあるのだ。特に大駒落においては。

☖6五香に同金は僕の自慢の好手であり、かつ強手。普通なら6七歩、6六香、同歩で6五香と打ちかえすチャンスを狙うところだけれど、テヌルシと見て同金と取り、9三角と成る。

ここでは面白くなったと思った。

6六銀なら同馬、同飛、6七香。7六銀なら9四馬、6九飛成、7六馬でいずれもいいと思った。つまり、2三銀を相手とせず飛を交換して横から攻めるという僕の構想が稔った気がする。

はたして上手は長考に沈んだ。ここが勝負である。

第2図からの指手

☖5六銀13　☗同銀14　☖同歩2　☗6八香4　☖6九銀2　☗6一香成11　☖5八銀不成

☗7二飛15　☖6九銀不成3　☗6八金5　☖2八飛1　☗4八桂5　☖2九飛成

☗5一銀　☖4一金打　☗8五銀4　☖5九龍1　☗7七王1　☖5一金5　☗同成香

☖9五銀　☗——5　（投了図）

まで九十九手にて大内八段の勝ち。消費時間上手四十三分、下手一時間五十九分。

△5六銀。やっぱり勝負にきた。ここは同銀の一手なのに十四分も考えたのはどうかしている。これが後でひびいた。

▲6八香。ここ難解だが、僕はこの一手だと思う。上手6九銀も必然。さあ、飛を取りあってどうなるか。

▲7二飛。これは昼食休憩をはさんでの長考。遂に魔の時刻がやってきた。僕は昼食を喰うと途端にガタガタになると言われている。内藤王位など、山口さんは昼飯を食べんほうがいいという。

6二飛打なら、5二金打、6八飛成、2八飛で、これは大変。3九馬でいいと思うがやられてしまうかもしれない。いずれにしても、これも一局だろう。

5一飛と打って5四の金を取るような順では間にあいそうもない。

7二飛は祈りをこめた一手。事実、ここでは上手が悪いと大内八段も言っていた。

△6九銀不成。これが僕には意外な一手。6七金だと思っていた。これでも悪くはないのだが心の動揺はかくせない。6八金に貴重な五分をつかってしまった。

▲8五銀。好手だと思う。

△9五銀。（投了図）

（投了図は△９五銀まで）

△大内　持駒　桂歩

▲山口　持駒　金歩五

将棋のわかる読者は、おかしいなと思われるだろう。事実、おかしい。僕は五分考えて残り一分となった。ここで大内さんから提案があり、秒読みは辛いでしょうから、だいたい一分ということで指しませんかと言う。僕、それを潔しとせず、五十八秒、五十九秒という沼三段の声に「負けました」と言って投げてしまった。

ここは、きわどいけれど、下手優勢の終盤である。しかし、ここから一分将棋で勝ちきる自信はなかった。とうてい勝てないと思って投げた。

ここでの下手の最善手は4一金だろう。すると、6五桂、6七王、5七歩成、同金、同桂成、同馬、4三金打、2二歩、6五金、5八歩、6六歩、7七王、2二王、4二金、同金、同飛成、1三王となるだろうか。これは負けらしい。どうも僕の棋力では勝てそうもない。5二成香と引いてどうか。どうやら恰好の研究材料を残すにとどまったようだ。

『陣屋旅館』の番頭さん、こんどは本厚木まで自動車で送ってくださる。そこからロマンスカーが出る。

厚木から新宿まで、車中の宴会のせわしないことと言ったら。近すぎるのもかえって不便。

僕はそのあと、野坂昭如さんとの対談がある。思いついて、新宿伊勢丹で、大内八段の婚約者にスカーフを贈る。二十三日に電報でも打とうと思っていたのを、それで済まそうという魂胆。正恵さんという名をそこで知る。

こうなると別れ難いものである。僕、九時には対談が終るだろうから、もし、そのあたりで飲みたいような気分でいるとしたら、『福田家』に電話をしてくれと頼む。

大内さんを婚約者の家まで送る。四谷三丁目である。

いい気分のものだろうと思う。たとえ相手が僕であろうとも、将棋に勝って、これから結婚するという女性の家へ遊びに行く。娘のムコとあらば、先方の両親だって大歓迎である。ちやほやする。それも悪くない。「タタッ殺すぞ」などと言われる心配はない。まさに、人生の時である。ザッツ・ザ・タイムである。

「泊ってゆくんでしょう」

「まさか、いくら私だって、まさか……。まだ結婚まえですよ」

「結婚まえだっていいじゃないか」

「そうはいきませんよ」

「向うで離さないぜ。僕だって、昔は……」

『福田家』に電話あり。米長八段と一緒にと思ったけれど、ヨネちゃんまだ帰宅せず、いずれ、後日ということだった。

僕、午前三時に家に帰る。野坂さんでは相手が悪い。（これはイイという意味）

翌日の夜、一杯やっているところへ大内さんからの電話。僕の勝筋を発見してくれたかと思って、イソイソと受話器を持つ。

「ええ、いるんですよ」

「なにが？」

「なにがって、いるんですよ」

「帰らなかったんだろう。まだいるんだろう」

「へへえ……。隣にいるんですよ」

「そうだと思った」

将棋を指しているときは鬼のような、腕っ節の強い、脚力のある、度胸のいい連盟理事が、いまや、ヘナヘナである。あんなに強がりを言っていたのに。

「出しましょうか」

おそらくは大木戸のあたり、スナックバーで肩寄せあっている人の声が聞こえた。

「ありがとうございました。とっても気にいっているんです」

「スカーフ？」

「ええ、とっても……」

「まあ、がんばってください」

大内八段にそれを言うつもりが、婚約者に言ってしまった。

「はい、がんばります」

何を頑張るつもりか、堅気のお嬢さんが棋士の妻になるというときに、僕にはうかがい知れぬ決意があったのだろう。そいつが、僕の胸にジンとくる。夫を信ずるよりほかにない。これからの十年間、二十年間、大勝負の連続。船は新調で船頭さんも若い。カミさんも若い。そいつが僕の胸を打つ。

「かわりましょうか」

「もういいよ。よろしく言ってください」

江戸中で、大木戸のあたり、そのスナックバーの片隅だけに早い春が来ているように思った。

僕のほうは「ミジメ君」。老酒にはありつけず、堂々の五連敗。

第六番　泣くなおっ母さん、真部一男四段

1

ミヤ少年の機嫌が頗《すこぶ》る悪い。依然として悪い。忿《いか》っている。僕には、何故に少年の機嫌が悪いか、なぜ忿っているかがわかっている。ヨークわかっている。

僕の文章のほうの師匠である高橋義孝先生が、あまりにお酒を召しあがり過ぎるときは僕だって忿る。忿って、これから意見をしに参りますと言って、三多摩地区は谷保《やほ》村を出立し、中央線特別快速電車を利用して、豊島区目白の先生宅に駆けつける。すると、そのとき先生すこしも騒がず、台所の（これはリビング・キチンといったようなものではなくて本当の台所である）卓に酒肴を用意して待っておられる。先生の盃も僕の盃も伏せたままである。先生、酒を飲むときは同時にスタートすべきだという考えを持っておられる。およそ一時間半ばかり、先

生はそうやって待っておられたのである。

僕は先生に少しは酒をつつしむようにと意見をしようと思って伺候したのである。にも拘らず、この有様に、僕だってムッとする。

「まあ、ひとつ」

先生が徳利を持ちあげる。こうなると抵抗できない。どだい、貫禄が違う。僕、盃を受けて、飲まずに黙っている。無言でいる。顔貌《かおかたち》に忿懣《ふんまん》の情があらわれているに違いない。

すると、先生は、こう言われるのである。

「きみの言いたいことはわかっている」

「…………」

「きみの考えは、ヨークわかっている」

これでおしまいだ。いつだって、そうなのだ。

「しかし……」

「まあ、飲みたまえ」

僕には、忿懣と、どうにも抵抗できないのだ、これは如何ともし難いのだという諦念に幾《ちか》いものが湧き出てきて、ムヤミに悲しくなってくる。そうして飲んでしまうのである。先生だって照れ臭いのである。この照れ臭さを理解せず、酒を飲まずに、憤然席を立つならば、どうも

××君は懐《なつ》かないので困ると言われるそうだ。門弟の××君こそいい迷惑で、懐かないも無いもんだ。犬じゃあるまいし。

僕は先生のようなわけにはいかない。しかしながら、忿っているミヤ少年に、僕も、きみの言いたいことはよくわかる、ヨークわかっているとしか言いようがない。いまにして僕は先生の心事を理解したのである。

ミヤ少年は忿懣の人である。しこうして無言の人である。僕の前に黙って坐って、深い深い溜息をつく。額に皺《しわ》を寄せて、フーッと息を洩《も》らし、わずかに頸を傾ける。このポーズになったら駄目だ。すなわち、彼、歎息人間なのである。

「×××××××××××」

この十一字分の伏字を起すならば、私があれほど言ったのに、となるのである。僕はわかっている。ヨークわかっている。僕、項垂《うなだ》れて、身を小さくするよりほかはない。

「勝ったから、負けたから……。そう言っているんじゃないですよ」

ミヤ少年は、ついに、小声で、しかし妙に力のある声で言った。そのこともわかっている。

二月十日、講談の田辺一鶴先生と将棋を指して負けた。ババンバンバン、張扇《はりおうぎ》で釈台を叩き、でんぐりかえる、あの髭の先生である。余談ながら、講談では、師匠とは言わない。先生である。浪花節も同じ。錦城斎典山先生、神田伯龍先生、桃中軒雲右衛門先生、寿々木米若先生である。
日本将棋連盟発行の「将棋世界」誌で、四月号から「一鶴五番勝負」という企画をはじめることになった。ところが、相手が見つからない。みなさん都合がわるいという。そこで、僕に、ということになった。実は、編集部では、僕を最終戦に予定していたという。それが繰りあげられることになった。僕のような大衆小説を書く者は月の初めが忙しい。それで対局をギリギリだという十日まで延ばしてもらった。僕、五日から九日までに、「小説現代」五十枚、「オール讀物」六十枚、週刊誌の連載二本を書いた。これは僕の執筆量のレコードである。十日の昼、ふらふらになって千駄ケ谷の将棋連盟に駆けつけた。僕は決して泣言を言う者ではない。僕の将棋界に対する愛を告白したまでのことだ。せっかく「将棋世界」でいい企画を考えたのに、相手がいないのではしようがない。義を見てせざるは、というところがあった。

　将棋連盟の特別対局室は大きなストーブがあるのに、寝不足というよりは徹夜続きであったので、寒くて坐っていられない。東公平さんの観戦記によれば「乾いた声の山口さんは、しきりに寒がってストーブにあたっていた」となっている。これとても、だからといって、僕が不利だったと言うのではない。売れっ児《こ》の芸能人である田辺先生も似たりよったりの状況で来られたのに違いない。

　ここで、僕、ちょっと、いけないことを白状する。最近は、公式の対局（新聞・雑誌に棋譜が載るもの）のあるときは体調を整えることに留意している。たとえば、前日は仕事をしないようにしている。それが品川連山先生（県代表クラス）、神田山陽先生ならいざ知らず、田辺一鶴先生ならばという甘い考えがあった。何も、根拠があってそう思ったのではない。単に田辺先生を知らなかっただけのことだ。こういうことが大いにいけない。「将棋世界」という専門誌の企画なのだから、相手は強豪だと考えるほうが当然であり、僕はどこかが狂っていたことになる。知らず知らずに、僕は、そのくらいのハンディキャップをつけてもいいくらいに考えていたようだ。これは「将棋世界」誌に対する義理とは別のものだ。また、よしんば、田辺先生が僕よりいくらか弱かったとしても、そういう考えはよろしくない。断じてよろしくない。これ、僕の第一の敗因である。

一鶴先生、僕の『血涙十番勝負』を全部読んで来られたという。有難い話だ。連載中のこの続篇もすべて読まれたという。多分、終盤に弱いという僕の欠点を知られたので、最後まで投げなかったのだろう。

これに反して、僕の田辺一鶴先生に関する知識は、受け将棋ということだけだった。指してみて、どうしてどうして、受け将棋なんてものじゃない。高座同様、闘志満々、バンバンやってこられる。

僕は、田辺先生は、きっと石田流か升田流早石田でくると思った。それなら勉強してかかればいいのに、やらないという僕がいけない。僕は石田流を苦手とする。石田流というのは、組みあがれば振飛車の最善形である。藤沢桓夫先生も石田流でこられた。僕の対石田流はナッチャイナイのである。というより無知識である。芹沢八段流に言えば「ヒゲはヒゲを呼ぶ」でもって、田辺一鶴先生、升田式でやってくる。つまり、一発勝負をかけてこられた。僕たちまち指しこまれて第1図となった。

図は、後手の2七歩に僕が5八飛と逃げたところ。この5八飛が悪手である。これは5五歩、同金から6六銀とぶつけて決戦を狙ったものであるが、独善の読みであった。なぜならば、その前に2六飛と走られるので、5七の銀が動けば4六飛と廻られる手が生ずるのをウッカリしていたのである。5五歩が成立しないと、6九銀の割打ちを喰うことになる。当然、ここは6八飛であった。6八飛なら、何かの時に6九歩の受けが利いたし、6筋からの反撃も可能であった。僕は2六飛と走られて、すぐに自分の悪手に気づき、すっかり厭になってしまった。

これでは、右の桂香を取られ、飛車に成りこまれるのが見えている。早石田の大成功である。僕は、例によって、出せ中盤の糞力！　と念ずるより他になかった。すると、アアラ不思議、第2図となって僕の必勝形となった。

後手には受けがない。僕の王は詰まない。将棋は終っているのである。僕には、苦しい将棋を耐えぬいて勝ったという喜びがあった。すると、田辺先生、突如として着物を着かえられた。

（第1図は▲5八飛まで）

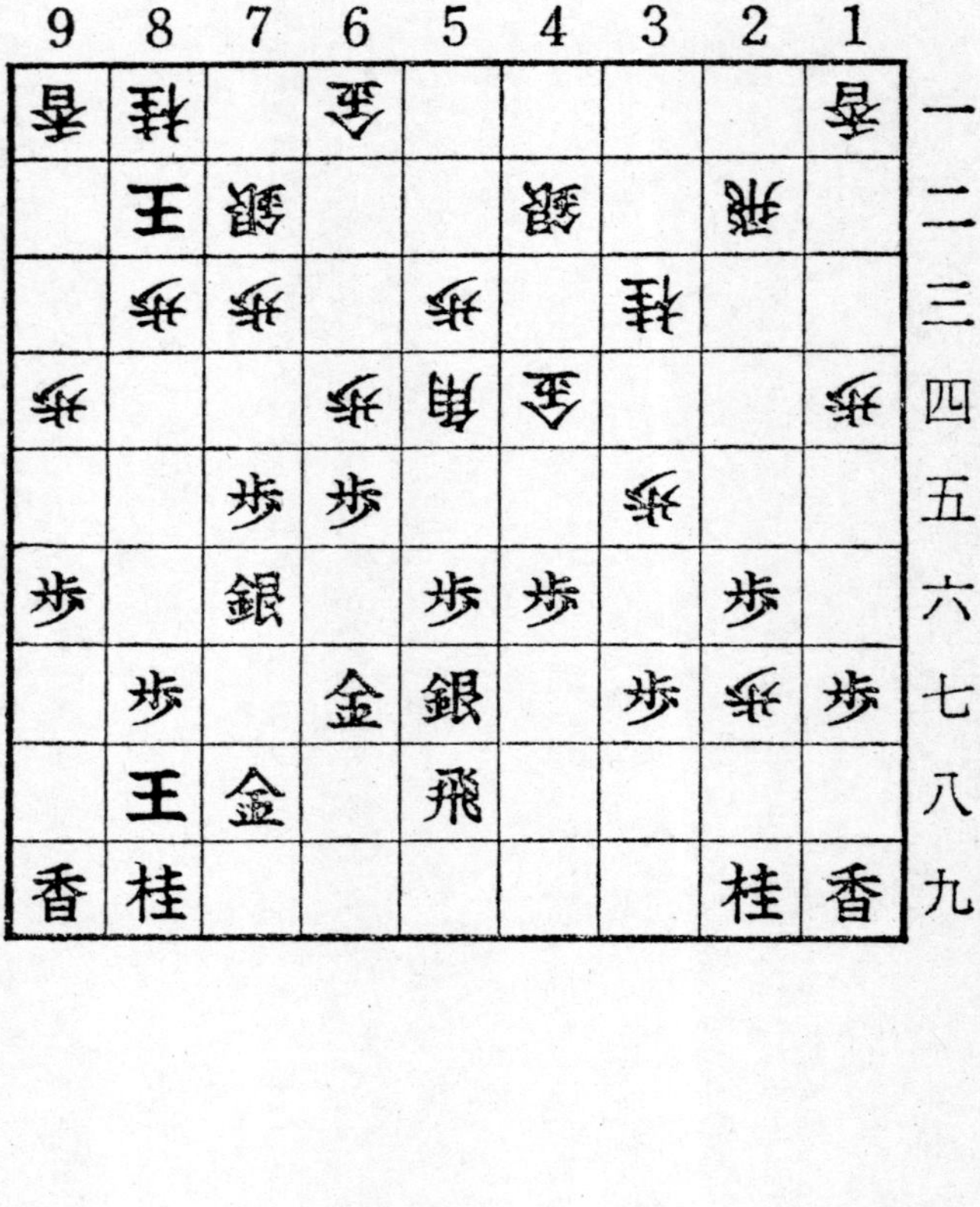

▲先手山口　持駒　角歩

△後手田辺　持駒　なし

その着物で指して負けたことがないと言う。妙なことをする人だ。僕は勝ったと思い、田辺さんも勝ったと思っていたという。素人の将棋なんてそんなものだ。そうして大長考の末に8九飛と打ってこられた。田辺さんは早指しだから十一分は大変な長考である。その間、僕は寒くてしようがないので、立ちあがってストーブに当っていた。ずいぶんお行儀がわるい。

僕の王は詰まない。素人でも有段者なら一目でわかるだろう。実際のところ、僕は田辺さんは投げるだろうと思っていた。それを8九飛と打ってこられた。つまり、田辺先生は詰むと思っていたのである。僕は詰まないと思っていた。事実、詰まないのである。詰まない王が詰んでしまった。

第2図からの指手

☖8九飛　☗7七王　☖7六金　☗同銀　☖同歩　☗同金　☖7九龍　☗8六王　☖7六龍
☗同王　☖7九飛成　☗6六王　☖6八龍まで。

僕の7六同金が大悪手。8六王で詰まない。次の8六王は7八歩で詰まなかった。田辺先生の最終6八龍は6五香のほうが早い。僕は「錯覚いけない。よく見るよろし」と叫んで席を立った。東公平さんは、これを「悪夢のような終盤戦のもつれ」と評している。

僕は、この日、将棋が終ってから、大内八段の稽古場へ遊びに行くことにした。事務所に真部《まなべ》一男三段がいたので、彼を誘った。

連盟を出て、しばらく歩いて、ひょいとふりかえると、田辺一鶴先生が後から歩いてこられる。僕と顔が合って、ニタアッと笑う。

一説に田辺先生はドモリであるという。講釈師でドモリはおかしいと思う人がいるだろうけれど、落語の先代円歌師匠もドモリだった。それでいて、高座へあがると、ぴたりとドモリがとまってしまう。だから吃音者の講談というのはおかしくないのである。そういえば、田辺先生のあの喋り方はドモリという感じがしないこともない。

左へ曲って、また後をふりかえると、田辺先生、ニタリと笑って頭をさげる。少し歩いて、ふりむくと、まだいらっしゃる。あの顔で、あの髭で、ニタアッと笑う。僕は、あんなに嬉しそうな人間の顔を他に見たことがない。なんだか救われたような気がした。

「どこですか、大内先生の稽古場は」

真部さんが言った。

「鳩の森神社の社務所だそうです」

「それじゃ駄目ですよ。行き過ぎちゃった」

（第2図は▲8二角まで）

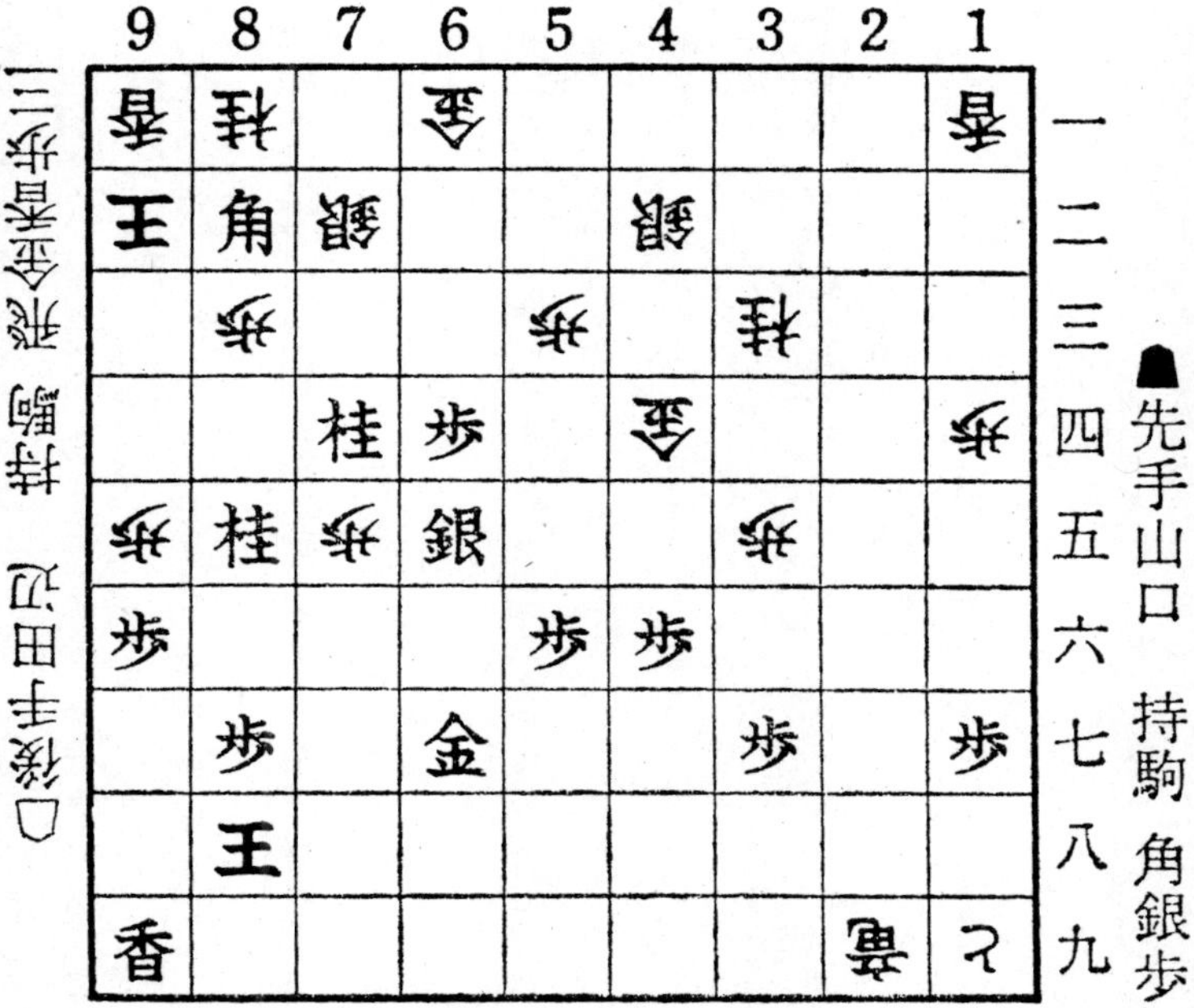

僕は、大内八段に角落を指してもらって負け、真部さんにも負けた。二月十日の僕の「将棋手帳」の成績表には●《くろまる》が三つ記入されたことになる。僕は我慢の子であった。

後になって、神田山陽先生に言われた。

「山口さん、どうして負けたんです」

聞いてみると、神田山陽先生は田辺一鶴先生に対して角一枚を落して分《ぶ》がいいという。その神田先生に対して、サンケイ・スポーツ紙の将棋で僕が勝った。その将棋は、僕が馬鹿にうまく指せてしまって大差になった。あとでうかがったところによると、神田先生の家に御不幸がありは調子が出なかったらしい。指してみて、神田先生のほうが僕よりはだいぶ強いという感じがした。それもそのはずで、神田先生は文壇の将棋大会に特別出場して優勝したばかりでなく、あんまり強過ぎるので、以後おひきとりを願ったのだそうだ。だから、僕の勝利は怪我勝であった。将棋は、とかく、そういうことが起りがちなゲームである。

田辺先生と僕とでは、まだよくわからないけれど、負けたところをみると、田辺先生のほうが少し強いと思う。むこうのほうが攻めが強いのは確かであり、こちらは受けが弱い。その差が勝負になってあらわれると思う。それは卑下自慢ではなく、多分、田辺先生は、ここへきて急上昇されたのだと考える。

神田先生と田辺先生を考えると、神田先生の将棋からは好人物という印象を受ける。これはオヒトヨシという意味ではなく、温厚な人柄といった感じを言ったまでである。これに反して、田辺先生は気鋭の人である。迫力がある。バババンバンである。高座そのままの気迫に圧倒される。

ミヤ少年が忿《いか》っている。彼の言いぶんは、僕の将棋は玄人にしか通用しないということである。それはわかっている。わかっているというのは彼の考えがわかっているということであって、僕の将棋がそんなものであると思っているのではない。わかっているが、済んだものは仕方がないじゃないか。僕だって、いろいろと遊ばせてもらっている関係上、「将棋世界」編集部には義理があるのだ。ああ、旦那は辛いな。ああ、僕は、じっと我慢の子であった。

ところで、二月十日、僕が真部三段を誘ったのには訳があった。彼が連盟きっての美少年であるからではない。僕にはそのほうの趣味はない。

一昨年の秋、僕は原田八段と、甲府は湯村温泉、『常磐ホテル』で対局した。そのときの記録を勤めてくれたのが真部三段である。

そのとき、彼は奨励会A組で優勝し、関西の森安正幸三段（当時）と決戦を行って破れた直後であった。これは因縁つきの勝負だった。

将棋指しは、三段が四段になって、はじめて専門棋士となるのである。四段になると、月給が貰えるし、対局料が戴けるし、いや、それにも増して嬉しいのは、名人戦を除く各棋戦に参加して、天下を取ることが可能になるのである。その他、万事につけて扱いが違ってくる。三段と四段との差は、お茶を汲む人とそれを飲む人との差である。

湯村温泉で、僕は、彼に、がんばれよとしか言いようがなかった。それほどに真部三段、憔《しょう》悴《すい》していた。必ず次回は昇段できるから頑張れよと言った。これに対して彼も頑張りますと答えた。僕は彼の顔が正視できなかった。見れば涙になりそうだった。

その夜は、僕も酔い、彼も酔った。彼の特技は、逆立ちして部屋を一周することである。彼、温泉の浴衣を着て、逆立ちして、水色のパンツを見せ、芸者衆からヤンヤの喝采《かっさい》を浴びた。

因縁の一戦とは何か。

そのときの対戦相手の森安正幸三段は、森安秀光五段の兄である。珍しい兄弟棋士で、現在で兄が二十五歳、弟が二十三歳であるのだから、非常に有望である。二人とも振飛車、それも三間飛車党である。

正幸三段は弟に先を越されてしまった。その森安正幸三段との決戦になった。将棋指しにとって、もっとも嬉しいのはA級八段になって最高位をきわめることであるかもしれない。あるいはタイトルの獲得である。(これはきわめて少数の人しか喜びを味わえない)しかし、それにもまして嬉しいのは、奨励会で優勝して東西決戦で勝つことである。これは、すべての棋士が、口を揃えて言う。これは少年達にとって、名人戦に匹敵する大一番である。勝ったときは、一ヵ月ぐらいは、連盟へ行っても足が床につかないような思いをするという。

断っておくが、真部三段は、以下のことを僕に一度も言ったことはない。

言ったことがないのだから、これはあくまでも仮説である。僕の考え、僕の推測は、森安正幸三段が、ここで後輩の真部に負けるとするならば、森安三段の受けるショックは真部の数倍、数十倍に当るだろうということである。森安三段は、すでにして、弟に先を越されるという大ショックを受けている。もう一度言うけれど、弟は専門家、兄はまだ棋士の卵である。弟は収入があり、兄は収入が無い。弟は、羽織袴で棋戦に参加する。万事につけて扱いが違う。そうでなくても人の見る目が違う。ことごとに比較されてしまう。

そのことを俊敏多感なる十九歳の真部三段が感じたか、感じなかったか。真部は勝ちたいのである。勝って母に喜んでもらいたい。母に泣いてもらいたい。しかし、もし、勝ったときに、森安に対して、悪いことをしたなという気持になるのではないかと思ったか、思わなかったか。そのへんは、まことに微妙な問題となる。真部三段が、ここは負けてもいいのだ、ぼくのほうが若いのだ、ぼくにはまだチャンスがあるのだ、しかし、森安さんは、ここで負けたら立ち直れないかもしれないと、ちらっとでも、一瞬でも、そんな考えが頭をかすめて通ったか、通らなかったか。――むろん、将棋は、負けてもいいぐらいの気持で指したために勝ってしまうこともあるのだが。

将棋なんてそんなもんじゃないと言う人がいるかもしれない。将棋は強いほうが勝つのだと言う人がいるかもしれない。それはそれでいい。その考えも正しいだろう。しかし、僕が言ったことを、まるっきりのデタラメだと思う人がいたら、精神力が大きく左右する将棋というゲームをあまりにも知らなすぎると僕などは断ぜざるを得ない。とにかく、真部にとって、きわめて指しづらい一番であったことは事実だろう。

さて、その大一番、真部三段は途中で投げてしまった。こう書くと、真部は、そんなことはありません。負けたから投了したんですと言うに違いない。森安も、勝ったから向うが投了したと言うだろう。勝敗不明の将棋を投げてしまったら、これはこれで別の大問題になる。真部のためにも、僕はそうは書かないし、現に、そうは思っていない。

しかしながら、粘ろうと思えば粘れた将棋を投げてしまったというのが実情ではなかったろうか。終局後、そのことは、ちょっとした問題になった。もともと、真部のような天才型の棋士は、よそめには、悪く言えばトッポイところがある。よく言えば、将棋が見えてしまうので、棋理に従って汚く粘らないで投了ということが考えられる。極端な場合、こちらの王が詰んでいるのがわかっているときに、相手はわからなくても投げてしまう。

この問題は、このへんでやめよう。ただひとつ、心あたたまる挿話を追加する。

真部は加藤治郎八段の弟子である。淡路仁茂三段との東西決戦が関西本部で行われたとき、たまたま関西方面に用事のあった加藤先生は、真部につきそい、前夜は二人で『鉢の木』旅館に泊ったという。気をつかって別々の部屋をとった。

夜中に、加藤先生は、真部が何度も便所に立つ足音を聞いたという。加藤先生は真部に大阪のうまいものを食べさせた後なので、下痢をしたのではないかとずいぶん心配したという。そんなことはなかった。師匠の加藤治郎も、弟子の真部一男も眠れなかったのである。これは加藤先生が僕にこっそりと打ちあけてくれた話である。ご承知のことと思うけれど、将棋界では、弟子がプロ棋士になったからといって、師匠は一文の得にもならない。相撲の社会とはわけが違うのである。自分の弟子に対する愛情があるだけだ。

その加藤先生が、真部に何と言ったか。

「おまえさん、途中で投げちゃいけないよ。悪くても最後まで粘るんだよ」

甲府で別れた後の真部三段はどうなったか。

九勝三敗で優勝して森安三段に破れて昇段を逸したあと、六勝六敗、七勝五敗という記録が残っている。あの天才棋士がと思われるような無惨な成績である。それも五連勝したかと思うと五連敗するような精神的に狂っているような波のある成績だった。

真部は、その間に、少林寺拳法を習ったり、急に頭を剃ってしまうようなことをして僕を驚かせたりもしていた。彼の受けたショックも大きかったのだ。苦しんだ一年半だった。もっとも、若いから、頭を丸めても、すぐに毛が生えてくる。僕なんか、いったん坊主頭にしたら、それっきりで、もう戻ってこない。

その真部、今年、すなわち、昭和四十八年二月十日というときに、実に、十一連勝を遂げていた。十連勝で優勝がきまっていた。いま、将棋連盟で一番強いのは真部三段という評判だった。とにかく、真部さん、負ける気がしない。棋士もそうだけれど、事務室でもそう言われていた。

とにかく、絶対に負けるなよ、と、僕は言い言いしてきた。連勝を続けているときに、そう言って励ましてきた。

十一連勝であと一番を残していた。その一番にも負けずに突っ走れと僕は言った。そう言われたって、なかなか、そうはいかないと彼は言った。十連勝で優勝が決定したときに、こう言った。

「あと、一勝二敗でいいんですけれどね」

その意味は、奨励会での順位戦にあと二連敗しても決定戦に勝てばいいということである。その一番に負けてしまえばモトもコもなくなる。その一番の大きさが僕の胸に沁み、僕の胸がつまった。なんとしても真部に勝たせたい。僕はそう思った。こんど負けたら、かつて真部が森安三段に危惧《きぐ》したように、彼自身も立直れないかもしれない。ちなみに前年度に優勝して宮田三段（当時）との決定戦に破れた沼春雄三段の今期の成績は一勝十一敗である。将棋とはそんなものである。

十一連勝の真部三段が荒れているという。毎晩酒を飲んでいるという。二月十日に僕が彼を誘いだしたのは、そんな噂を聞いたからだった。

東西決戦は二十二日に行われるという。それまでの間の重圧が彼には耐えられないのだろう。連勝を続けているだけに、かえって不安なのである。その一番に破れれば……。そんな思いがつきまとって離れない。関西側は、誰が出てきても九勝三敗である。そっちのほうが気分的には楽なのである。今期は真部という仲間うちの呼声が高いだけに。

真部は、相手は淡路三段だろうと予測していた。淡路との戦績は過去一勝三敗であり、苦手である。そんなことも、ちらちらする。負けた棋譜が思いだされる。寝られない。酒を飲む。

2

昭和四十八年三月というときを、僕は終生忘れることがないだろう。屈辱の月だった。どうにも、いたたまれないでいた。僕はガマンの子であった。

田辺一鶴先生との棋譜および戦評が、三月の上旬に「将棋世界」誌上に発表される。それはまあいい。中原誠名人との角落戦がＮＨＫ教育テレビで放映される。それが三月二十一日。これが困る。負けたは負けたでいい。その内容が、ナッチャイナイのである。満天下に恥をさらすとはこのことか。そういう言葉は昔の言葉である。このテレビというやつは、将棋の好きな人はみんなが見てしまう。全国放送だから、何百万人という数になる。なかには将棋のわからない人もいる。これは内容がわからないからいい。わかる人に見られると、大変に困った内容なのである。

僕は前回に、こう書いた。

「先日、東京12チャンネルの早指し将棋第一回優勝者の中原名人と、学生名人黒川さんの飛落将棋をテレビで拝見したけれど、僕ならばああは指さないという手が何手かあった。感覚的に言って、そういうことになる。僕ならば、あの将棋、いったんは下手勝勢に持ってゆく自信がある」

ああ恥ずかしい。この気持、どうにもならない。僕はある種の自信はあったのだ。黒川さんがまるで日頃の実力の半分も出せなかったのはアガッテいたためだと思うけれど、僕は、テレビなんかではアガラナイという自信はあったのだ。それが、このザマだ。アガラナイであれだけというのが、つまりは僕の実力である。

二月から三月にかけて、いろいろのことがあった。

二月二十三日は、大内八段の結婚式。三月十日には、大内さんの師匠の土居名誉名人の葬式。順位戦の終了にともない、各級の昇段昇級。二月十日には大山九段との対談。そのことだけでも書ききれないような内容がある。その他、二月の末に、ここで書けない事件も起った。テレビ出演にしたって、十年ぶりのことである。なぜそうなったか。これだって、因縁があるのである。

二月十日。田辺一鶴先生との将棋に負けた。それはたいしたことではなかったけれど、釈然としないような気分が残ることは残った。

二月十三日の稽古日。ここでもマズイことが起った。それは書かない。すべて、僕の不徳のいたすところである。

それは置くとして、その日、NHKの将棋担当の人から電話があり、電話では話せないから、これからそっちへ行くと言われる。

まるで見当のつかないという話ではなく、はたしてTV出演の件だった。電話で済むところをわざわざ来られるということで、およその察しはついていた。中原名人と角落で対局せよという。解説は大山康晴先生である。

僕はその話を受けた。——などと偉そうに書くのにはわけがある。この十年間、僕はTV不出演を表明してきた。そのわけは何度も書いてきたので、ここでは書かない。しかし、この十年間、TV局の人とはずいぶん交渉があったし、時には喧嘩になることさえもあった。

いま、その禁を破ろうとしている。それには、なんといっても、田辺一鶴先生に負けたことが尾を引いていたことを白状する。目にもの見せてくれん、たとえ負けても（角落では勝つ日はないが）時の名人を窮地に追いこんで満天下愛棋家諸氏をアッと言わせようという魂胆《こんたん》があった。

対局が行われたのは、二月二十三日の金曜日である。この日、学士会館では大内八段の結婚式が行われた。さればこそ、大山先生も中原名人も、ともに体があいていたのである。それにしても、将棋指しが、なぜ先負なんて日に結婚するのか。

当日は、大山先生、中原名人、それに僕、ともに羽織袴《はおりはかま》の正装である。大山先生は王将戦で中原さんに破れ、五つのタイトルをすべて失った直後であった。大山先生、酒をやめて体重が減って好調と言われるが、心なしか、全体に体が小さくなっているように見えた。酒をやめてゴルフをはじめられたと言われる。そんなこと大したことじゃないと思われるかもしれないが、将棋指しにとっては事件なのである。なぜならば、彼等は屋外に出ることは稀なのである。屋外に出て運動するなど、彼等にとって大事件、開闢《かいびやく》以来のことと心得られたし。

大事件といえば、土居名誉名人の死去も、もし、実力名人制が敷かれていなかったとするならば、これも大変な出来事であったはずである。当然、今日まで、土居さんは十四世名人であったことになり、木村義雄あり、升田幸三、大山康晴ありで大揉《も》めに揉めるところ、中原誠などは隅のほうで小さくなっていなければならなかったことになる。

羽織袴で、NHKのスタジオに乗りこんだ。袴で困るのは小便である。僕、何度も書くように、糖尿病でノドがかわく。ノドがかわくから水を飲む。そこへもってきて頻尿《ひんにょう》もひとつの症状なのである。たびたび小便に立つ。

小便所においてモノを出すときに、袴着用であると、かなり曲りくねって出てくることになる。成人男子におけるそのものは、もとより棒状を呈している。棒状のものが曲りくねるときに、どうしたって若干の無理が生ずる。無理があるためにチビルのである。チビッたものの数滴は袴を濡らすことになる。

そこで、僕、対局の行われるまでは水物を飲まぬことにした。そうして、対局の直前において便所へ行って、思うさま放出する。これが僕の策戦であった。

チビッてはいけない。そこで、僕は小便所において、そのものをしっかりと握って、何度も打ち振った。かくすることによって、チビルのを防いだつもりだった。

テレビをごらんになった方は、僕が袴の前を扇子で、あるいはハンカチでもって隠していたことに気づかれたかどうか。僕は、小便所において、よく振ったのである。振ったのはいいけれど、振ったもののすべてが、不幸にして朝顔に落下することなく、すべて袴に垂れ、これを濡らすこととなったのである。

後になって、テレビを見た人に、きみは対局中に、緊張のあまり、顳顬《こめかみ》のあたりがピクピク動いていたと言われた。そうではないのだ。僕は形勢が悪いので、腹が立って、なんとか少しでもNHKからモトを取ってやれと思って、菓子鉢に盛ってあった飴玉のひとつを口にほうりこんだのである。テレビに出たのも十年ぶりなら、糖尿病の僕が飴玉を頬張るなんてのも数十年ぶりのことになる。飴玉を口にいれる。そこがアップでうつる。すると顳顬がピクピクと動くのである。決して、あがっていたのでもなく、過度の緊張があったのでもない。そのへんが僕の実力である。それにしても、一時間の将棋の対局に、菓子鉢一杯に飴玉を盛って出すというNHK当局の神経とはいかなるものであろうか。あるいは、あれが対局用の一年分の飴玉なのかもしれないが。

将棋は惨憺《さんたん》たるものであった。不出来なんてもんじゃない。どうすることもできない。それが三月二十一日、めでたかるべき春分の日に放映されるという。穴があったら入りたいという言葉を僕は実感として肌に体全体に痛く痛く受けとることとなった。

それが昭和四十八年三月である。僕はこの時を忘れることはあるまい。ああ、棋士として生きることは難きかな。ああ、僕はジッとガマンの子であった。

3

話を二月十日にもどす。

二月十日、田辺一鶴先生との一番に破れ、真部一男三段を誘って連盟を出た。大内八段の稽古場（大内会）へ寄り、角落を教えてもらってから銀座へ出て小料理屋へ寄った。

その日まで真部さんは十一連勝して、奨励会A組の関東での優勝が決定していた。その真部さんが荒れているという噂を聞いた。毎晩のように酒を飲むという。飲まずにはいられないのだろう。いずれにしても、いい精神状態であるとはいえない。（まだ二十歳の少年なのであるから、酒を飲むといったってタカが知れていると思うけれど）

僕は真部さんの心根が哀れだった。置かれている状態が悪すぎる。関東ですでに十一連勝しているのだから、奨励会のなかでもっとも強いということが明瞭である。しかし、東西決戦の一番勝負に破れてしまえば、モトもコもない。相撲の社会なら、幕下で十一連勝すれば十両入りは間違いのないところ。十両で十一連勝ならば、ほぼ優勝決定で幕内力士が約束されるはずである。ところが、将棋界では、タッタ一番に負ければ、半年も一年も冷飯を喰わなければならない。

はっきり言おう。将棋界の制度はあまりにも過酷なのである。

それは高段者においても同じことである。前会長の丸田祐三八段も、タイトル保持者の内藤国雄王位も、今期はあやうくA級を陥落するところであった。陥落すれば、収入は三割減、四割減になるという。五十八歳の名匠塚田正夫九段は、B級1組から見事にA級にカムバックしたが、七勝四敗の昇級ということは、陥落の目もあったということである。名人位を二期勤めたあの大棋士の塚田さんがである。今期昇級が絶対視されていた北村昌男七段は最後につまずいて、塚田九段に頭をはねられた。北村さんは何度も昇級のチャンスを逸している。彼がまだ七段であることは、なんだか不思議な気がしてならない。これを相撲の星取表にするならば、北村さんは大関にはなれないまでも、とっくの昔に関脇の座を維持しているはずだと思う。土居名人の葬式のあとの小宴で、北村七段がやや荒れ気味であったのは無理もないことだと思う。それにも増して、加藤博二八段がB1組から2組に陥落したのは気の毒でならない。たった一年間の不調のために。順位戦以外では大活躍をしているのに。

しかし、なんといっても、奨励会からC級2組に昇級するための一番勝負という制度は、あまりにも惨《むご》いと思う。

奨励会からC級2組に昇級して、晴れて専門棋士になるためには、次の三つの機会しかない。関東か関西で優勝して東西決戦で勝った場合。関東か関西で三度優勝した場合。(これは至難の業である)関東か関西で優勝したときに、決戦の相手が三度目の優勝者であった場合。

(こういう例は余りない。のみならず、八勝四敗の初優勝であっても、自動的に昇級という矛盾したケースも考えられる)

しかも、奨励会では、三十歳を越すと追いだされてしまう。こんな過酷な社会がどこにあるだろうか。多感なる少年時代である。奨励会棋士が、煩悶《はんもん》し、自分との戦いに破れて棋界を去ってゆくケースは非常に多いのである。

僕は試案として、十連勝、八連勝を二度、年間勝率八割以上、こういう棋士はC級2組にあげてもいいという考えを抱いている。そうでないと連勝を続けている人ほど肝腎な一番に負けるのではないかという不安に悩まされるのではないか。現状のままの東西決戦ならば、少くとも三番勝負が妥当なのではあるまいか。もし、真部さんほどの天才棋士を将棋界が自らの制度のために失うならば、僕は一大損失だと思うのである。

そうして、C級2組の四段になったら(専門棋士の資格を得たら)当人が引退を表明しないかぎり、そこに止まることが出来るようにすべきだと思う。そうでないと、安心して将棋が指せないし、また大器晩成型の棋士が育たない。

四段にならなければ無収入である。事務所で将棋を指すことは出来ない。娯楽室で麻雀を打つことも出来ない。遅くなっても連盟に泊ることも出来ない。

真部三段の不安は僕の不安であった。毎晩のように酒を飲むという男を銀座裏に誘い出すのはどうかしている。僕も棋士ふうに狂ってきたか。いや、どうせ飲むなら僕もつきあい、僕の考えを言ってみようと思った。

「きみは強いんだから、普通に指せば勝てるよ」

そんなことを言った。

「勝てますか」

「勝てるさ。いつものように、普通に指していれば勝てる」

僕にはそれ以外に言う言葉がなかった。

その夜、家に帰ったが、自分の言葉が気になって仕方がない。寝ていても、妙な夢を見る。僕の言葉が悪く作用して真部さんが負けるという夢である。

僕は飛び起きた。明方ちかく、真部さんに手紙を書いた。

僕の要旨は次の三点である。

一、普通に指せば勝てるなんて言ったのは大間違いです。将棋は気力です。必ず勝つのだと思わなければいけない。必ず勝つのだと思っていれば、きみは勝てる。相手を負かすという気持を絶対に失ってはいけない。

二、きみもアガッテシマウかもしれないけれど、相手もアガッテイルということを思いだしてくれ。形勢がよければ、相手は焦っていると思い、こちらは落ちつくこと。形勢不利のときでも、相手は緊張しているのだから、悪手を指すかもしれない。むこうがアガッテイルことをお忘れなく。

三、きみの目下の仕事は、睡眠と勉強以外にはないと思うこと。眠れるのだと思えば、酒を飲まなくたって眠れるよ。

そういったことを書いた。僕の注意は間違っていないと思う。その証拠に、僕も眠れるようになった。(対戦相手になった淡路仁茂三段よ、どうか許してくれたまえ。僕は単にきみを知らないだけで、真部さんとの縁のほうが深かっただけなのだから)

東西決戦の行われたのは、二月二十二日である。その前日に、僕は芹沢八段に用事があって電話をすると、東西決戦の話になり、彼は、今日行われることになったと言う。解説を書くのだから間違いないという。そこで、僕は、もし真部さんが勝ったら連絡してくれるようにと頼んだ。負けたら知らせないでくださいと言った。

その日の午後、僕はずっと電話の鳴るのを待っていた。四時になっても、五時になっても電話がこない。六時まで待っても連絡がない。僕は夜中まで待っていた。負けたと思った。その段階で、僕は、この血涙十番勝負の六局目の相手を真部さんに決めた。標題も「泣くな少年、真部三段」にしようと思ったのである。

その翌日、芹沢さんから連絡があり、やっぱり思い違いでしたと言う。決戦は今日だという。四時半に芹沢さんからまた連絡があり、将棋はいま終り、真部新四段の誕生ですと言った。

僕はすぐに関西本部に電話をいれた。

「おめでとう」

「ありがとうございます」

多分、最初にそんなやりとりがあったのだと思う。いきなり、真部さんは、きっぱりとした声で、こう言った。

「先生の手紙、繰りかえし繰りかえし、何度も読みました」

僕は声が出ない。

「あの手紙、何度も読みました。新幹線のなかでも、夜、布団のなかでも……」

「………」

「ありがとうございました」

僕は、あわてて話をかえた。

「きみ、すぐに加藤治郎先生に電話をしなさい。とても心配していたよ」

「はい。……でも、お帰りになっていらっしゃるかしら」

僕は、前の晩、加藤先生が彼と一緒の旅館に泊ったということを、そのときは知らなかったのである。

僕には、加藤先生の、真部がうちへ来たときは小学生でねえ、可愛い子でしたよという口癖が忘れられないだけのことである。

真部さんのお母様はたいへんな泣虫であるという。息子が勝ったといっては泣き、袴が出来てきたと言っては泣き、それが似合うと言っては泣き、しまいには自分がなんで泣いているのかわからなくなっても泣くという。

真部勝つ、新四段、専門棋士、これで息子が一人前というときに、お母様はどんな具合に泣きくずれたのだろうか。

4

昭和四十八年三月二十三日
東京都千代田区『ふくでん』
血涙十番勝負（角落）第六局
上手〇真部一男四段
（持時間、各二時間）

☖6二銀1　☗7六歩　☖5四歩　☗5六歩　☖5三銀　☗7八銀　☖4二王　☗2六歩
☖3二王　☗5八金右　☖5二金右　☗4八銀　☖6四歩1　☗6六歩　☖4四歩　☗6七金
☖3四歩　☗2五歩　☖4三金　☗3六歩2　☖2二銀　☗2四歩1　☖同歩　☗同飛
☖2三歩　☗2八飛1　☖6二飛　☗7七銀2　☖6五歩1　☗同歩　☖同飛　☗6六歩
☖6一飛　☗7九角1　☖4二金直3　☗7八金5　☖4五歩6　☗4六歩2　☖同歩
☗同角　☖4四銀2　☗3七角4　☖3五歩5　☗同歩1　☖同銀　☗3六歩14　☖同銀3
☗4六角3　　（第3図）

☗6七金は、ふつうは4六歩と受けるのであるが、3七桂と4七銀という右側の銀桂がさばけないので趣向をこらした。

☗2四歩。7九角と引いて角で歩の交換を試みるべきであった。3三銀なら、3七桂、4六歩、4五歩がまにあう。

☗7八金。6八王のほうが本当の手。

☗3七角。本局随一の悪手。6八角と引くべきであった。3五歩を軽視した。これを同歩と取ったのも悪い。4七銀とあがるところだった。☗3六歩と歩損をして銀を呼びこむようではすでに形勢不利。といって、打たなければ角が助からない。ひどいことになったものだ。

（第3図は▲4六角まで）

▽真部 持駒 歩四

▲山口 持駒 歩二

第3図からの指手

☖3三銀1 ☗6九王 ☖4四銀4 ☗7九王4 ☖3三桂1 ☗8八王 ☖3五歩2
☗6八角7 ☖2一飛2 ☗3七歩2 ☖4五銀引 ☗4七銀 ☖2四歩 ☗3六歩4
☖同歩 ☗4六歩2 ☖3四銀 ☗3六銀 ☖3五歩 ☗4七銀4 ☖2五歩 ☗3七桂3
☖4八歩1 ☗4五歩1 ☖同桂 ☗同桂 ☖同銀左 ☗2四歩3 ☖4九歩成20
☗2五飛1 ☖2二歩 ☗2八飛1 ☖3六桂 ☗2六飛1 ☖4八と1 ☗4六銀
☖5八と ☗7九角3 ☖6八歩 ☗4五銀 ☖同銀 ☗6八金引 ☖同と ☗同角
☖3四銀打3 ☗4六歩14 ☖5六銀 ☗4五銀 ☖6七歩 ☗7九角 ☖4五銀引3
☗同歩 ☖6九銀 ☗4六角1 ☖7八銀成2 ☗同王 ☖4五銀3 ☗3五角4
☖4四金打3 ☗7九角1 ☖4六歩3 ☗5二歩6 ☖3四金上15 ☗5一歩成3
☖同飛1 ☗1五桂1 ☖3三金上6 ☗6二銀 ☖2一飛 ☗5三銀成 （第4図）

☖4八歩。こういう手が困る。結局、この歩は6七の金と交換になる形になり、大きな損害を受けることになる。

☖2二歩。一に忍耐、二に我慢の一手。真部四段、まことに慎重である。☖3四銀打も、い

（第4図は▲5三銀成まで）

△真部 持駒 金歩二

▲山口 持駒 銀歩二

やあ、固い固い。

☖6七歩。これが後で大きくものをいう。こういう歩は、打ち得であり、筋であり、キカシであり、非常に大きな手である。

☗5二歩は、ちょっと面白い手だったと思うが、足りない感じ。

☗5三銀成で第4図となり、真部さん、思わず、厭な形になったなあと叫んだが、声になって出るのは、ぜんぜん感じてない証拠。相手が素人だと、こういう形から逆転が生ずることがあるが、専門棋士相手では通用しない。

第4図からの指手

☖2四金上6　☗3三歩1　☖同金　☗4二銀2　☖4三金打6　☗3三銀成3　☖同王

☗4三成銀2　☖同金　☗3二金　☖同王　☗2四飛　☖3四銀打1　☗2七飛1

☖1四歩1　☗5二金　☖1五歩1　☗3三歩3　☖同王　☗6七王　☖5五桂1

☗7八王　☖6七銀　☗8八王　☖7八金　☗9八王　☖2三歩　☗5七角1　☖7七金

☗同桂　☖7八銀成　☗9六歩　☖7七成銀　☗――2

まで百五十一手にて真部四段の勝ち。消費時間、上手一時間四十九分、下手一時間五十七分。

この将棋、手数は長いが下手の完敗である。というのは、はじめの3七角が悪く、あとはそれほど悪手はなかったと思うが、ずるずると負けてしまった。第4図で、上手の6七歩がいかに大きいかを味わっていただきたい。場合によっては飛車一本で詰まされてしまう形になっている。

投了後、真部さんに言った。

「あなたのお母様は、僕なんかに勝ったことを聞いても泣くかね」

「そりゃ泣きますよ」

「今日はいくらかの対局料が貰えるわけだけれど、それを見せると泣くかな」

「泣きます」

「それじゃあ、昇段昇級決定を知らされたときはどうだった?」

「そりゃあ、もう……」

真部さんの顔がくしゃくしゃになった。春の夜になっている。負け惜しみではなくて、負けて気持のいい将棋があると言ったら、読者は笑うだろうか。

第七番　屈伸する名匠、塚田正夫九段

1

厭《あ》きるということがある。この場合は飽《あ》きるのほうが正しいかもしれないが。同じことを続けて何度も繰りかえしていると厭きてしまう。誰でもそうだろう。将棋の場合にもそれがあるのだ。商売は商いだから「アキナイ」であると言う人もいる。アキナイのがその人の職業であるという。厭きてしまえば商売人ではないと言う。私の言うのは、これとは少し違う。

将棋の場合で、厭きるとはどういうことか。将棋そのものに厭きてしまうのではない。将棋そのものに厭きてしまっては、もはや専門家とは言えない。そうではなくて、将棋の戦法に厭きてしまう。矢倉なら矢倉ばかり指していると厭きがくる。これは当然である。中飛車ばかり、四間飛車ばかりでも厭きてしまう。もし、同じ戦法ばかりで指していて厭きないでいる人がいたら、よほど変った人と言うことが出来るのではないか。

小説でもそうだ。小説を書くことそのものに厭きてしまったら、その人はもはや小説家ではない。そうではなくて、同じような設定、同じようなストーリーを書くことに厭きてしまう。これは当り前の話である。同じ歌ばかり歌ってはいられない。

将棋の場合、たとえば、中原名人でも、居飛車に厭きてしまうということがある。僕は、いま、断定的に書いたが、これは僕個人の推測である。中原名人は、八段になるまで、ずっと居飛車で戦ってきた。彼にとって、居飛車は商売のモトデである。それによって今日の地位を築いたのである。それが、八段になってから、十番に一番、七番に一番という割りでもって飛車を振るようになった。単に気分を変えるというようなものでもない。中原さんが、名人戦で、突如、自ら飛車を振って、それによって名人位を獲得したことはご承知の通りである。

厭きてしまう。それがいいか悪いかは別問題である。ただし、若い人はいけない。自分の得意の戦法でもって突っ走るべきである。中原名人がそうであったように——。中原名人は齢は若いが、彼の将棋年齢は若くない。幼年で専門家の道に入ったのであるから。

中原名人は将棋が強い。それに、将棋が好きだ。すると、どこかで自分の将棋の力を発揮してみたい。試してみたい。面白い将棋を指してみたいと考えるようになる。これも理の当然である。（と言ったって僕の推測であるが）そこで、時に、自分から飛車を振ってみる。この振飛車の勝率も抜群によろしいのである。しかし、彼の本質は、あくまでも居飛車である。飛車を振るときは、なにか、相手のほうを持ちたいような変な感じになるのではないか。

米長八段も同様である。彼は三段時代まで振飛車党だった。四段になってから、居飛車一辺倒となって物凄い勢いで勝ち進んだ。居飛車における攻めのキレ味の良さは現棋界随一と言われている。構想力もまた卓抜である。その彼が、八段になってから、時に飛車を振るようになった。中原名人と同じ割合いでもって飛車を振る。彼の場合は中飛車が多い。これは、つまり、振ったって指せるという自信のあらわれではあるまいか。その点、高段棋士は誰でも自信満々である。そうやって将棋を楽しむ余裕があるとも言えると思う。あるいは研究発表の場としたいという考えがあるのだと思う。

厭きるというのは言葉が悪い。しかし、将棋を指す人には僕の言う意味がわかると思う。将棋は、関根名人の言をまつまでもなく、千変万化なのである。千変万化こそが将棋なのである。大山康晴九段は、相手が居飛車なら自分は振飛車、相手が振ってくるなら自分は居飛車という将棋である。相振飛車は指さない。相居飛車も指さない。振飛車は、向飛車、三間飛車、四間飛車、中飛車、なんでも指す。相手が飛車を振れば、こっちはナマクラ居飛車である。変幻自在である。楽しんで将棋を指す。それが大山さんの、きまった形である。

最近、大山さんの将棋が少し変ってきた。積極的になったと言っていいのだろうか。受けの大山ではなくて攻める大山になってきた。もともと、大山さんの将棋は攻め将棋である。モトに復ったとも言えると思う。

大山さんの特質は、物事を単純に割りきって考えられるところにあると思う。思いきりがいい。その点において陽性である。

大山さんの勝率が悪くなった。だから、棋風を変えてみよう。そんなふうに割りきって考えられたのではなかろうか。これも僕の推測の域を出ないのであるが——。僕はそこに大山さんの偉大さがあるのだと思う。Aで悪ければBでゆく。人は、なかなか、そんなふうに割りきれないものである。

こんなふうに、厭きる、変える、試すというのが勝負師としては自然なのではあるまいか。それが時によって敵の裏をかくことになるのではないか。それが進歩につながるのではあるまいか。(才能のない人は別である)

従って、だから、加藤一二三八段のように、絶対に飛車は振らない、相手が矢倉なら自分も矢倉というのは、勝負師としては、よほど変った人と断ぜざるをえない。加藤さんは「なんでも矢倉」という人である。二枚落でも、飛落でも、角落でも、矢倉がよろしいという人である。今期名人戦では、四局とも非常に似かよった矢倉戦法でもって破れた。すなわち、飽きない人である。

加藤さんは才能の無い人ではない。神武以来の大天才である。しかも、研究熱心の人である。直感力の鋭い人である。それが矢倉しか指さない。居飛車しか指さないというのは不思議ではあるまいか。

思うに、加藤さんは、将棋も宗教家的なのではあるまいか。（彼自身、立派な宗教家である）求道者タイプなのではあるまいか。

彼は常に最善手をもとめて苦悩する。そのために大長考する。いささかも、いい加減な手を指そうなんて気持がない。誰だってそうなのだと言えそうだけれど、加藤さんの場合はちょっと違う。

最善手を求めて苦悩する。専門家同士の対局で、それも中盤にさしかかるあたりで、最善手が発見できるわけがない。だから、大長考の末に、ある手段を選び、相手が指したところで、また大長考する。そこに求道者の傷《いた》ましさがある。

僕の考えは、最善手を求めて深く読みに読むときは、どうしても無難な手、無理をしない手が浮かびあがってくる傾向があるということである。パッと行くわけにはいかない。矢倉の中盤で、パッと行ってパッと勝てるような手があるわけがない。そこで、考えれば考えるほど、消極的な手が残ってくるということになるのではないか。

今度の名人戦、ここが勝負所というあたりで、中原名人は運を天にまかせ、多少の無理は承知でパッと行った。加藤さんはパッと行かない。ここに、勘と読みの違いがあるのではないか。中原名人が勘だけで指していたと言うのではない。しかし、中原さんに、ここはこう指すべきだ、行くべきだという直感が働いたとき、そこに中原さんの全人間的なものが一遍に躍動していたという言い方は出来るのではないか。

僕はそう思う。そこに勝因と敗因があったのではないか。僕は求道者タイプがいけないという気持をまるで持ちあわせていないが、勝負事は、将棋にかぎらず、攻めていって先手を取ったほうがいいということは言えると思う。そうでなければ、矢倉の大家が矢倉の将棋で、長考派の棋士が二日制のタイトル戦で一方的に破れるという説明がつかないのである。

2

この角落の十番勝負、僕はずっと矢倉で戦ってきた。そうして六連敗である。

僕は矢倉に厭きたわけではない。矢倉では勝てないと思っているのではない。げんに、対板谷戦、対内藤戦は終盤で必勝の将棋になっていた。対有吉戦でも、最後まで勝筋があった。対大内戦でも終始互角に戦えたと思う。

戦法が悪いとは思わない。ただし、変化が複雑微妙で多岐にわたり、素人にはむずかしすぎると思いだしたというのも事実である。これは僕だけの意見ではなく、専門家のなかにもそういう考えの人がいる。悪くはないけれど難解である。

もっと角落の利を生かす戦法はないか。そう思いだした。

また、将棋を指す人のなかには、こういう説をなす人がいる。

専門家の教える駒落定跡はインチキである。特に、飛落の右四間飛車戦法、角落の矢倉戦法は、わざと商売人が勝てるように造ってある。そうでないと専門家の権威が保てないし、また、書物で全てがわかってしまえば稽古に来る客がいなくなってしまう。本当の奥許しとも言うべき必勝法は、なかなか教えてくれない。まあ、そういったところだ。

僕はそうは思わない。絶対にそうは思わない。右四間飛車戦法、矢倉戦法はきわめて優秀だと思っている。難解な落し穴の多い戦法であるけれど、これで勝つのでなければ本当に勝ったとは言えない。そうして、それが将棋の上達法につながっているはずだと信じている。いわゆる筋のいい戦法だと思う。（僕が飛落で6五歩位取り戦法を用いたのは、師匠の山口英夫五段の影響であり、これもすぐれた戦法だと思ったからである）

角落の場合、矢倉戦法では、玄人と素人の対局では容易には勝てないのではないか。これが僕の疑問点である。

あるとき、僕は、大山九段に質問した。

「矢倉で勝つのはむずかしいんじゃないでしょうか。特に専門家との対局の場合、絶対に勝てないのではないかという気がしてきたんですが……」

「そうです」大山さんはあっさりと答えた。

「矢倉はむずかしすぎるんです。だから、私の今度の本（『大山の将棋読本』5「駒落の勝ち方」平凡社刊）では中飛車戦法を採りました。矢倉ですと、矢倉の変化を全部説明すると本一冊あっても足りないでしょうね」

僕は、またしても絶望的になった。

「中飛車なら、相手に角がないから5筋の歩をきれるでしょう。それで5六銀と立つんです。（平手で中飛車のとき5六銀と立つのは一種の理想形）それで、相手の右の金が棒金模様にきたときに（こちらの角頭が弱い）その金が8四に出たときがチャンスですから、そこで攻めるんです。それで勝てます」

大山さんは、空中で指を何度も動かしてみてくれた。

大山さんは、第1図では、すでに下手の攻めはむずかしいと言われる。（ということは、すでに下手不利だと言うのと同じ）ここが従来の考えと違っているところだ。

ここは、普通は、2五歩、1三銀（3三銀なら3七桂）、4五歩、同歩、3五歩、同歩、同角となって下手が指しやすいとするのが、これまでの考え方であった。しかし、僕の経験では（この形から勝ったこともあるけれど）なかなかに攻めきれるものではない。

(第1図は△2四銀まで)

```
  9 8 7 6 5 4 3 2 1
 ┌─┬─┬─┬─┬─┬─┬─┬─┬─┐
 │香│　│　│　│　│　│　│歩│香│一
 ├─┼─┼─┼─┼─┼─┼─┼─┼─┤
 │　│　│桂│　│　│　│王│　│　│二
 ├─┼─┼─┼─┼─┼─┼─┼─┼─┤
 │　│　│歩│角│銀│角│　│歩│　│三
 ├─┼─┼─┼─┼─┼─┼─┼─┼─┤
 │歩│　│　│歩│歩│歩│歩│銀│歩│四
 ├─┼─┼─┼─┼─┼─┼─┼─┼─┤
 │　│歩│　│　│　│　│　│　│　│五
 ├─┼─┼─┼─┼─┼─┼─┼─┼─┤
 │歩│　│歩│歩│歩│歩│歩│　│歩│六
 ├─┼─┼─┼─┼─┼─┼─┼─┼─┤
 │　│歩│銀│金│　│銀│　│　│　│七
 ├─┼─┼─┼─┼─┼─┼─┼─┼─┤
 │　│王│金│角│　│　│　│飛│　│八
 ├─┼─┼─┼─┼─┼─┼─┼─┼─┤
 │香│桂│　│　│　│　│　│桂│香│九
 └─┴─┴─┴─┴─┴─┴─┴─┴─┘
```

上手 持駒 なし

下手 持駒 歩

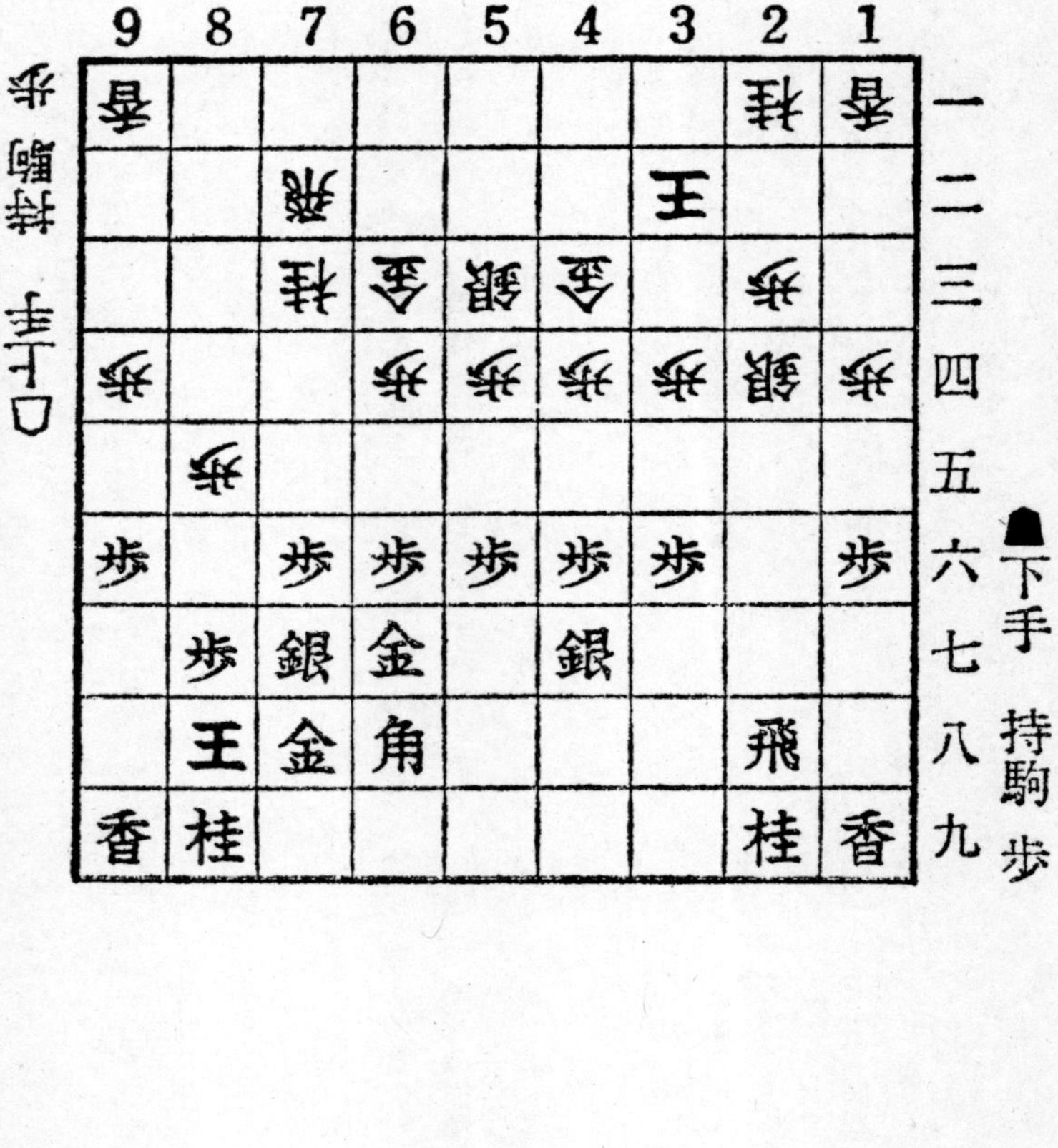

下手の右の銀桂が動きだす前に、上手から反撃されてしまう。そこで、矢倉戦法はインチキという怪説が生ずるのである。

角落における下手矢倉戦法の根本思想は「位負けするな」というところにある。6四歩には6六歩、5四歩には5六歩、4四歩には4六歩である。

なぜそうするかというと、4四歩には4六歩の場合で言うと、第1図から、上手が7四金と出たとして（実戦はこうは来ないが）、次に6五歩、同歩、同金、6六歩、6四金となり、さらに5五歩と来られ、同歩、同金となったとき、下手の陣型が、4六歩、4七銀の形であると、5五金に狙いをつけて5八飛と廻れるからである。上手が5五歩を切って5四金の形になると下手は容易に勝ちきれない（あるいは手も足も出ない）というのが、定説になっている。

第1図にいたるまでの指手を少しもどしてみたのが第2図である。

ここで、4六歩、7三桂、4七銀、2四銀となったのが第1図である。

これは、前掲の『大山の将棋読本』で解説されている実戦譜であるが、ここで下手は3七銀とあがり、これを大山九段は、実戦的な好着想であると評している。

これは矢倉であるが、矢倉戦法プラス棒銀戦法であるといったほうがいい。つまり、第2図から、位負けせぬという4六歩では間にあわないのである。

しかし、それならば、3七銀からの棒銀戦法で勝てるかというと、そうはいかない。事実、

（第2図は△1四歩まで）

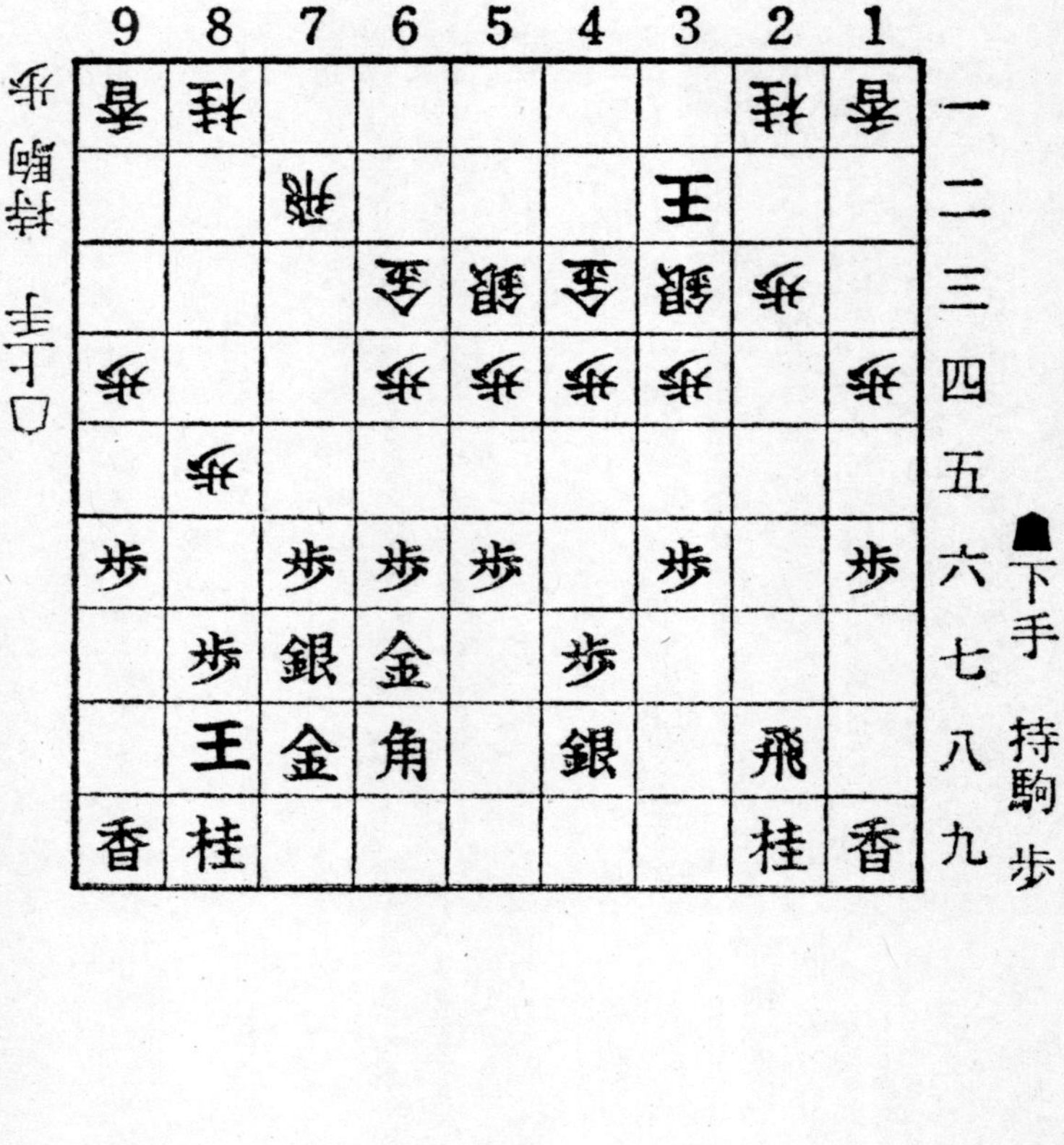

る。
この将棋、下手は強豪であって、善戦健闘、好手を連発するが、結局は負かされてしまってい

そこでどうするか。

大山九段は中飛車戦法を推奨する。しかし、振飛車でもって王を右に囲う（美濃囲い）のは、どうも僕は性に合わない。

僕の考えの根本は、第2図でもって4六歩と突かないという所に尽きる。

その意味は、角落であって、上手に角が無いと考えるよりは、下手には角があるとする考えである。そう考えると、第2図でもって、4六歩と突かないほうが「駒の働きというもの」（芹沢八段流の表現）ではないかということになる。場合によっては4六角と出る筋で牽制するので——。

実は、前回の真部四段との一戦でもこれを用いたのであるが、序盤でミスがあって失敗した。しかし、考えの根本が悪かったとは思わない。

ここで僕の策戦を整理すると、従来の、いわゆる矢倉戦法の定跡には従わない。位負けしてもいい。むしろ、上手の伸びすぎを突くくらいの気持で指す。こちらには角があるのだから、その角の働きを専らにする。右側の銀桂を捌《さば》くことに重点を置く。飛車は動かさないで敵陣を睨み、これを決め手とする。つまり飛角銀桂を伸び伸びと働かせる。場合によっては囲いを後

まわしにして即攻する、といったことになろうか。

僕は矢倉戦法に厭きたわけではない。これが悪いとも思わない。しかし、矢倉戦法は難解であって、素人では容易には勝てないということもわかってきた。そうかといって、本定跡（三間飛車）は体質的に合わないような気がする。大山さんの推奨する中飛車戦法は、いつかは指してみたいと思うけれど、まだその時期ではないし、美濃囲いは苦手である。

そこで、僕は、従来の矢倉戦法を、駒の働きを重点として、僕なりに改良してみようと思ったのである。雄々しくも、それでもって専門棋士に立ち向かおうとしているのだ！

今回、お願いしたのは、昭和棋界の名匠中の名匠、塚田正夫九段である。

3

塚田正夫九段。大正三年、東京都小石川生まれ。花田長太郎九段門下。

昭和二十二年、名人戦挑戦者となり、無敵の木村義雄名人を降して第六期名人。翌年は、名人位を箱根越えさせようとする関西棋界の輿望を担った大山康晴を降して防衛。九段戦に三期連続優勝して永世九段位獲得。大山康晴、升田幸三とならんで、現役棋士では別格扱いである。

詰将棋の第一人者である。それも実戦型短篇の名手である。実戦型で手数が短かければ易しいと思ったらトンデモナイ間違い。そこに、いわば芸術性といったものがひそんでいる。

（第３図）

持駒　金二

第3図は塚田さん作の詰将棋であるが、初手に馬を捨てるわけにはいかないから金を打つ一手。金を打つ場所は、1二、2二、3一、3二の四箇所であるが、およそ、実戦でも詰将棋でも、打ってはいけないと思われる馬のキキをとめる3二金打が正解だから不思議。これが塚田流の感覚である。そこが盲点になって難解な作品が出来あがる。正解は、3二金、1二王、2二金寄、同角、2三金、2一王、3二馬の七手詰。

こんなのは易しいと思われる方は、第4図を見てごらん。（塚田正夫著『よくわかる詰将棋』東京書店刊より）

十分で詰んだら間違いなく有段者。ヒトメで詰めば専門棋士になれる。

ヒント。初手は第3図同様の大俗手。王方の1一香を取って、これがキメテとなるから妙。

これなどは、実戦型の傑作であり、おそらく、専門家同士の実戦にこの局面があらわれても、詰まさなければ負けるというとき以外は、詰まずと見て見逃してしまうだろうと思われる。

塚田九段は受け将棋であるか、攻め将棋であるか。僕は受け将棋だと思う。屈身戦法の塚田である。いや、こう書いてはいけない。屈伸戦法だそうだ。屈するとみせて伸びるのである。詰め将棋の大家だから、二上さんや米長さんのような攻め将棋だと思ったら間違いである。ジッと待っている。低く待つ。そうして紫電一閃、いっぺんに詰めてしまう。

第八期の名人戦。塚田名人（当時）は、木村義雄を追い落とし、大山康晴を撃破し、ここに、

（第４図）

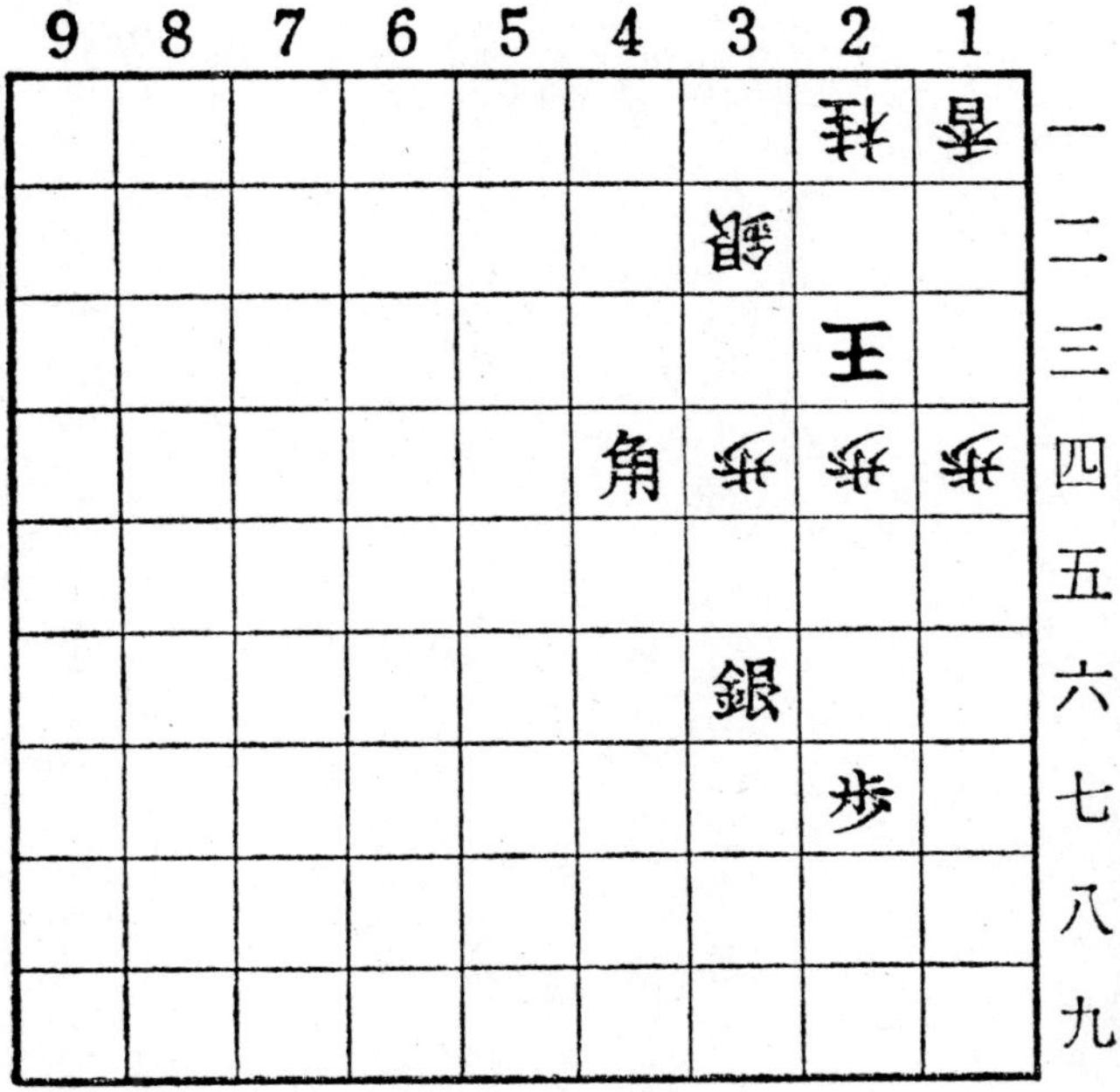

持駒 飛金二歩

ふたたび木村前名人の挑戦を受けることになった。

その第一局、塚田名人は、隠忍自重、徹底的に受けに廻った。辛抱に辛抱を重ねて、突如、奇襲を敢行して悪手を誘い、見事に寄せきってしまうのである。これで対木村前名人戦通算九連勝。絶対の優位に立った。

第二局は負けたが、第三局も第一局と同様に粘りに粘り、受けに受け、冷静そのもので、木村の猛攻に耐えた。これは大山九段の受けとは違う独特の屈伸する塚田戦法だった。

二勝一敗の絶対優勢（当時は五番勝負であり、塚田の側に若さがあった）の塚田さんが、以後二連敗して名人位を失い再び名人位に就くことはなかった。生涯の痛恨事であったろう。僕ごときが論評することはさしひかえて、倉島竹二郎さんの名文を引用することにする。

「お城将棋（第五局は皇居内済寧館で行われた）がすんでからの塚田名人のほうはどうであったかというと、五十嵐八段、加藤博二八段（当時七段）、山本武雄七段（現在八段）の三人が、このままでは帰宅しにくかろうと、神田の駿台荘という旅館に集まって塚田名人をそこに迎え、徹夜で酒盛りや麻雀をやってなんとか塚田のやるせない気持ちを慰めようとした。そして、翌日は一人が当時杉並区大宮前六丁目にあった塚田邸まで付き添っていった。

昨夜はいっさいを忘れはてたように酒盛りや麻雀に打ち興じていた塚田だが、帰宅の途中は前日の将棋の話ばかりし、まだ勝負をやっているかのような興奮状態におちいった。

が、塚田邸が近づき、家の前の道路で遊んでいる子供さんの姿が目についたとたん、塚田はハッとわれに返った様子で、その場にしゃがみこむと、ハラハラと落涙した。無心で遊び戯れているわが子の姿に、はじめて敗戦の惨めさが実感となって胸を締めつけたのであろう。」（倉島竹二郎著『近代将棋の名匠たち』角川書店刊より）

名人戦にまつわる名場面であり、僕は、帰宅の途中で前日の将棋の話ばかりする塚田さんというところが特に好きだ。それが将棋指しなのだ。暴言を承知で書けばバカである。純粋である。バカで純粋であるところが好きなのである。

私は、塚田さんを見ていると、なぜか、孤影という言葉が浮かぶ。飄々という言葉が出てくる。氷のように冷静だといわれ、剃刀のように鋭かった男が、歳月に洗われ、勝負の世界で磨かれると、このようになるのだろうか。いや、それは塚田さんの人柄だろう。大山九段、升田九段とはどこかが違う。

私は塚田さんの将棋の解説が好きだ。実にやわらかい。それでいて的確に本筋を突く。やわらかくて、それでいて近寄り難い所がある。それが塚田さんの味というものである。

一目見て、タダモノではないことがわかる。河盛好蔵さんは、塚田九段のことをそう言った。

その塚田さんがA級にカムバックした。それが升田九段であったなら、大山九段であったなら、B級に陥落と同時に引退声明を発表しただろうと思う。塚田さんは耐えたのである。ジッと辛抱して、当然のように、飄々としてカムバックした。

「ぼくは運がよかったんだよ」

七勝三敗の昇級だからそう言ったのだけれど、最後の熊谷八段、加藤（博）八段にキチンと勝たなければその幸運は訪れなかったのであり、それは塚田九段の実力というほかはない。

今期順位戦の第一戦、塚田九段は熱戦の末に大山九段に勝った。大正三年生まれは、来年が還暦である。屈伸戦法の妙技を、ぜひ見せてもらいたい。

4

対局場は紀尾井町の『福田家旅館』である。定刻前に塚田さんがふらっと入ってきて、いきなり盤の前に坐ってしまった。

「ちょっと待ってください」

まだ記録用の小机の用意が出来ていない。

「そうか、そんなら葡萄酒かなんかないか」

それもいかにも塚田さんらしい。葡萄酒の一瓶を取り寄せて、ゆっくりと飲まれる。やがて、

「葡萄酒ってのはアルコールが入ってないのか」

「そんなことはありませんよ」

僕は瓶を引きよせ、立合人の山梨県出身の米長八段のほうを見た。

無い。アルコールの度数を表示する数字がない。おかしいな。そんなはずはない。……本品を水かサイダーで割り……。

「ややッ。しまった。これは葡萄酒じゃない。葡萄液だ」

そのとき塚田さんはコップに二杯飲んでいた。

「申しわけない。早速、葡萄酒に変えてもらいます」

「いや、いい。もういいよ。それより将棋を指そうよ」

飄々というほかはない。

「ぼくは角落が下手なんだ」

すかさず米長八段が言う。

「筋違い角がありませんからね……」

そんなふうにして始った。おそらく、将棋連盟における大事な一戦においても、塚田さんはそんな具合なのだろう。

昭和四十八年五月二十六日
東京都千代田区『福田家旅館』

血涙十番勝負（角落）第七局

上手☖塚田正夫九段

（持時間、各二時間）

☖８四歩　☗７六歩　☖６二銀　☗７八銀　☖５四歩　☗５六歩　☖６四歩　☗６六歩
☖５三銀　☗５八金右　☖４二王　☗２六歩　☖３二王　☗６七金１　☖５二金右
☗７九角１　☖７四歩　☗３六歩　☖７二飛　☗２五歩　☖７五歩　☗同歩　☖同飛
☗７六歩　☖７一飛　☗４八銀　☖４四歩　☗２四歩２　☖同歩　☗同角　☖２三歩
☗４六角　☖６三金２　☗７七銀１　☖４二金　☗６八王１　☖３四歩　☗７八王
☖４三金　☗３五歩　☖４五歩　☗６八角　☖４四銀　☗３四歩　☖３五歩　☗３七銀１
☖３四金　☗３六歩１　（第５図）

☗７九角。一手をはぶこうとするもの。このままの形で８八王とおさまりたいと思っているのだが、なかなかそうはいかない。

☖７一飛。ふつうは７二飛。僕には意味がわからない。次に６一飛と寄る狙いか。あるいは遠く２一飛と廻る意味か。

（第5図は▲3六歩まで）

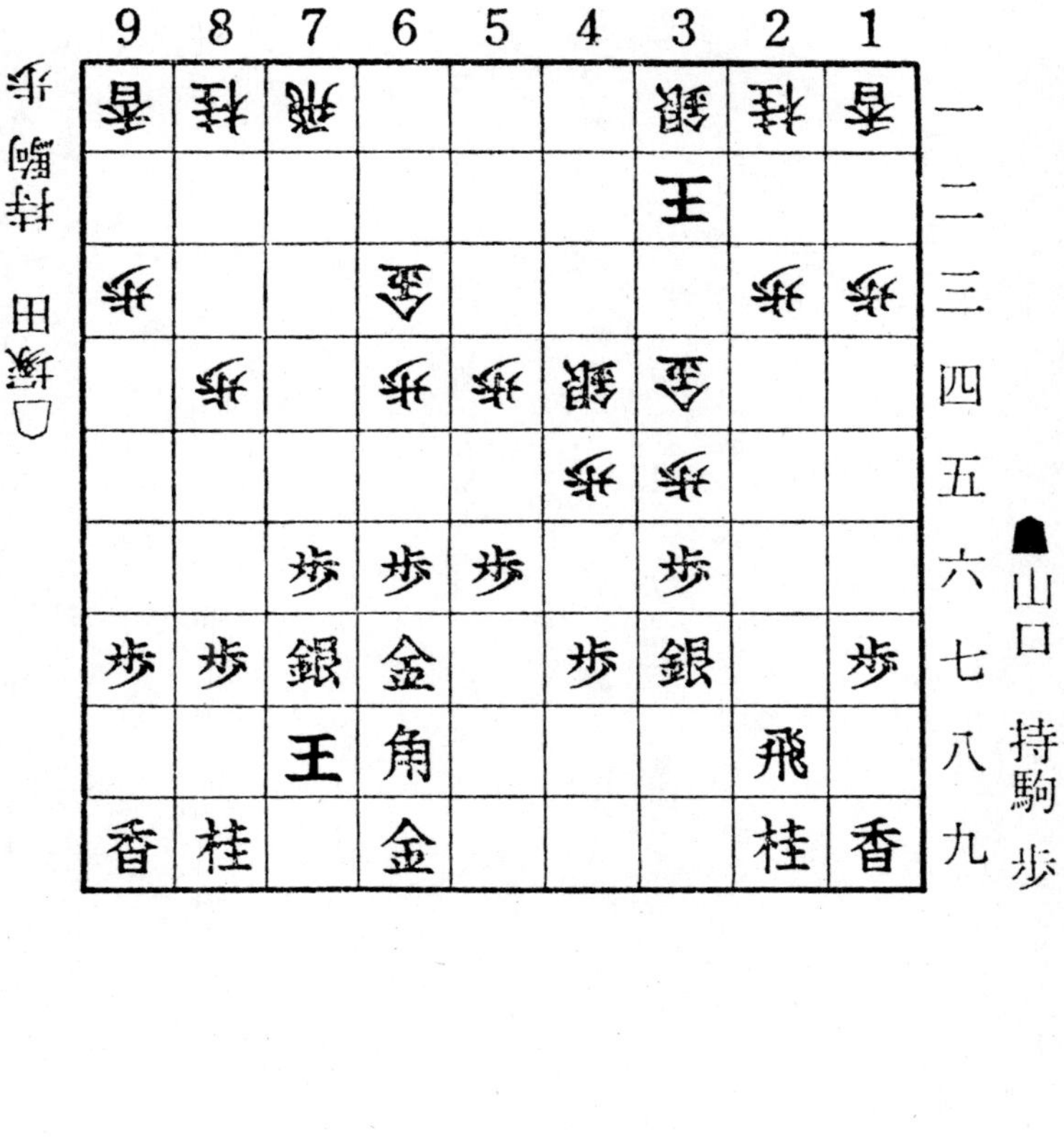

☗4六角。4五歩と突かせる狙い。4五歩に3五角、3四歩、2六角で、こうなると上手は6三金とあがりにくい。そこで5七銀から4六歩と反撃するつもりだった。しかし、上手は、だまって☖6三金。

☗3四歩。同金なら3五歩と打って、同銀、同角、同金と角を切って暴れるつもりだったが、あまり自信がなかった。

☗3六歩。ここでは下手優勢だと思う。同歩なら同銀と進み、3五歩、2五銀、同金、同飛、3四銀、2八飛で、今度は8二金が有効打になる。

第5図からの指手

☖4二銀7　☗3五歩　☖同銀　☗3六歩　☖4四銀　☗2六銀　☖4三銀1　☗8八王2
☖7三桂3　☗7八金　☖9四歩　☗3五歩3　☖3三金　☗2五銀　☖3四歩1
☗同歩2　☖同銀1　☗同銀　☖同金　☗3五歩3　☖3三金　☗3六銀3　☖5五歩
☗同歩　☖5三金2　☗3七桂　☖4一飛　（第6図）

☖4二銀。七分の大長考である。ということは下手の3六歩が好手であったことの証左である。

（第6図は☖4一飛まで）

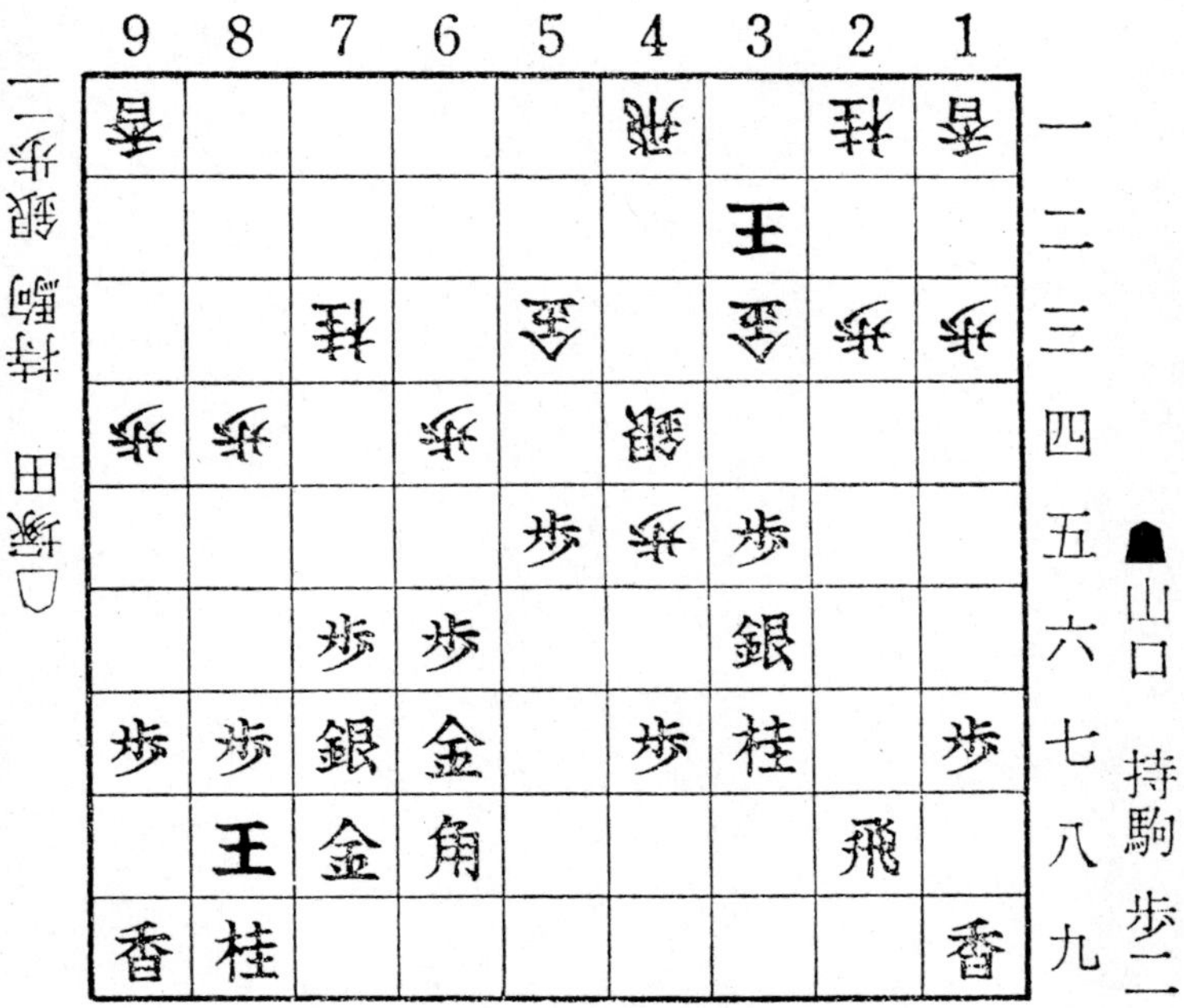

☗8八王。原田八段流に書けば落ちついた好手。この手を見て下手勝と思い、米長八段は席をはずしたという。

☗2五銀。次の3八飛を見ている。

☖3四歩。絶対手。こう指さないと受からないだろう、おそらく。

☗3六銀。下手としては妙手。次の3七桂が鋭い。かくして、下手の右側の銀桂が捌けたことになる。上手は応手に窮したのではあるまいか。

☖5三金。上手らしい手。いつのまにか上手の駒が左に寄ってゆくところにご注意あれ。塚田さんは、今日は大山君みたいに指してやったと言われたが、僕は受けの塚田だと思っているので驚かない。わざと下手の3七桂の目標になってやろうという手。ただし、ここでは下手の勝勢である。

第6図からの指手。

☗5六金　☖8五桂　☗4五金5　☖5七歩1　☗3四歩1　☖4三金左　☗2二歩2
☖同王　☗2四歩1　☖同歩　☗2五歩　☖同歩　☗同銀　☖2七歩　☗同飛　☖5八歩成
☗4六角1　☖7七桂成2　☗同金　☖6八銀　☗1四銀4　☖3一王　☗2三銀成14
☖7九銀打　☗7八王1　☖5六歩1　☗2四角4　☖3三歩3　☗同歩成3　☖同銀

☗3五角7　☖4四歩　☗5四歩2　☖5二金　☗3四桂2　☖同銀　☗同金　☖同金
☗3二銀3　☖4二王　☗4一銀成　☖4三王

まで百十七手にて塚田九段の勝ち。消費時間、上手二十四分、下手一時間十一分。

さて、この下手絶対の勝勢である第6図から、どうやって僕が負けるか、まずは見てのお楽しみである。

☗5六金。悪手である。右側の銀桂だけで勝たなくてはいけないというのが米長八段の評。終盤になると別人のように弱くなるねと塚田さん。ああ僕は、何回、何人の人によってこの言を聞かされたことか。してみると、ここは4六歩か。4六歩でほとんど上手は指す手がない。これで終了。しかし、これで下手が負けたわけではない。否、依然として必勝形である。僕は矢倉で5六金と捌ければ理想形という先入観にとらわれていたのである。

☗4五金。何思いけん、4五金と出てしまった。ここは4五桂だろう。4五銀でもいい。いま思い出しても冷汗が出る。あるいは8六銀とかわしてもよかった。どう指しても勝てるのだが、そのなかで一番わるい手を選んでしまう。

☗2二歩。こんな手が間にあっていて負けるのだから、ほんとにどうかしている。

☗2五歩。これも大悪手。2三歩と打てばそれまで。同王に5七角である。これで禍根を払い、しかも上手に受ける手がない。

☗4六角。これ本局中最低の悪手。これはヒドイ。3三歩と成れば終り。あるいは塚田さん投了したかもしれない。同王なら2四角、その他の応手なら3四銀と出ていいだろう。米長八段評。「相手に金をタダで渡すよりもっと悪い手」。ただし、こんなに大悪手を指しても、依然として下手勝勢であることに変りはない。

☗7七同金。同王が本手。いったい僕はなにを怖れていたのだろうか。

☗1四銀。2四銀と出るほうがいい。これが詰めろになっている。あるいは7八金でもいい。実は僕は大錯覚をしていたのだ。1四銀に3二王の一手と思い、2三飛成、4二王、2二龍、3二歩、2三銀成で勝ったと思っていたのだ。そうでなければ、当然、2四銀と出ただろう。3一王と落っこちられて愕然とする。

☗2四角。2二成銀、同王、3三角成の詰めろである。ううむ妙手を指されたかと塚田さんは言われたが、3三歩で受かっている。

☗3五角。これも5三角成を見た詰めろ。

☗3四桂。敗着となった大悪手。5五桂と打てばおしまいだった。すなわち、4五歩なら、4三桂不成、4二王、5三金、同金、同角成まで。4二金引なら4四角で受けなし。5七歩成なら、4三桂不成で、やっぱり詰む。こっちの王は詰めろではないから、4三桂と成ってもいい。ここでも僕は大錯覚をしていた。3四桂は取る手がなくて、これで勝だと思っていたのだから、ヒドイ。

かくして、小悪手、大悪手を連発して、負けるように負けるように指して負けてしまったのである。

「勝っちゃって悪いような将棋だったね」

と、塚田さんは言う。

「中盤で3六銀と打たれたときには参っちまった。あれは玄人の手だよ。平手の矢倉でもああ打つところだからね。しかし、どうして、終盤はあんなになっちゃうの」

終ってすぐに酒になっていた。塚田さんの機嫌がいい。僕に勝ったからでなく、気分がよろしいのだろう。

「『勝つことは偉いことだ』って色紙に書いたら叱られちゃってね。何が偉いだって。しかし、勝つことは偉いことなんだ。今日の将棋だってそうなんだよ。あの将棋を勝つのは偉いんだよ。きみだってそうだよ、あれ、勝たなくちゃいけない」

「はい」

悄然としている僕には、勝つことは偉いことだが身に沁みる。塚田さんにしたって、必勝の将棋を何番落とされたことか。そのうえの言葉だから重味がある。

「当り前だって言うんだね。勝つことは偉いにきまっていると言うんだ。そうじゃないよ、偉いんだよ。だからね『自信を持て』って書いたんだ。そうしたら、それも当り前だって。しかし、いい言葉じゃないか。……それでね、こんどは『勉強せよ』って書いたんだ。それも当り前だって言いやがる。何て書けばいいんだ」

塚田さんは、黒田節を歌い、軍歌を歌い、シャンソンを歌った。こんなことは滅多にないそうだ。米長さんが驚いていた。

「きみはね、生意気なこと書くから、今日はやっつけてやろうと思って出てきたんだ」

それが有難い。負けてくださるのでは面白くない。

今回の負け方は板谷戦よりも内藤戦よりも、もっとヒドイ。3四桂という敗着の大悪手を指したとき、残り時間は五十分以上もあったのだから。丸勝ちの将棋を負けてしまった。

「ぼくらだって、負けるときはあんなもんですよ」

米長さんが慰めてくれる。

僕はガッカリしたが、半分は満足している。なぜならば、僕の改良矢倉戦法もまんざら悪くないということが実証されたのだから。

自信を持て。勉強せよ。

旦那芸になってはいけない。それは相手の棋士に失礼になる。旦那芸にならないためには勉強以外の方法がない。当り前のことだが、当り前のことをするのが偉いことなのだ。

次は名古屋だ。岡崎の豆戦車《タンク》、石田和雄六段だ。

第八番　岡崎の豆戦車《タンク》、石田和雄六段

1

石田和雄六段。愛知県岡崎市の産。二十六歳。大器である。

昭和二十二年生まれ（亥歳の二十六歳）というのは、将棋界にとっての当り年である。大豊作である。中原名人しかり、桐山清澄七段しかり、ここに石田六段が加わる。

もはや、中原名人を若手と呼ぶことは出来なくなったが、かりに年齢相応に若手と呼ばせてもらって、棋界の若手三羽烏をあげるならば、中原・桐山・石田ということになる。僕はそう思う。

しかも、桐山・石田は、中原名人に対して猛烈なるライバル意識を抱いている。棋聖戦の予選において、桐山七段が、筋違い角を駆使して、六十手に満たぬ短手数で中原名人を破ったのは将棋ファンならば先刻ご承知のことと思う。「第一回東海将棋まつり」の中日劇場における席上対局で、石田六段が中原名人を破り、舞台のうえで男泣きに泣いたのは有名な話である。その後、アカハタ新人王となり、そのときの記念対局でも中原名人を矢倉の短手数で撃破している。

「中原名人には対戦成績がいいいんじゃないですか」

僕は石田六段に訊《き》いてみた。

「まだ対局数が少いですから……」

彼、赧《あか》くなって答えた。

このように、桐山・石田は、中原名人に一歩も譲らぬのである。少くとも、まだ勝負づけは済んでいないと思っているに違いない。そこが頼もしい。この気持が失われないかぎり、この二人は伸びるのである。桐山と石田は、中原名人の棋譜を徹底的に調べあげていると思う。そうでなければ、新手を出して短手数で破るという将棋が指せるわけがない。そこが嬉しい。いま、かえって八段連中のなかに、中原にはとうてい叶わないと思っている人が多いのではあるまいか。そう思った途端に棋力は低下する。ハリが失われる。

なぜ桐山と石田は中原に闘志を燃やすか。そこがひとつの目標であるには違いないが、なんといっても、同年齢であり、同期の者であるからだ。彼等は中原と同じ釜の飯を喰い、同じ紺《こん》絣《がす》り組であったのだ。中原なにする者ぞというのは、強がりではなくて、実感にちかいと思う。

中原名人が、若手にとって指し辛い意味のある大山名人を退けてくれた、こいつは有難いぐらいに思っているのではないか。

六段になれば生活が楽になる、七段になれば一流棋士だ、運よく八段A級に昇れば万歳、そんなことを思っている棋士は駄目だ。木村名人は、面《つら》あ見りゃわかると言う。桐山と石田について、僕は名人と同じことを思う。

「顔を見ればわかります」

大山五冠王の時代は去り、名人・王将・十段の中原、王位の内藤、棋聖の米長という新世紀をむかえた。いま、この三人がもっとも強い。僕はそう思うし、思わなくてもタイトルが証明している。三人とも指しざかりであり、まだまだ強くなる。

ここに割りこんでくるのが、桐山清澄と石田和雄である。もう一人、同じく昭和二十二年生まれの田中正之五段である。さらに彼等より一歳年長の勝浦修七段、森雞二《けいじ》六段。若いところで二十四年生まれの森安秀光五段、佐藤義則五段、坪内利幸五段。もっと若いところで二十歳の真部一男四段。こういったあたりが中原・内藤・米長に肉薄して、もうひとつの時代を築くはずである。

豆戦車というのは、本来は板谷進七段の渾名《あだな》である。以前に僕がそう言うと、板谷七段、いや、うちにはもう一人本物の豆戦車がいますと言った。それが弟弟子の石田六段だった。

「こいつはね、将棋のことしか話しません」

物言わざる男。黙せる男。ただ一途、突進あるのみ。なるほどこれは豆戦車だ。そこで、僕、板谷さんのことは「髭達磨《ひげだるま》」と呼ぶことにした。

板谷さん、将棋に勝っているあいだは髭を剃らない。剃らざること輪島のごとし。輪島の髭はチョボチョボであるけれど、板谷七段はボウボウである。すなわち達磨。髭ボウボウのときは絶好調、連戦連勝と思ってくださいと言う。ただし、髭を剃っちまって、黒紋付羽織袴になると、目も眉もさがっているので、意外や、女形の顔になってしまう。短軀、色白、これは猿之助《おもだかや》のほうの系統になろう。

石田六段は「岡崎の天才」であるという。僕はそう聞いた。しかし、どうやらこれは聞き誤りであったらしい。奨励会時代、月に二回ぐらい上京する。すなわち、天災は忘れた頃にやってくるという、その岡崎の天災だった。天才であることに間違いはないが。

芹沢八段に言わせると、石田はナマケモノということになる。大変な勉強家であり、いまや売れっ子であるから、天災は忘れた頃ではなくて、初中終《しょっちゅう》、上京してくる。将棋連盟の事務室にどっかと座って、他人の将棋を調べている。口をきかない。ただ将棋のみ。将棋以外、何もしないからナマケモノだという。これは、むろん芹沢得意の諧謔《かいぎゃく》である。芹沢八段のように将棋以外のことをしすぎるのとどっちがナマケモノであろうか。石田六段をナマケモノだと言うのは、芹沢八段の諧謔であり自嘲であるやもしれぬ。

芹沢八段はまた、こうも言う。

「石田は勝って泣き、負けて泣く。それじゃあ、泣いてばっかりだ」

勝って泣くは「第一回東海将棋まつり」のことで承知しているが、負けて泣くは何かというと、芹沢さんは次のような話をしてくれた。

翌朝に対局を控えた芹沢八段が、夜になって関西本部へ行くと、石田六段がショボリしている。某八段に負けたのだという。その様子が哀れなので、近くの呑み屋へ誘いだした。すると、石田六段、酒も飲まずに棋譜を取りだして、見てくれと言う。芹沢八段、ざっと見て、これが敗着と直ちに指摘した。それが、石田六段と某八段とで局後にさんざんに検討して得た結論と一致していた。

某八段に負けたのも口惜しいが、敗着の一手を一瞬で見破られたのも口惜しい。それで泣いたのである。

例によって芹沢八段「ここはこう指しそうなもんじゃないですか。こう指すべきものですよ。当然！」とでも言ったのだろう。

とかくの評のある芹沢八段であるけれど、ある時期において、中原名人も米長棋聖も、事実上の芹沢さんの弟子であったのであり、棋理に明るいこと、教え方のうまいことは天下一品である。B級1組には怖い先生がいる。石田六段の〝泣き〟にはそういう意味もあったのだろう。実際、芹沢八段が十年の余にわたってA級にカムバックできないのは、将棋界七不思議のひとつであるが、僕は、やはり、将棋というのは、全人間的なものだと思う。そう言っちゃ悪いが、愚直にちかい石田六段のほうが現状では有望だと僕は思う。「泣け！　石田」泣きがはいれば強くなる。愚直に徹底せよ。そう言って励ましたい気持になる。

「きみのはね、一所懸命なんじゃない、深刻になっているだけだ」

「そうかね……」

そういう二人のやりとりに興味がある。

「一所懸命と深刻とは違うんだ」

「そうかね」

「きみには天分がないんだ」

「そうかね。俺は天分があると思っているんだけれど」

天分の解釈の相違である。石田もこの点では譲らない。

将棋連盟で毎年発行している「将棋年鑑」の末尾に「棋士名鑑」が載っている。生年、出生地、現住所、戦歴、棋風、著書が紹介されているが、このなかに「趣味」という項目がある。

大山九段、囲碁、麻雀、チェス。升田九段、囲碁、剣道。塚田九段、囲碁、競馬、麻雀、読書。中原名人、囲碁、クラシック音楽。……といったように記載されている。

ところが、わが石田和雄六段だけは、趣味欄という項目がないのである。

僕は「将棋年鑑」編集部と石田六段との間に次のような会話がかわされたのではないかと推測する。

「石田さん、趣味欄に何と書こうか」

「そうかね、趣味ってのがあるのかね」

「音楽とか読書とか」

「そうかね、みんなレコードを聞いたり、本を読んだりするのかね。俺はやらんね」

「じゃ、スポーツは？　野球とかボウリングとか」

「俺はやらんね」

「競馬とか麻雀とか、ギャンブルは？」

「博奕《ばくち》は嫌いだね」

「困ったな」

「そうかね、将棋ではいけないかね」

「将棋指しの趣味が将棋というわけにはいきませんよ」

「そうかね、いけないいかね」

「…………」

「将棋しかやらんもんね」

編集部のほうで面倒になって、石田六段だけ趣味欄を削除したのだろう。

僕は石田六段に聞いてみた。

「あなたの家は何商売？」

「商売って、俺の家の仕事かね」

「そう」

「石屋です」

「…………」

「岡崎で石屋をやってます」

石田の商売が石屋では固いのが当り前。僕は質問を打ちきった。

——とにかく、石田六段の手でも足でも斬ったら断面図が五角形になると思う。将棋の駒の形をしていると思う。脳細胞は棋譜でいっぱい。血液は、7六歩、3四歩、2六歩というぐあいに流れているに違いない。

僕は、この男に会いたいと思った。将棋を指して（教えて）もらいたいと思った。大器であり、八段は間違いなし、タイトルも取れるだろうということだけで選んだのではない。僕はこういう男が好きなのである。相撲でいえば大受である。

2

折もよし、七月二十八日の土曜日に「第二回東海将棋まつり」が行われるという。僕は、その前日、二十七日の金曜日を対局日にしてもらって西下することとなった。

さきほどの「将棋年鑑」でいえば、板谷進七段の趣味欄は、古棋書集め、将棋史研究となっている。いやあ、固い固い。お父様の東海本部長板谷四郎八段の趣味は読書である。知る人ぞ知る熱血漢である。父子とも博奕は大嫌い。

名古屋というところ、ムンムンしている。郷土愛。まず、これが頭に浮かぶ。中日ドラゴンズの悪口でも言おうものならぶっ飛ばされる。将棋でも同じことだ。板谷四郎、進の父子は、将棋愛好家にとって神様である。石田六段はその秘蔵っ子であり、東海地区最大のホープである。もしそれ、板谷進、石田和雄のいずれかがタイトルを取りでもしたら騒ぎだろう。

板谷父子が将棋会を催せば、たちまち、千人二千人が馳せ参ずるという。こんな土地は他にはない。

前述の「第一回東海将棋まつり」の席上対局において、石田六段が一手を指すごとに、万雷の拍手が鳴りひびいたそうだ。石田六段が泣いたのは、このためである。ファンの声援に応えられたという喜びの涙である。

僕が板谷七段に角落を指してもらったとき、もし板谷が負けるようなら自分のキンタマを抜くというファンがいたことは前に書いた通り。まことにおそるべき土地である。そこへ乗り込むには覚悟がいる。

この東海本部、他に大村和久六段、北村文男四段がいる。こちらは穏健な教養派。この組みあわせがうまくできている。また、本年度のアマ名人遠藤六段も岐阜の産で東海棋界の一員である。人気随一、東海の鬼と謳《うた》われた花村元司八段も浜松の産。

対局場は名古屋市八事《やごと》の『八勝館』。将棋ファンには懐しい名だろう。終戦後、将棋界も動乱期にあったとき、しばしば名人戦などの重大な一戦が行われた。

名古屋事件というのがあった。木村・塚田であったか、木村・大山であったか、それを忘れてしまったが、名人戦が毎日新聞から朝日新聞に移った直後、報道の自由をめぐって新聞記者と将棋連盟とが大揉めに揉めたのである。それも『八勝館』だった。

朝日新聞社を除く他社の記者が、朝日だけに取材させるのか、それは取材拒否ではあるまいかと言って、『八勝館』の玄関口に迫ったのである。

このとき升田九段、

「バッカモノ！　新聞記者に将棋がわかるか。わかるというなら別室で俺と二枚落を指してみろ。俺に二枚落で勝てたら取材してもよろしい」

と叫んだという。この啖呵《たんか》も有名な話。

この名古屋事件は、後の陣屋事件にまで尾を引くのである。

その後、主催社以外の新聞記者もタイトル戦の対局場に入れるようになったが、そうなってみると、専門家同士の対局は、将棋が指せるという程度の新聞記者には、見たって何もわからない。一時間、二時間という長考が続く。退屈を通りこして苦痛になる。全く、対局場というものは、僕のような気違いじみた将棋好きでも二十分とは坐っていられないものである。結局は、控え室にいて、立合人やら専属棋士に様子を教えてもらうという現状のような取材風景となった。

「見せないといえば見せろと言う。見てもいいと言えば、見てもわからないから控え室に寝ころんでいると言う。勝手なもんです」

長老の一人が述懐する。

『八勝館』では、係りの女中が、それぞれの棋士の勝負をめぐって喧嘩になったことさえあったという。名古屋は荒れる所である。

この旅館、二十年以上も勤めている女中が多い。すると、若き日の大山九段が、布団をかぶって泣いているのを見たという女中まであらわれる。プロだって頭があがらない。

僕、この対局が、角落の八局目。『八勝館』とは縁起がいいなんて考えたものだ。

専門棋士との角落の将棋。これは絶対にアマチュアには勝たせてくれないという。絶対にというのとアマチュアという語感に問題があるが、アマチュアのなかから、アマ名人クラス（六段）を除くことにしよう。彼等はセミプロである。実際に、もと奨励会員であった人がいるのである。また、専門棋士というのを、六段以上の高段者、それも現役パリパリの指し盛りの人としよう。そうして、稽古将棋ではなく「勝負！」という気合のかかった対局であるとする。

こうなれば、絶対に勝てない。少くとも三番勝負にすれば、アマチュアは勝てない。内藤国雄王位は、兵庫県の県代表との記念対局で二十何連勝かしているという話を聞いた。

専門棋士はアマチュアとの角落で負けるのを恥としているのである。そこのところの心組みが違う。なぜならば、現在は行われていないが、戦前には、プロ同士の角落戦が盛んに行われていたからである。アマチュアが勝つことは、その聖域に踏みいることになる。プロはそれを許さない。

第二に、角落で負けると、次は香落になる。香落は平手と同じという感覚がある。すると同等である。つまり、それは、教えることがなくなったことを意味する。教えることがなければ飯の喰いあげになる。生活権の問題となる。極端に言えば、プロにとっての死を意味することになる。危険を感ずる本能が極度に発達している彼等は、絶対に負けないのである。

それならば、絶対にチャンスはないか、僕の勝つ可能性は零であるかというと、そうは思わない。対内藤王位、板谷七段、塚田九段戦において、僕は、優勢どころか必勝の局面をつくりあげているのである。あと一押しである。(この一押しが大問題であるのだが)そうでなければ、僕はこの連載を即座に打ちきらねばならない。

蟷螂《とうろう》の斧である。そのことは承知している。だから血涙である。そうして、僕は、そのときの一番強い人を選んだつもりである。第一番有吉道夫が棋聖になり、第二番加藤一二三が名人位挑戦者になり、第四番内藤国雄が王位になり、第七番塚田正夫がA級カムバックして二連勝したように。

僕は、こう言われた。

「アマチュアだって相手を選んだほうがいいですよ。たとえばね、高段者でも、もう勝負をあきらめた人がいますよ。アマチュアなら負けてもいいと思っている人がいますからね。勝負と思う人と稽古と思う人とでは大違いですよ。若手? 若手は駄目。彼等は負け癖をつけることを嫌いますからね。狙いはね、A級B級八段で、将棋界全体のために、このへんで負けてあげたほうがいいと思いそうな人。わかる？　わかるでしょう。勝負よりも斯道の繁栄をねがう人、これ必勝法です。これでなければ勝てないよ。だいたい、きみのように棋譜を雑誌に発表することを前提とするのがいけない。騙すんですよ。きみだって、稽古なら米長や大内に勝つことがあるんだろう。それを黙って載せちゃえばいい。かまやしませんよ。……なに？　こんどは石田？　そりゃ駄目だよ。ああ、駄目だ、駄目だ。あの男はね、頭を叩けば駒音がするっていうくらいで……」

それは承知である。それでなければ血涙などと銘打たぬ。よき敵。僕はいつでもそう思う。新人王のタイトルを取り、記念対局で中原名人に快勝。よし、これでいこうと思う。石田、石屋の、石頭（将棋頭の意）。僕は、いよいよファイトを燃やすのだった。

3

しまった、しまったと思う。東京駅から名古屋駅まで、新幹線の車中である。

僕、自己弁護の人と言われる。負けるための言訳を用意していると言われたこともある。将棋にかぎったことではないが。

そんなことはない。断じて、そうではない。そんなことをしたら石田六段に失礼である。これは、めぐりあわせというほかはない。

ただし、対局と将棋まつりに出席という二泊三日の旅に出るとなれば、連載の仕事を片づけるために、その前二日ぐらいが徹夜となる。それは覚悟のうえだ。

名古屋へ出発する前日のこと、それは不運というよりほかはない。

簡略に書く。

前日の昼過ぎに家を出た。息子のアパートに泊り、東京駅を十時発の「ひかり」号に乗り、十二時に名古屋着、一時まえに『八勝館』に着いて小憩して二時から対局ということになっている。だから、息子のアパートで早く寝るつもりであった。

第一の不運。国立の自宅から三田の息子のアパートまで、自動車を呼んだら、いつもの通い馴れた運転手ではなく、定年退職後の一年契約の老運転手が来てしまった。彼は都内の地理に不案内である。従って、車中で仮眠(僕は不得手であるが、徹夜あけなら寝られると思った)という心づもりが不可能になった。

甲州街道をかまわずまっすぐに新宿へ、そこから六本木へ、麻布十番へ、それなら僕の育ったところなので、いかに道路が変ったとはいえ、匂いでわかる。

麻布十番まで来たときに、僕は、にわかに空腹を悟った。そこで自動車を降りて、六代布屋太兵衛『更科総本店』へ寄った。御前そばを食せんがためである。注文して、そばを待っていると、カーリーハットの女がちらちらとする。これぞ宮本信子であった。

なんぞはからん、伊丹十三、宮本信子夫妻がそこにいたのである。伊丹さんは、彼が十九歳であったときからのつきあいである。しかのみならず、僕は、彼等の仲人である。そこまではいい。そんなことはなんでもない。

伊丹夫妻の席に、これからそこへ訪ねて行こうとする息子がいたのである。しかも、昼間っから、天種をサカナに冷酒なんかを御馳走になっているのである。これは全くの偶然である。伊丹夫妻と息子とがいかにして遭遇し、いかにしてかかる事態となったか、僕が伊丹夫妻および彼等の息子である万作（伊丹万作の孫の名は万作であるのだ）に久方ぶりで会っていかに狂喜したかという説明は略す。偶然であり、幸運であり、僕の対局にとって不運であったとしか言いようがない。僕は我慢がならぬのである。何が我慢ならぬといって、仲人といえば親も同然、すなわち子も同然である彼等夫妻に、僕の息子も同然というより戸籍上においても血液のうえでも子であるところの息子が昼間っから冷酒を御馳走になっているところを目撃して黙っていられようか。すなわち僕も飲む。そうして、その夜の再会を約して別れたのである。奢《おご》りかえさずにおくべきか。

どうして再会を約したか。僕は、その日、NHKにおいて、北出清五郎氏とのラジオ対談があったからである。これ第二の不運。なぜならば、それなかりせば、更科本店で小酌して別れれば事足りたはずである。時は逼《せま》っている。

僕、北出清五郎氏と別れて、銀座酒亭『はちまき岡田』にむかう。その二階座敷に伊丹夫妻との小宴の席を設けてある。なぜ、このような重大な日の前日に北出清五郎氏との対談を約したか。その訳は、いまは言わない。僕は、将棋界のみならず、相撲界にも重大関心事を持つ者とだけ言っておこう。ただし、将棋と違って、相撲の場合は素玄相争うことは不可能である。せいぜいが、アナウンサーとの対談どまり。

さて、酒亭『はちまき岡田』の二階座敷において小酌しているときに、女主人にして専務であるところの、来年は喜寿になろうという岡田おうさんが入来したのが第三の不運。女主人の入来は当然だが、彼女、酩酊していたのがいけない。たちまちにしてイロイロになる。彼女、小唄を歌う。宮本信子も小唄の名手なり。すなわち唱和す。「浮気同士がついこうなって……」となる。こうなりゃ飲むのである。これ第四の不運。

ついで、池田弥三郎氏の噂となる。すると、岡田おうさん、池田先生なら奥の部屋にいらっしゃると言う。

僕、よせばいいのに、奥の部屋へ行ってみた。そうすると、本当に池田先生がいらっしゃったのである。もしそれ「別冊・小説現代」の購読者であるならば、近頃評判の幇間対談において、池田先生が旦那で僕が幇間であるという間柄であることを知っておられるはずである。僕は単なる会社員、単なる将棋指しではないのだ。幇間だってやっているのだ。奥の部屋に、池田先生がおられたこと、これ第五の不運でなくてなんであろう。お燗をつけていてはまにあわぬので、冷酒でジャンジャンという仕儀となる。

そこで終れば、まだよかった。僕、伊丹夫妻が湯河原に家を建てるという話をきく。万作のために、六本木のナニナニ・レジデンスは健康上よろしからぬという。まことにもっともな話だ。そこで、湯河原に行くには、当地出身の新橋烏森の酒亭『トントン』の社長向笠幸子嬢に挨拶しなければうるさいぞということになった。

銀座から烏森まで歩く。すると、むこうから幸子嬢がやってくる。客が来ないので店をしめて帰るところであるという。まことにタッチの差であった。タッチの差で会う。これ、第六の不運。

彼女、ああよかった、と言う。僕もそのときはよかったと思う。酒ってやつは、そのときそのときは、いつでもヨカッタヨカッタである。あとのことは、もう書くまい。

十時発の新幹線「ひかり号」。伊丹十三氏は九時半発で京都へ向う。撮影のためである。伊丹さん、まだ酔っていると言う。

彼を見送り、ふと見ると、芹沢八段がいる。将棋まつり出席のためであるという。芹沢さんに遭遇せること、これ甚しき幸運にして、対局のためには第七の不運なり。

売子がくる。罐ビールとなる。こう指すべきものだ、当然！

「罐ビールは振ってから空けるものだと言うと、十人のうち一人は振りますから、世のなか不思議だねえ」

そんなことを言う。僕、酔っちゃあいない。そんなに弱くない。大事な一番があるのだ。それに、ミヤ少年がついている。少年は、すぐに眠る。僕も、車中で眠るつもりでいたのだが、芹沢さんが隣にいてはそうもいかない。大いなる不運である。

かくして、僕、意気軒昂、不運にめげず、名古屋駅に着くには着いた。

『八勝館』。その立派やかなこと筆舌に尽しがたし。控え室が五十畳敷の大広間。川合玉堂の大幅。食器、机、行灯、煙草盆、すべて北大路魯山人ということで察せられたい。

板谷七段、小型トラックで秘蔵の盤と駒を持ってこられる。やがて、悠々と、岡崎の豆戦車、石田和雄六段が姿をあらわす。

「そうかね、はじめるかね。……立派だね、この対局室。……そうかね、天皇陛下の泊る家かね」

昭和四十八年七月二十七日

名古屋市八事『八勝館』
血涙十番勝負（角落）第八局
上手☖石田和雄六段
（持時間、各二時間）

☖8四歩　☗7六歩　☖8五歩4　☗7七角　☖6二銀　☗7八銀　☖5四歩　☗5六歩1
☖6四歩　☗6六歩　☖7二金　☗5八金右　☖4二王　☗6八王1　☖3二王　☗7九王
☖5三銀　☗2六歩　☖5二金1　☗6七金　☖9四歩3　☗9六歩　☖6三金右　☗6八角
☖7四金　☗7七銀2　☖6五歩　☗同歩　☖同金　☗6六歩　☖6四金　☗2五歩1
☖5五歩　☗同歩2　☖同金　☗5六歩　☖5四金　☗7八金　☖4四歩　☗3六歩
☖6三金　☗4八銀　（第1図）

上手が☖8五歩に四分考えているのは、8四歩のままで指す戦法との岐路であるからである。8五歩、7七角とすると、下手は一手損になる。下手側からするならば、7八銀、7七銀、7九角なら手得となる。しかし☖8五歩とすると、7三桂、8五桂として、6筋と端を狙う味が消えるのである。一長一短である。

さらに、☖8五歩に対して、下手6六角と出る奇襲戦法がある。以下、8六歩、同歩、同飛、8八飛、8七歩、7八飛として、6八金、7七金と繰りあげ、もう一度8六歩と打って8七歩を取ってしまうというものである。この際、6六角の睨みがすばらしい。これは、有力な指手であるが、僕は奇襲戦法を好まない。

僕はそんなふうに考えたが、専門棋士は、初手か三手目に、かなりの時間をかけることがある。三手目の四分というのは長考の部に属する。これは気息を整えるためである。石田六段は、8五歩と伸ばす戦法を考えて対局場にやってきたに違いない。いまさら、ここで、6六角の対策を練ったってはじまらない。初手に考える棋士として、僕の経験では、内藤王位、板谷七段の名をあげることができる。気息を整え、気合いの乗ってくるのを待つのである。

四分は長考と書いて、嘘を吐《つ》けと思う読者がおられるかもしれないが、そう思うなら、ここ ろみに、手もとの時計で一分という時間を計ってみたまえ。あまりに長いので驚かれると思う。中盤や終盤での一分は短い。指す手が多いからである。8五歩か6二銀か、二手しかないところで考えられると非常に長く感ずる。

相撲でいえば仕切だろう。横綱大関となると仕切が長い。これは若い力士に圧迫感をあたえる効果がある。

『八勝館』には鳥類が多い。庭を歩けばセミがわっと飛びたつ。このあたり、名古屋市の郊外であり、むかしは山だった。

僕の前で、岡崎の豆戦車が微動だにせずに考えこんでいる。僕、しまったと思う。ようやくにして宿酔《ふつかよい》が襲ってきた。酔っているうちはまだいい。宿酔は大敵である。

☖5五歩。上手に5筋の歩をきらせてはいけない。これ先達の教えるところである。僕はどうも納得がいかない。5筋の歩をきらせないためには、4六歩、4七銀と構えて、5五歩なら、同歩、同金、5八飛である。従って、上手は5五歩とはやってこない。しかし、こうなると、下手の右側の銀と桂がさばけない。僕は銀と桂の両方をさばきたい。これがさばけなければ下手は勝てないとするのが僕の考え方である。

だから、4四歩には4六歩と受けずに☗3六歩とする。位負けをするなというのが、角落の下手に対する戒めであるがここに僕の角落定跡における第二の疑問点がある。そのことは再三にわたって書いてきた。

☖6三金。ちょっと変った指し方である。あとで、石田さん、「そうかね、6三金は初めてかね」と言われた。

第1図を見ていただきたい。

上手は4五歩とやってこない。3四歩と突いてこない。下手からするならば攻めのはずみがつかないのである。しかし、欠陥がないわけではない。王側が薄くなっている。桂交換となっ

（第１図は▲４八銀まで）

たとき、下手からの3五桂打が破壊的な威力をもつ。場合によっては5五桂もある。だから、上手から攻めてきてもらいたい。こちらから端攻めがある。この局面、下手からすれば、なんでも桂交換にもっていきたい。桂さえ入れば優勢になる。そんな心持で指した。宿酔だって、そのくらいのことは考えられるのだ。

第1図からの指手

☖7四歩 ☗3七銀1 ☖7三桂 ☗4六銀2 ☖6四銀7 ☗3七桂9 ☖7五歩4
☗同歩2 ☖同銀 ☗7六歩3 ☖6四銀 ☗2四歩4 ☖同歩 ☗同飛4 ☖2三歩
☗2八飛1 ☖1四歩5 ☗1六歩 ☖2二銀 ☗8八王2 ☖1三銀12 （第2図）

☖7五同銀。てっきり6五歩、同歩、7五銀、7六歩、6六歩、5七金、6五桂とでもきてくれるのかと思ったが、あっさり取られ6四銀と引かれてがっかりする。とにかく桂がほしいのだ。

☗2八飛は2九飛が本手であったようだ。

☖1三銀。十二分の大長考で1三銀とあがってくる。上手としても模様の取り方のむずかしいところだろう。この銀は次に2四銀とする含み。

(第2図は☖1三銀まで)

9	8	7	6	5	4	3	2	1	
香							桂	香	一
	飛				王				二
		歩	金			歩	歩	銀	三
歩			角	金	歩			歩	四
	歩								五
歩		歩	歩	歩	銀	歩		歩	六
	歩	銀	金		歩	桂			七
	王	金	角				飛		八
香	桂							香	九

後手持駒　田口

先手　山口　持駒　歩

第2図となったところの上手陣は、金銀三枚が中央に結集して、いかにも豆戦車という感じをうける。

一方、僕のほうは駒組の頂点に達している。ここは行く一手だ。

ここでどう指すか。正解は▲1五歩である。おそらくそうだろうと思う。僕は稽古将棋ならノータイムでそう指したろうと思う。それが指せないというのが、どうもおかしい。妙に考え過ぎてしまうのである。

第2図からの指手

▲5五銀4 △同銀1 ▲同歩 △同金 ▲5六歩9 △5四金引 ▲1三角成 △同香9
▲1二銀3 △2四銀 ▲2一銀不成3 △同王 ▲3五桂3 △2二王4 ▲2五桂11
△3七角13 (第3図)

▲5五銀のとき、なぜ1五歩と指さなかったか。本譜のように進んで、1三角成、同香のとき、2五桂と跳ねたとして、1五歩、同歩の交換があったとすると、1四香と浮かれるのを嫌ったからである。ところが、実際には2五桂と跳ねずに1二銀と打ったのだから、まったくどうかしている。自分の頭の構造がおかしいのではないかと思う。1二銀と2五桂の両方に都合

のいいように考える。余計なことを考えるのである。

しかし、5五銀と行くには行ったのである。これが狙いであり、絶好のタイミングであった。僕は、むしろ、上手の1三銀が悪手ではないかとさえ考えている。対局のときは非常に有難いと思った。

☗5六歩。これが大悪手。だまって1三角成とするところ。あるいはここでも1五歩があった。

なぜ5六歩と打ったか。ふつうは、こんな歩は打たないほうがいいにきまっている。

僕の読みは、1三角成、同桂、1五歩のとき6五歩とからまれ、同歩、6六歩、同銀、同金、同金、3九角といった手がちらちらするのである。

米長棋聖などは、絶対に5六歩などは打つなという。たとえ3九角と打たれ銀損になっても、そのかわりここで上手の5五金を持駒にすることができるのであり、そうやってきわどく勝つのが将棋であるという。

もっと精《くわ》しく読めば、6五歩にかまわず1四歩ととりこみ、6六歩に6八金と引き、6五桂に1三歩と成ればおしまいだったろう。次の3五桂があまりにもきびしいので。

また、石田六段は、1三角成に同香なら1二銀でよく、同桂なら、そのときに5六歩と打ち、5四金引の一手だから、そこで1五歩と突くべきだという。

いずれにしても、5六歩などはこちらの権利なのだから、こっちからきめてゆく馬鹿はない。僕はここで九分考えている。ということは、いま書いた内容のあらましのことは読んでいるのである。

なぜ5六歩という弱い手を指したか。第一は、優勢と見て安全勝ちを狙ったのである。第二は、5六歩には5四金引の一手だから、5五の地点が拠点となり、5五桂、5五香などの上から押さえる手が大きいと思ったからである。5六歩と打つときに、負ければこれが敗因、勝てば勝因、一種の勝負手であるような気がしていた。

☗1三角成。

ここで、石田六段、ウウンと唸ってしまった。先に5六歩と打ったので、1三角成はないと思っていたようだ。

なにか、しきりに、ぶつぶつ言っている。よく聞きとれない。ときどき「ウーン、困ったな、困った困った」というのだけがわかる。僕はいたたまれなくなって席をはずす。帰ってくると、まだ考えている。

「米長流です」

「ウウン、困った。米長流か」

「ただし、インチキの米長流です」

どうやら、対策がないようで、負けを覚悟したようだ。こういう際、上手は意地でも同桂とは取らない。1五歩が見えているからである。同香と取ったあとのことを考えているのである。同香、1二銀に、☖2四銀と打つ。ここで僕の5六歩と打った手が悪手であることがわかる。つまり、一歩あれば2五歩と打てるので2四銀が成立しないのである。

それならば、2二銀と受ければどうなるか。それには下手1一銀打という芋筋が受からない。☗2一銀不成。これがまた大悪手。ここは3五銀、同銀、2三飛成、4三王、3五歩、2二歩、2八龍で絶対の優勢。次の2一銀と桂を取る手が5五桂を見ている。

僕は2八龍といったん手が戻るのが厭だったのだが、いま駒をならべてみると、問題にならぬくらいの棋勢の開きがよくわかる。

それと、僕は、王は下段に追えという先入観にとらえられていたのである。

☖2二王。実は、こうあがられたとき、2四飛、同歩、2三銀、3一王、4三桂成で勝だと読んでいたのであるが、上手に絶好の4一王という早逃げがあり、成立しないのである。それがわかったときにはガッカリしたなあ。飛車を取っても、うまい打ち場所がない。

☖3七角。これで負けたと思った。このとき、僕も石田さんも消費時間が一時間を越えていた。こちらはヘトヘトである。双方一時間というときは、開始時刻より二時間半ちかくを経過している。このあたりが僕の体力の限度である。

（第3図は△3七角まで）

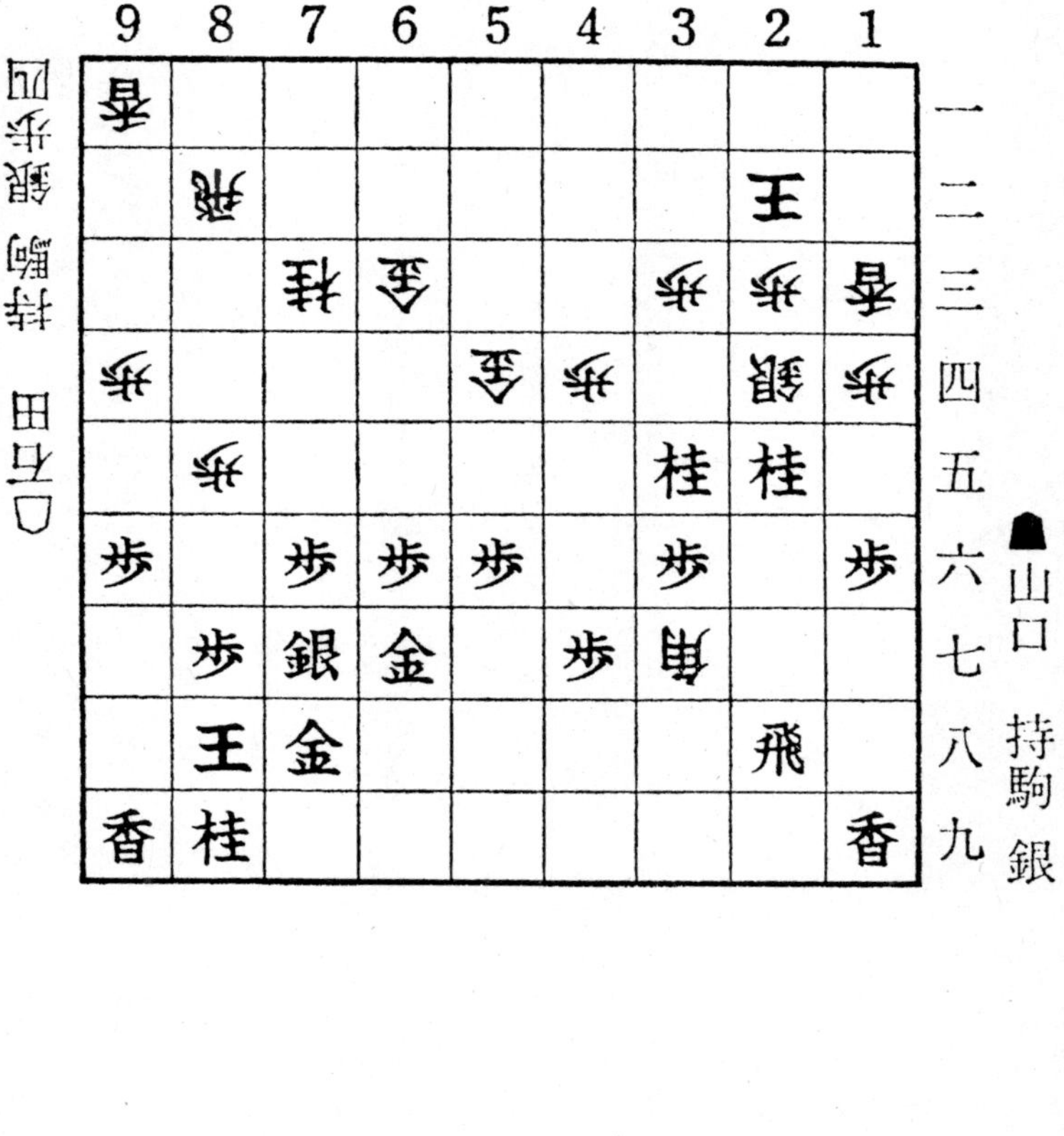

第3図からの指手

☗1三桂成12　☖同王　☗2七飛4　☖1九角成　☗2三桂成5　☖同王　☗3五銀
☖2五歩　☗2四銀　☖同王　☗3五銀　☖2三王　☗2五飛　☖3二王　☗2八香3
☖4三王　☗2一飛成1　☖8一香　☗2三香成2　☖3七馬5　☗4一龍2　☖5三王1
☗3三成香1　☖8六桂　☗4三成香2　☖6四王　☗4四成香2　☖7八桂成　☗同王
☖8六桂　☗同銀1　☖同歩　☗5四成香　☖同金　☗7五金6　☖6三王　☗4三龍
☖5三歩　（投了図）

まで百十七手にて石田六段の勝ち。消費時間、上手一時間九分、下手一時間四十九分。

☗2七飛と浮いたのが最後の大失着である。ここは2九香と打つべきだった。2八角成なら同香と取って、次の4一角がひどい。放っておけば、2三桂成、同王、2四飛まで。

僕は3四銀と打たれて駄目だろうと思ったのだが、ここはもっとよく検討すべきだった。このあたり、まったくネバリなし。

あとは惰性。形づくりである。

☗2八香。及ばずながら、一本、5五歩と突くべきだったと思う。

（投了図は△5三歩まで）

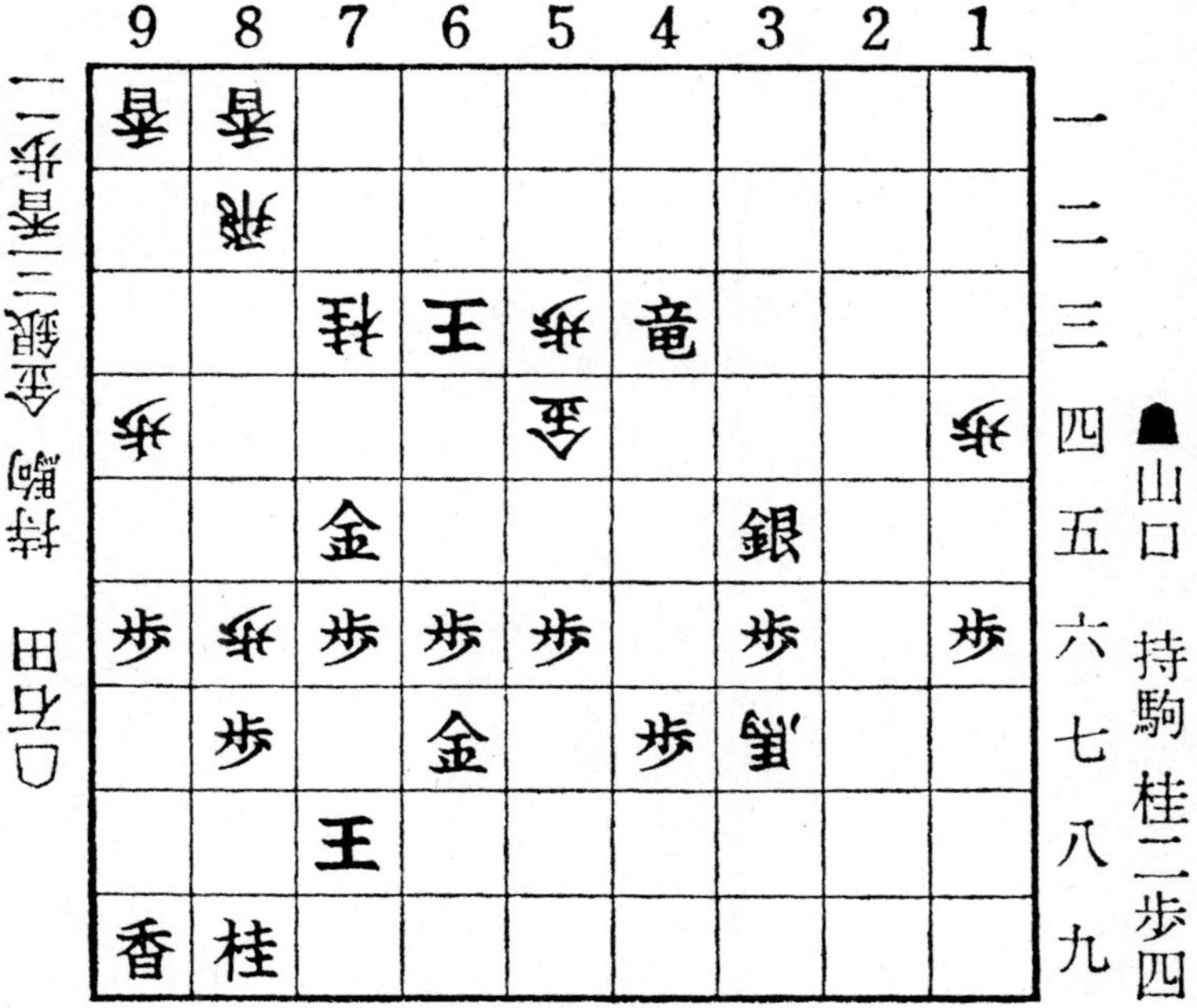

☖8六桂。同歩、同歩、同銀、同飛、8七歩と清算すると、同飛成、同金、同香成、同王、8六歩、同王、5九馬以下詰まされてしまう。そんなうまいことやられるのは癪だから放置する。

再度の☖8六桂を同歩と取ると、やはり8七銀以下詰まされる。

4

その夜、名古屋市では「納涼まつり」が行われていた。日曜日には四十万人の人出になるという。

テレビ塔の下に「縁台将棋コーナー」を出しているから見に来てくれと板谷七段に言われていた。

なるほど、物凄い人の波である。「のぞきからくり」なども出ている。こういうところに縁台将棋を持ちだして、専門家が指導しても、それが何になるかという考えが頭をかすめる。

「俺は将棋ファンなんだ。将棋が好きなんだ。だから将棋界のためになることなら、なんだってやるんだ」

東海の若旦那であり快男児であるところの板谷さんの言葉を思いだす。彼はそう言って駆けずり廻るのである。

縁台将棋を見て、僕より下手な人を発見して安堵したりする。ああ情ない。『八勝館』は八敗館になってしまった。

板谷四郎八段の道場へ行く。そこが東海本部になっている。本部といったって、懐かしいような感じのする将棋会所であるに過ぎないのだが。

板谷七段はそこにいた。幹事長の堀田正夫さん、鬼頭孝生さん。みんな、がんばっている。この道場は年中無休であるという。斯道のために——。そう言ってしまえば簡単であるが、こういう人たちによって将棋人口が支えられ、その頂点に中原名人以下の専門棋士がいるのだ。棋士は、もと、賭将棋で生活していた。いまでも、下級の棋士は将棋を指すことだけでは生活できない。それを、国技にまでもっていきたい、学校の正課になるところまでもっていきたい、みんなが、そう願っているのだ。

翌日は「第二回東海将棋まつり」である。木村義雄名人、加藤治郎会長、中原誠名人以下、内藤国雄王位、米長邦雄棋聖、有吉道夫八段、大内延介八段、花村元司八段等の花形棋士が参加する。その模様は、専門誌が精しく報ずるだろう。

この人たちが集って、夜は宴会になった。酔っぱらった後援者の一人が、板谷四郎八段の一代記を歌いますといって、「王将」の替え歌を歌いだした。

すると、板谷さんは、僕のうしろを通って席をはずそうとする。

「わたし、あれ、いやなんです」

板谷さんは真っ赤になっていた。照れているのではない。怒っているのでもない。そういう人柄なのである。いたたまれないのである。蔭の人でありたいのである。それでいて、将棋の指導と普及には猛烈な闘志をもって立ちむかう。志の人である。

もどってきた板谷さんが、こんなことを言った。

「朝起きて、犬を散歩につれてゆくんです。それから道場へ行って二時間か三時間か稽古をします。そのあと西部劇を見ます。それから呑み屋へ行って、お銚子を三本。これの繰りかえしです。毎日、同じことです」

「うらやましいなあ」

悠々自適という言葉が浮かんだ。いい息子、いい弟子、いい後援者にめぐまれ、自分の趣味に生きる男……。ところが、思ってもみない答がかえってきた。

「うらやましい？」

とんでもないという表情だった。

「いいじゃありませんか」

「冗談じゃない。こんな生活ってあるもんですか。淋しいじゃないですか。これでいいんでしょうか」

賑やかな宴会場の片隅だった。二年ぶりの将棋まつりの、その主催者が怒っている。自分に対して怒っている。

名人になれないのがわかったから将棋をやめるといって、さっさと引退してしまった高柳八段のことを思いだした。板谷さんは高柳さんに似ている。板谷さんは塚田九段とほぼ同年である。それが十四年前に引退してしまった。

僕は、勝負師の本当の心がまだわかっていないんだなと自分でそう思った。十四年前の板谷四郎八段の己に対する怒りと淋しさは、こんな形でまだずっと続いているのである。

第九番　振飛車《ふりびしや》日本一、大野源一八段

1

東京駅は新婚旅行のカップルでいっぱいだった。十月一日。大安ではないが友引。午後三時半。

僕とミヤ少年とは、四時発の「ひかり」号で西下し、翌日の朝から、将棋連盟関西本部で巨匠大野源一八段と一戦交えようとしているのである。

大野八段が東京で対局して帰るときは、電車が出発する一時間前に東京駅に来てプラットホームで待っているという。それくらいに気が短い。待っていられないのである。

「気が短いから一時間も早く来てしまうんですか」

「そうなんだ。連盟とかホテルでじっと待っていることが出来ない」

「でも、駅へ来れば待つんでしょう」

「そうです。駅へ来て、いらいらしながら待っている。まさか線路づたいに歩きだすようなことはない」

実は、ミヤ少年、来月結婚する。新婚旅行組の一挙手一投足が気になって仕方がない。そりゃそうだろう。明日は我が身である。

新婚旅行へ行く人たちは、どのカップルも妙に押し黙っている。お互いに遠慮がある、見送りに来た人たちも黙っている。うっかりしたことは言えないといった態《てい》で控えている。これは変な眺めだ。

するうちに、電車が到着する。そこからも新婚旅行が降りてくる。大荷物である。大型トランク二箇にカメラ。近頃の大型トランクには車がついている。一箇を引っ張り、一箇を持ち、カメラは肩から提《さ》げている。新婦のほうはハンドバッグだけ。これでは先が思いやられる。

「水玉模様が多いですね」

新婦の洋服、新郎のネクタイ、不思議と水玉が多い。それが無難だと思うのだろう。なかには、シースルーとでもいうのだろうか、ふわふわと透き通るような布地があり、見た目がいかにも危っかしい。

ミヤ少年は、なにやら、不安げな面貌。もっとも、それがこの少年の癖なのであるが。彼、なにをかくそう、野坂昭如さんのラグビーチーム「アドリブ倶楽部」の監督である。本当は強いのである。腕力あり脚力あり。しかるに、顔は童顔、体つきが少年のよう。野坂氏が荒法師みたいなので、並んで立つと少年じみて見える。それでも、来月結婚してしまえば、もはや青年と呼ばないわけにはいくまい。

ラグビーで思いだしたが、僕がプロの将棋指しと将棋を指すのは、英国は全ウエールズに対する全日本チームのようなものではあるまいか。どうにもならぬのである。跳びつけば、はねとばされ、ボールを持って走れば、すぐに摑まる。スクラムを組めば押し潰される。悲しいかな！ しかしながら、どうにもならぬところを戦わねばならぬ。これが僕の宿命である。

そこでまた思いだしたのが、日本で行われた拳闘ヘヴィ級タイトルマッチ。僕はテレビで見たのであるが、見ていて何かに似ていると思った。すぐに僕の将棋だと思った。実際にプロ棋士と対局したことのない人にはわかりにくいと思うけれど、あの感じなのだ。フォアマンに対するローマン。どうにもならぬ。戦わずして勝敗はきまっているのである。拳闘にはラッキーパンチというものがあるが、将棋にはそれがない。ラッキーなどは許されぬ。よしんばあったとしても、一発や二発で倒れる相手ではない。

そんなことを思っているうちに、われらが「ひかり」号の掃除が済み、これに乗り込むことになる。新婚旅行組、にわかに騒ぎだす。ガンバレ。バンザイ。体に気をつけてね。シッカリネ。体に気をつけろと言われたって、どう気をつけたらいいのか。すでに結婚式を挙げてしまったのだし、電車は出発しようとしているのだ。健康のためだったら結婚なんかしないほうがいい。あんなに体に悪いものはない。特に新婚旅行なんてのは健康の敵である。第一に、見知らぬ土地で、その旅館の一室に男女二人っきりになってしまうのである。することがない。することがないからすることになる。まさかアンマをよぶわけにはいかないだろう。しかも大荷物である。あれも見たい、あそこへも行きたいで日程はギッチリときまっている。新婚旅行で新婦が乗りものに酔って反吐《へど》を吐くやら、新郎が腰を抜かすやらで、予定変更、途中で倉皇《そうこう》として逃げ帰ってくる例などが案外に多いのである。

新婚旅行というやつ、それが見合結婚であったり、恋愛結婚でも彼女がカトリック信者で手も握らせぬという場合には、これ大博奕である。もしかしたら、部品に欠陥があるやもしれぬ。自動車を買うときは試運転を試みるだろう。よしんば買ってみて走らせてみて欠陥に気がつけば寸分違わぬものと取り換えることが出来るだろう。結婚に関してはそうはいかぬ。これが不安でなくて何が不安だろうか。

そんな話をするものだから、ミヤ少年、いよいよ暗澹《あんたん》たる顔つきになる。僕のほうも、全ウエールズを思い、フォアマンを思い、思いは暗くなるばかりである。

「関西の棋士が東京へ来て将棋を指しますねえ……」

彼、幕の内弁当を食べている。

「はいはい」

「それで、帰るときは一人で帰るんでしょうか」

「たいていは一人だろう。時に誘いあわせて帰ることもあるだろうけれど」

「負けて帰るときは厭でしょうねえ」

「そりゃあ、厭な気持だろうね」

僕、東京駅から大阪駅までの三時間十分余という時間を思う。

「東京へ出てきて、タイトルを取られて帰るなんてのは、とっても厭でしょうねえ」

「そりゃ淋しいもんだろうなあ」

「収入が違っちまうんですからねえ」

「それもあるね」

ミヤ少年、卵焼きを頬ばりながら淋しい話ばかりする。

「クラスが落ちて、それで一人で帰るときもたまらないでしょうねえ」

「まあ、辛いだろうね」

将棋というもの、一人でこっそりと勉強するものである。その勉強が間違っていたとか、才能、体力、気力の乏しさを思い知らされ叩きのめされて故郷へ帰る列車のなか。こりゃあ淋しいや。誰だって辛いや。仲間同士、ワキアイアイ、楽しそうにやっていると傍目《はため》には見えても、自分以外、すべてこれ敵という社会である。大山・有吉・坪内は、師匠・弟子・孫弟子という関係であるが、盤にむかえば敵である。露骨に言えば、自分の台所を脅かす存在である。技倆に差はないのである。追うものと追われるもの。僕は将棋を思い、将棋指しの社会を思い、言い知れぬ悲哀感に包まれていた。これを勝負の世界という。これを男の世界という。僕は男の世界の悲しさ、男の悲しさを思っていた。しかしながら、僕、将棋指しのそこを愛する。その意味においては人後に落ちぬつもりでいる。

2

四時、東京駅発。七時十分、新大阪駅着。そこから地下鉄に乗れば（一泊の予定だから、僕もミヤ少年も軽装である）北新地の歓楽街へ七時半に着くだろう。そこで小酌して、夕食を認《したた》め、ロイヤルホテルに九時に着く。風呂に入りアンマを頼んで十時半には寝てしまうというのが僕の予定だった。眠れぬようなら、以前に指して貰った角落戦の棋譜をならべてみよう。それも悪くないと思った。

七時十分。「ひかり」号は定刻に到着した。さいわいなるかな。

僕は、キタの『桐壺』という鉄板焼きの店でステーキを食べるつもりだった。そのために、ミヤ少年に幕の内弁当は半分は残すように言ってあった。

僕、十年前までサントリーの社員だった。本社は大阪にある。キタではさんざんに暴れ廻ったのである。乱暴を尽した。といっても酒を飲むばかりであったが。

その後も遊びに行ったことはあるが、この五年間は御無沙汰だった。もともと地理には暗いのである。『桐壺』は小さい店である。狭い横丁を這入《はい》った所である。僕にはすぐに発見できるという自信は無かった。

酔ったつもりになればいい。酔っぱらった気分になれば、その道その横丁を見つけることができるだろう。

キタは変っていた。その町に住む人は、その町で遊び馴れている人は少しも変っていないと言うかもしれないが旅人の目で見るならば、すっかり変っている。どこが変ったかといえば、万事につけて立派になっている。小さな店がビルになっている。新興とおぼしきバーやキャバレーが豪壮な店構えで軒を接している。敬して遠ざけるとはこのことかと思う。

わからない。見たような道を右往左往するばかりである。僕は空腹である。余計にイライラする。

そこへ、

「おや……」

見たような顔が立ちどまる。長身の美男子。ミヤ少年が見あげるようにして話をしている。

これぞ阿部牧郎さんだった。

「原稿をいま渡したところです。よろしかったら、どこか御案内しましょうか」

叮嚀《ていねい》な口調である。その御案内は有難いが、時が時、場所が場所である。九時にはホテルへ行かなければ、遅くとも十時には……そんな考えがチラチラする。

僕はわけを話した。阿部さん、すぐに目の前の酒場へ飛びこんで、道を訊いてくれる。

「古い店だそうです。古い店ですから、すぐにわかりますよ」

言葉より先にその酒場の女給が一人、前まで連れて行くと言って歩きだした。そのかわり、帰りに寄ってチョーダイネ。

古い店。それがまた僕の胸を刺す。あれはもう古い店になってしまったのか。その当時は誰もそんなことは言わなかった。僕は歳月を思わないわけにはいかない。僕の印象では、新しい小綺麗な親切な店ということであったのだ。

阿部牧郎さんが御三家といわれる中間小説雑誌の一誌に第一作を発表し、初めて上京した際に、銀座の酒場で僕に会い、新宿まで連れて行かれたという。一緒に飲んだことはおぼえているが、細かいことは忘れてしまっている。阿部さんの第一作は、高校野球の選手の話で、それまで読んだいかなる野球小説よりも面白かった。それで会いたいと思っていたら、偶然に出会ってしまったのだ。

いま、阿部さんは、すっかり逞《たくま》しくなり、若くなったようにも見える。威勢がいい。体から何かが発散しているような感じだ。僕だってあの頃はそうだったのかもしれない。

『桐壺』でのことは略す。夕食を済ませてあった阿部さんは、水割りだけでつきあってくれた。

「……一軒だけ、御案内しましょう」

阿部さんが連れて行ってくれた酒場は、なんぞはからん、僕が、さんざんに暴れまわったうちの一軒だった。ただし、場所が変っている。

まるで、浦島太郎のよう。

「誰か、七、八年勤めている女の人はいませんか」

「さあ、ねえ、こういう店に五年もいたら、おかしいですからねえ」

「じゃあ、ママさんはいませんか。僕が京都の病院に入院しているときに、毛布を持ってお見舞いに来てくれたんだ」

「いま、入院中です」

「どこで?」

「東京の病院です。蛋白がおりるんだそうです」

こういう生活を続けていたら誰だって病気になる。そう言おうとしてやめた。バーボン・ウイスキーを二杯。感傷的になっているのに、なにかこう、しみじみとしてこない。

ロイヤルホテルに着いたのが十時半。ロビーで、黒人の大男が二人、白人の女と話をしている。黒人は帽子をかぶっていて、裸足である。大阪なるかなと思う。帽子に「C」というマークがある。それで、僕、一人が広島カープのマクガイアであり、一人がヒックスであると見当がつく。スパイク・シューズだから、それを手に持ち、裸足で歩いているのである。

黒人に見惚れているときに声をかけられた。これぞ、東海の若旦那、板谷進七段だった。

「やあ、どうしたの?」

「待っていたんです」

「待っていたって、あなた、何時間待っていたんです」

それには答えずに、板谷七段、だまって小箱を差し出した。それにはわけがある。

「まあ、とにかく、バーへでも行きましょう。ただし、三十分だけ。明日の対局は大事だから」

板谷七段は、勝浦七段との順位戦を控えている。これは重大なる一戦。今期B級一組は大内延介八段を本命として、衆目の見るところ、板谷、勝浦、芹沢あたりの激戦が予想されている。桐山七段はなぜか不調である。

僕、I・W・ハーパーを一杯だけ注文し、それ以上は絶対に飲まないと決意する。板谷さんにも一杯だけと念を押す。

「なあに、対局の前日なんて、こんなもんじゃないんです。もっと飲みますよ」

九月二十一日。板谷さんが上京した。名古屋の将棋まつりに応援に行ったので、記念品を届けてくださったのである。七宝の大きな壺だった。

その夜、大内八段とも待ちあわせ、久しぶりに銀座を飲み廻った。そのとき、板谷さんが、宮松幹太郎氏作の水無瀬の駒を呉れるという約束をしたのである。それは石田六段との対局のときに貸してくださったもので、宮松作としても傑作であることを僕はすでに承知している。十万円以下であることはない。

専門店で買えば十五万か二十万円か。

僕は、十月二日に板谷さんの対局があることを知っていた。うまく連絡がつけば、大阪で一緒に夕食ぐらいと思っていたのであるが、対局の前日なので遠慮していた。

その板谷さんが、僕のホテルをつきとめて、フロント附近で待っていてくれたのである。板谷さん、僕の出発時刻を女房に電話して聞いてあったというから、どのくらい待ったのだろうか。そのことに感動する。将棋指しは純情なのである。

一枚一枚の駒を指で撫でている僕に、板谷さん、バラバラッとあけちゃいなさいと言う。そのほうが、かえって紛失のおそれがないのである。

「明日、それで指してもらおうと思って」

三十分というつもりが、三十分ですむわけがない。北新地を歩いていて、偶然に阿部牧郎さんに会う。なんたる幸運か。なんという喜びであることか。ホテルに帰って、板谷進七段に会う。なんたる幸運であることか。なんという感激であることか。そうして、僕の将棋に関しては、なんたる不幸であることか!

物事は予定通りには運ばないものだ。

3

大野源一八段。

北村秀治郎七段、坂口允彦八段に次ぐ現役最長老。棋歴でいえば最古参である。明治四十四年生まれ。明治の棋士は、あと小堀清一八段を残すのみ。

大野さんの人生を辿《たど》ることは、そのまま将棋の歴史を語ることになる。木見金治郎九段門下。弟弟子の升田九段を泣かしたのはこの人である。その升田九段が大山九段を泣かす。そう書けば、大野さんの存在の意味が誰の目にも明らかである。戦後の将棋の歴史は、升田・大山が書きかえたのである。両九段は革命的存在だった。戦前と戦後の将棋では、その技術内容がまるで違うのである。その二人を鍛えたのが大野さんである。「おい、升田」と呼びつけに出来るのは大野さん唯一人である。

もうひとつ……。

戦後の将棋の歴史というよりも、最近のこの十年来の将棋の歴史は、振飛車戦法の歴史であったといっていい。大山九段は、振飛車戦法によって五冠王の座を守り、その大山九段を破ったのが中原誠の振飛車だった。

大野八段は振飛車一辺倒の棋士である。頑固にそれを守り通した。しかも、大野さんの振飛車は「攻める振飛車」である。王側を固め、角を切り、銀を捨て、縦横に飛車を活躍させてそれをキメテとする独特の将棋である。大野さんの振飛車を改良し、いまやそれを完成させるべく実戦において鎬《しのぎ》を削っているのが現代将棋の様相だといってもいいと思う。すなわち、もし、大野さんという人がいなかったならば、将棋の技術、戦法においても、現代将棋は全く変ったものになっていたはずである。しかも、振飛車戦法には、将棋の面白さを開拓したという功績がある。もしかしたら、それは、大野八段という将棋指しの人柄の面白さ（頑固である面を含めて）の反映であるかもしれないとすら僕は思う。

いま、A級在位棋士は、佐藤大五郎八段を除けば、全員が本質的には居飛車党である。このうち、丸田九段、加藤九段、有吉八段、灘八段、関根八段、塚田九段は、まず絶対といっていいくらいに飛車を振らない。二上九段も、めったには振らない。大山九段は、相手が振らなければ自分が振るし、相手が振飛車ならば自分は居飛車という、いわば、ナマクラ四つである。

だから、プロ棋士で大成するためには居飛車党であったほうがいいということになる。

ところが、中原、米長、内藤は、だいたい、二割から三割の率でもって飛車を振るのである。これに大山を加えた四棋士を現在における四強とするならば、タイトルを取れるような棋士になるためには、振飛車も指したほうがいいということになりはしないだろうか。逆に言えば、それが、この四人の棋才を証明していることになりはしないか。さらに言えば、この事実が、将棋の面白さ、振飛車の優秀性を物語っていると言えないだろうか。もちろん、現在は休場しているが、これに升田九段を加えれば、事実はもっとはっきりしてくると思う。

これは素人の場合であるが、将棋をおぼえて、面白くなって、自分より上位の者、棋歴の古い人と対等に戦いたいと思う人には、僕はツノ銀中飛車戦法を推奨している。これは、三間飛車にも四間飛車にも転用できる非常にすぐれた戦法である。

これら、すべてのことをひっくるめて、その根は大野八段に発している。大野八段なかりせばと思うのはそのためである。振飛車の元祖である。飛車の活用では日本一といわれるのはそのためである。大野さんの色紙を見たことはないけれど、おそらく、その内容は「飛車一筋」といったことになると思う。

将棋界には恐妻家が多い。あえて名をあげないけれど、僕は、現実に何人もその実態を見ている。商売柄、外泊は自由である。それを羨む気持があったが、だんだんに実態はそうではないことがわかってくる。大野さんも恐妻家である。これは自分でも、そうおっしゃる。結婚後三日目のとき、三日三晩、家をあけて飲み廻った。しかし、それは二十六歳のときである。その大野さんが自ら恐妻家を名告《なの》ることで、将棋指しの生活の苦労がわかろうというものである。大野さんは若いとき、ウドン屋の出前持ちを勧めたという。あるいは木見九段がウドン屋をはじめて、それを手伝わされたのかもしれない。大野夫人は、看護婦、生花、灸の免状を持ち、料理に堪能であるという。それだけで僕には昔の将棋指しの生活がわかるような気がする。そうでなければ暮せない時代があったのである。振飛車戦法ということだけでなく、全棋士は大野八段に感謝しなければいけない。

その大野八段に、僕ごとき者が挑戦するのはおそれおおいことである。しかし、角落戦で大野さんが出てこないというのも、おかしな話である。飛車を使っては右に出る者なし。その大野さんにお願いしないわけにはいかない。

八時起床。八時半朝食。九時出発。その予定が十分ずつ遅れて、都ホテル宿泊の板谷七段を迎えに行ったのが九時二十五分、連盟到着が九時三十五分になった。対局開始は、専門棋士にあわせて十時ということになっている。

関西連盟本部の話は何人かの棋士に聞いて知っている。それにしても、僕、思わず涙しそうになる。昔、木賃宿を買ったのだという。これが、あの、僕ら将棋ファンの胸おどらせる熱戦譜の舞台裏であるのだろうか。一時、松島遊廓の一軒を買う話があり、格安で小部屋が多くて便利だが、附近の環境がわるくて沙汰やみになったそうだ。推して知るべしというところ。

家と家との間の細い路地、そのどんづまりが連盟本部である。ここへバキューム・カーが来るときは、一種壮観であるという。ウナギの寝床。むろん、その奥に便所がある。

いったい、日本国家は、政府当局は、関西財界人は、国技であるところの、天皇様もお指しになるところの、かつて皇居内で名人戦が行われたものであるところの将棋の先生方が心血を注ぐその場がこんな有様でいいと思っているのだろうか。東京の連盟本部だって、千駄ケ谷の連れ込み旅館街の真っ只中の、場所はまあいいとしても、その建物の哀れにして危険なること、決して威張れたものではない。実に、ナサケない。

この日、関西連盟本部では、内藤八段対加藤（一）九段の十段戦、板谷七段対勝浦七段の順位戦が行われるという豪華メンバーであった。その他に山中六段と森安（兄）四段の将棋もあった。

大野八段は、すでに到着。キチンと背広にネクタイ着用で待っておられる。伺ってみると、前夜、大内八段との順位戦の終局が午前一時、そのまま麻雀の観戦などでほとんど徹夜であられた由。しかし、いつでも必ず十分前には対局場に来られ、遅れたことはないと言われる。短気の大野としてはそれは当然であったろう。

内藤、加藤、勝浦の強豪が続々と集まってくる。僕は、大野さんと対座して時間の来るのを待っている。

「加藤か。加藤一二三か。ヒフミか。一二三か。朝の体操、イチ、ニ、サンか」

大野さんはそんなことを言う。それは、加藤さんの将棋が必ず一分将棋になり、感想戦を交えると夜が明けてしまうことを言われているのである。

「まだかね、お前は正直でいけない。一分や二分、どうでもいいじゃないか」

大野さんが記録の淡路三段をからかう。

昭和四十八年十月二日

将棋連盟関西本部

血涙十番勝負（角落）第九局

上手☖大野源一八段

（持時間、各二時間）

☖8四歩　☗7六歩　☖8五歩　☗7七角　☖6二銀　☗7八銀　☖5四歩　☗5六歩

☖5三銀　☗5八金右　☖6四歩　☗6六歩　☖4四歩　☗6七金　☖5二金右　☗6八角
☖4五歩1　☗7七銀1　☖4二王　☗4八銀　☖3二王　☗2六歩　☖3四歩　☗2五歩
☖4四銀　☗3六歩　☖4三金　☗3七銀1　☖5五歩2　☗同歩　☖5二飛　☗5八飛2
☖5五銀　☗5六歩　☖4四銀　☗7五歩1　☖4二金上1　☗7八金3　☖5四金
（第1図）

「上手とばかり将棋を指していると、かえって弱くなるということがないでしょうか」

僕は、淡路三段に訊いてみた。

「それはありますね。稽古に行っていて、弱くなってくる人がいます」

「あまり苛められると萎縮してしまって、手が伸びなくなるような気がする。それで僕は連戦連敗なんです。二枚落で勝てるような人に平手で負けてしまう」

半分冗談で、半分は実感だった。淡路さんは笑っていた。

「将棋評論家の町田進さんという方がいらっしゃいますが、この方は、あるとき、いっさいのことをやめてしまって、三年間、将棋ばかり指していたら、以前より弱くなってしまったそうです」

将棋とは実に不可思議なものである。

「時間になりました」

と、淡路三段。

関西本部の二階の奥の部屋で、内藤・加藤戦、板谷・勝浦戦、そのひとつ手前の部屋で山中・森安戦、そこから一間あって、いちばん手前の部屋で僕たちの将棋。これがいっせいに開始された。
▲６七金は手順が違っているらしい。ここでは飛車先を伸ばすのが本手だった。
△４五歩。上手としては大胆な手。この手を成立させないために、飛車先を突いておくべきだというのが大野さんの解説。
▲３七銀。これは多分悪手だろう。飛先を交換するか、王の囲いにはいるべきであった。以下５五歩から５八飛を余儀なくされる。それで悪いというわけではないが、矢倉の下手の飛車は２筋を睨《にら》んでいたほうがいい。この日の僕は全くどうかしている。ただし、５二飛から５七銀の形にされるのも厭なものだ。
観戦に来られた藤沢桓夫先生いわく。「大野さんに飛車を振らせたのが山口君の敗因です」
▲７五歩。まことにおかしな手。自分でも理解に苦しむ。いつでも上手の右桂で攻められる恐怖感があったのだろう。当然、２六銀か７八金。

（第1図は☖5四金まで）

☖大野 持駒 歩

☗山口 持駒 なし

第1図からの指手。

▲2四歩12 △同歩 ▲同角 △4三金8 ▲6八角4 △2三歩1 ▲6九王3 △6五歩
▲同歩 △同金 ▲6六歩 △7五金 ▲4六歩10 △同歩4 ▲4八飛22 △4七歩成19
▲同飛 △4五歩 ▲2六銀15 △8六歩1 ▲同銀6 △7四金 ▲2四歩6 △同歩
▲2三歩 △8八歩 （第2図）

▲2四歩も悪手。7五歩と突いたからには7六銀とがんばるべきだった。持久戦模様なのに攻めに行くバカ。全くどうかしている。6九王でもよかった。

△4三金に八分考えておられるのは、3五歩を検討されたのだろう。3五歩なら、角を切る構想で攻めにゆくつもりだった。それをかわされてしまった。しかし、そもそも、僕のそういう考えが間違っている。下手は受けにまわっているのだから。

▲6六歩。ここは強く6六銀だった。

▲4六歩。当然、7九王だった。この将棋、徹頭徹尾、王寄りを逸している。矢倉戦法で王を囲わないという法はない。誰が見たってここは普通に7九王だろう。僕だってそればかり考えていた。

それならば、なぜ、7九王と寄れないのか。僕には、5五歩、同歩、6五歩、同歩、5五銀、

5六歩、6六歩という上手からの攻めが目にうつるのだ。矢倉戦に6六歩と打たせてはいけない。一方、下手は4四歩が打てれば勝という考えがチラチラする。しかし、この場合は、上手の6六歩に5七金と寄っておけばなんでもない。第一、上手はそんな攻めをやってこない。それがわかっていて、いわれなく怖れ、攻めに行って自滅するのである。自分で、6五金、7五金と呼びこんでおいて怖れているのだから世話はない。

第二に、7九王のとき、8六歩、同歩、8七歩と垂らされ、その一歩がタダで渡した歩だけに辛いという考えがあった。しかし、8六歩なら同銀と取って、同金、同角で角がさばけるのだから問題はなかったのだ。

第三に、8八王となったとき、将来、6九の割打ちを喰うのがこわいという考えがある。それも、銀を渡してからのことで、僕は、ただただ見えざる敵を怖れていたのである。駒落で下手が負けるのは、この心理の動きである。上手は、行くぞと見せかけて恐怖心を誘うのである。すなわち、僕は、本局では、戦わずして負けていたということになる。なまじっか、上手の攻め筋が見えてくる、少し将棋がわかってくるというのがいけない。

☗4八飛。これも悪手。平凡に、4六銀、4五歩、5五銀、同銀、同歩と攻め5四歩を狙うべきだった。

内藤さん、加藤さんが見にこられる。

「あら、どうして上手の金が遊んじゃったのかしら」

内藤さんはそう言って棋譜をのぞきこむ。僕は、それを一種の助言と受けとった。この局面では少し面白くなったと思っていた。上手の右桂が動けない。（7四歩なら、7六歩で金が死ぬ）7五金が浮いている。僕の3七銀がさばける形になった。5五歩なら、4六銀、5六歩、4五銀とぶつけて面白い。3三桂ならそのとき7九王。

「おもしろい将棋ですね」

と、加藤さん。血色のいい加藤さんが、きちんと坐って、しばらくはそのままでいる。例の大長考は必ずしも盤側にいるのではないことがわかる。

「ううん、困った、困った。いい手がない。うまい手がないな」

大野さんの声は三味線ではなかったと思う。本局上手一番の長考で4七歩成。

☗2六銀。ここでも7九王だった。上手からの攻め（5五歩など）はないのだから。僕は何を焦っていたのだろうか。

☖7四金。8六歩、同銀と取らせてからの金引きが巧妙。僕は、いわば、これに引っかかってしまった。7四金の後、下手は何がなんでも7九王でなければならなかった。

それを☗2四歩と打ったのが、本局最大の悪手で敗着だった。

そのために絶好の☖8八歩を喫してしまった。ここからあとでは下手は（僕の力では）勝て

（第2図は☖8八歩まで）

☖大野　持駒　歩三

☗山口　持駒　歩

ないだろう。同金と取り、8八王とおさめるには、一度7九王と寄り、また7八金と寄らなければならない。もはや、その余裕はない。

第2図からの指手

☗8八同金　☖5五歩　☗2四角4　☖5六歩　☗5三歩1　☖同飛　☗5八歩　☖3三桂3
☗3七桂1　☖2五歩2　☗1五銀4　☖1四歩5　☗3三角成1　☖同金　☗4五桂1
☖同銀　☗同飛　☖4四歩　☗2五飛2　☖1五歩　☗2二歩成4　☖同銀　☗4二銀1
☖2四歩2　☗5三銀成　☖2五歩　☗2四歩1　☖4九飛1　☗5九桂　☖3七角
☗4二飛1　☖2二王　☗4一飛成　☖1二王　☗4三成銀　☖5九角成　（投了図）
まで百一手にて大野八段の勝ち。消費時間、上手五十分、下手一時間四十七分。

大内八段から電話が掛ってくる。

「どうですか、形勢は」

「あれ。まだ大阪にいたの」

「伊達さんに大阪見物に連れていってもらっているんです。女房も一緒です」

「あらあら」

（投了図は☖5九角成まで）

☗山口　持駒　歩二

☖大野　持駒　銀桂二歩二

「どうですか」

「だめだめ」

僕は大内さん夫妻と一緒に帰ることにして、待ち合わせ場所を決めた。ミヤ少年と二人では淋しくっていけない。すでにして前日の悲哀感がこみあげてくる。どうやら鬱病《うつびょう》の再発らしい。

☗1五銀のところ、2五銀と取って、同桂、同桂、2三王、7九角、2四歩、2七飛と廻り、2五歩なら、2四歩、3三王、2五飛と粘るところだろうが、そうは指させてくれないだろう。☗3三角成。ここは、1四同銀と取り、同香、1三角成と指すべきだったらしいが、自信がない。ただし、3三角成で負けをはっきりさせてしまった。

投了図の情ない形を見てくれたまえ。こちらの守りの金銀三枚が全く役に立たない形になっている。この配置が少しでも変っていれば接戦にもちこめたはずである。つまり、矢倉戦において、王を囲わずに戦ったのが悪い。これに反して、上手の遊んでいると見られた金までが最後には立派に働いているのである。

終って感想戦のキツイコト、キツイコト。王を囲わずに攻めたことを再三再四にわたって指摘される。涙が出た。升田も大山もこれで泣かされたのだと思った。

4

グランドホテルで待ちあわせて、また『桐壺』へ。大野さん、伊達康夫五段（連盟常務理事）、大内さん夫妻、ミヤ少年、僕の六人。

大野さん、たちまち酔って、浪曲になり、金語楼のモノマネになる。聞いていないと怒られるのだから始末がわるい。

僕が帰る頃、内藤・加藤戦は、まだ四十手も指されていなかった。板谷・勝浦戦は相矢倉で仕掛けに入っていない。これからが大変だ。どうにもおそろしいような人たちであり、おそろしい商売である。

昼休みごろ、阿部牧郎さんも応援にきてくれた。野球や競馬にくわしい人だから、将棋の勝負の世界も見ておいたほうがいいと思い、僕が誘ったのである。

僕は暗然たる思いで酒を飲む。勝敗はともかく、将棋の出来が悪いので、思いが暗く暗く沈んでゆく。負けて帰る棋士は辛いでしょうねえというミヤ少年の言葉を思いだす。

一方のミヤ少年も怒ったような顔でいる。もっとも、彼、盤側にいるときからそんな顔をしていた。だから、関西本部の棋士たちは、相当な強豪とカン違いしていたようだ。僕が馬で、彼が調教師であるような。

大野さんは昨日から引き続きだから疲れておられるだろう。

若いとき、麻雀で徹夜して、そのまま対局になり、盤にむかったまま、眠ってしまった。麻雀の夢を見る。相手は清一色である。こちらは安い手。早く逃げなければいけない。和了牌が出たので、

「ロン!」

牌を倒した。と思ったのは間違いで、将棋の駒をバラバラに崩してしまった。それで負け。将棋はまだ中盤だった。

「指しようがないから」

負け惜しみを言って、帰ってしまった。大変な社会である。

大野さんは実は江戸っ児である。下谷の生まれ。十四歳で大阪へ来た。だから、関西棋士といっても、どこか肌あいが違う。ワイは江戸っ児やでえ、というところか。

照れ性なのだと思う。それが毒舌になる。口のわるいことでは天下一品である。その大野さんに中原誠評を聞いてみた。

「緻密《ちみつ》です」の一言だった。

老雄大野源一八段は、王座戦(日本経済新聞主催)で優勝し、中原名人に挑戦して破れた。

僕が慰めると、

「予選で勝ったって何にもならない。決戦で勝たなくては」

孫のような中原誠に対して、大野さんは、いくらかアガってしまったようで日頃の精彩がなかったという。どうにもおそろしい世界である。

帰りの新幹線。

「どこを見物されましたか」

僕が大内夫人に話しかける。

「大阪城と通天閣です」

ああ、またしても通天閣。それは『王将』の歌につながる。

大内八段は、今度の西下では、桐山、大野という骨っぽいところを連破して、順位戦四連勝。しきりに僕をなぐさめてくれる。

僕は、このおそろしいような、また変に優しいような世界から去る日が近づいてきたのを知るのみである。

第十番　天下無敵、木村義雄十四世名人

1

別れの日が逼《せま》ってきた。僕が将棋界を引退する日が刻一刻と近づいてきた。

僕、一人でぼんやりする日が多くなっている。ぼんやりと将棋のことを考えている。うっかりすると涙が滲《にじ》んでくる。

「不可《いけ》ない、いけない……」

そう思うのだけれど、対局した誰某《だれそれ》の顔が浮かんでくる。フッフッフと優しく笑う二上九段、五月人形のごとくして、また、聖者のごとき加藤九段、ワッハッハで笑いとばす原田八段、斜《しゃ》に構え、大きな扇子でパタパタパタパタの内藤八段、夫人の運転する自動車で、何やら恥ずかしそうに駈けつけた有吉八段、勝って泣き負けて泣く、将棋一筋石田六段。それにもまして奨励会の可憐《かれん》なる少年たち。僕がこの人たちに別れを告げる日が近づいてきているのである。

米長邦雄棋聖は悧巧《りこう》であるという。大内延介八段はお人よしであるという。板谷進七段は馬鹿だそうだ。僕がそう言ったんじゃない。お互いがそう言っているのである。この三人はほぼ同期で仲がいい。お互いにそう言いあえる仲がうらやましい。米長は悧巧だから馬鹿だと言う。板谷は馬鹿だから八段A級にはなれるだろう。大内のお人よしには誰でも勝てぬという。たとえば大内八段との将棋、僕は時間切れで負けたが、僕の残り時間が一分になったとき、下手は、あと幾ら時間を使ってもいいことにしましょうよ、と言いだしたのは大内八段である。プロとアマとのお好み対局であるとはいえ、勝負は勝負である。棋譜は雑誌に掲載され書物になり、否応なしに残るのである。そうでなくても早く勝負を決めて酒にしたいというのが人情だろう。他の棋士ならこうは言わない。大内のお人よしとはかくの如きものである。

僕は、なぜ、僕の愛してやまぬ、このような棋士たちに別れを告げねばならぬのか。

人間、退《ひ》け際《ぎわ》が大事である。惜しまれて去る。こうでなくてはいけない。若乃花しかり、ウォリー与那嶺しかり、原節子しかり。もう、誰も止めてくれるな。僕、棋士生活にピリオッドを打とうと思う。

僕が稽古をはじめたとき、中原名人も米長棋聖もまだ五段だった。思えば、長いような短いような、不思議な時期だった。愛惜《あいせき》の情がこみあげてくる。

しかしながら、人間、思いあがってはならぬ。僕の如き者が、棋界の最高位、大山九段、中原名人をはじめとして、巨匠、名匠、老練、花形、新進の各棋士と対局できたのは、僕が小説を書く者であり、いっぱし文化人、もしくはある種のタレントであったからだ。将棋の実力から言うならば、この人と中原名人との角落将棋を見たいという人はいっぱいいる。また、専門家と指してみたい、一生に一度、名人といわれ巨匠といわれる人と、紋付羽織袴、立派な対局場、最高級のお道具で、記録係を置いて指してみたいと思っている人の数はきわめて多いと思う。全くの話、相済まぬと思う。

文化人面《づら》しやがって。いい気なもんだ。声なき声が聞こえてくる。僕の辛いのはそこだ。僕、この四年間というもの、そのことで悩んできた。

しかも、九連敗!

ザマを見ろ。これ、僕自身に言いきかせる言葉である。しかして文化人一般に叩きつける痛《つう》罵《ば》でなくてはならない。

「悲惨なことになりそうですね」

十番目を前にして、米長棋聖の歎息《たんそく》である。彼の打明け話によると、なんとかして二勝八敗ぐらいにしてやりたいと思い、各棋士に打診したところ、誰も諾《うん》とは言わなかったという。これが将棋連盟のいいところだ。名をこそ惜しめ強者《つわもの》よというところか。二枚落、飛香落、飛落ならいざしらず、プロはアマチュアに角落で負けてはならぬのだ。特に二枚落の場合、激励の意味をこめてワザと負けることが屢〻《しばしば》あるのだ。角落はそうはいかない。米長棋聖でさえそうなのだから、ミヤ少年の歎きはいかばかりであるか。彼、このごろは不機嫌で、めったには口もきいてくれない。ただただ溜息あるのみ。

「あああ、ああ……」

「申しわけない。きみの気持はわかってる」

「九連敗ですからね」

「わかってるよ」

「九連敗ということは十連敗も同じですよ。結果はわかってます」

「その通りだ。だから、これで引退だ」

ミヤ少年、もう、頑張ってくださいとも言わなくなった。

「老酒《ラオチュー》ですからね。老酒が駄目になった」

去年の五月二十五日、緑濃き宝塚温泉で有吉八段と対局したときは、まだまだ二人とも希望に燃えていた。かなわぬまでも、せめて一番か二番、非常なる幸運あれば三番、それ以上は望まぬとしても、九連敗という今日を考えたことはなかった。第三局、西浦海岸『銀波荘』で板谷七段との必勝の将棋を落したときは、このぶんならという甘い夢を見ていた。それが、対内藤、対塚田という、これも丸勝ちの将棋を落すに及んで、実力もさることながら、まるっきり、ツキにも見離されてしまった。

勝ったら老酒を奢《おご》りますよとミヤ少年が言ったのは、第四局、内藤戦の、有馬温泉からの帰りの車中だった。そう言って少年は僕を励ましたのである。なにもかも、夢になってしまった。

老酒というのは、つまり、中華料理のことである。多分、赤坂の四川《しせん》飯店あたり、編集部全員で僕の勝利を祝ってくれるという、そのことだった。

「私だって中華料理を食べたいですよ、それがどうも……。なにしろ、老酒ですからね。このごろは、新宿のゴールデン街（旧青線地帯）ばっかり、前田で焼酎とサツマアゲという身のうえ……」

ミヤ少年、深い深い溜息を吐く。それが癖とわかっていながら、こちらも遣瀬《やるせ》ない気持になってくる。新宿の前田というのは、若手の不良文士、演劇青年、ジャーナリストの集まる酒場。

「わかってるよ。わかってますよ」

老酒ぐらい、ミヤ少年と二人で飲むことはできるが、負けて二人でぼそぼそと溜息まじりというのでは、いっそうミジメが増すばかりである。

僕、このごろ、頭のなかに音楽あり、絶えずメロディーが流れている。気がつくと、すべて別れの歌ばかり。

ショパン『別れの曲』。菅原洋一『今日でお別れ』。『知床旅情』の「別れの日は来ぬ……」という一節。『迎げば尊し』の「いまこそ別れめ、いざさらば」。

そんなに辛いのか。僕、自分で驚いている。将棋、将棋界、棋士たちを愛すること、かくのごとく深かったのか。もう、いまさら、何も言うまい。

そうして、ミヤ少年にも、別れの日がやってきたのである。ミヤ少年が、ついに少年にサヨナラして、童貞に別れを告げる日がやってきた。

十一月十四日、大安。帝国ホテル、孔雀の間。(実際は孔雀の間の隣室ということであるらしい)

仲人は野坂昭如氏夫妻。新婦は、野坂氏令嬢麻央ちゃんのピアノの先生で、すこぶるつきの美人。(ということは当日知った)

この四年間、行動と、ときに起居をともにしたのだから、ミヤ少年の悩みを僕は知っている。彼に悶々の日が続いた。「キミの心は知り難し」。そういう状況の時があったのだろう。愛とはかくも切なきものか。溜息の人だから、こっちはたまらない。憂愁の少年は、僕が戦っているときに、別なる大一番に賭けていたのである。

去年の暮、対内藤戦を前にして二人で神戸元町を散歩したとき、僕が彼女のために見立てたスカーフが功を奏したと言って、喜びいさんで少年が報告に来た日があった。それがよかった。

それで好転して、彼女の気持がこっちへむいてきたという。よかったって、何がよかったのか。少年、いまだ若くして女を知らぬ。女はいいとしてもそれが女房という名になったときの、将棋でいえば、マムシ攻め、二枚飛車の怖さを知らぬ。それはまあ仕方がない。この世には、経験なくしてはわかり得ぬことがあるのだから。

当日は、あまり結婚式なんかに出席しちゃいけないような人や、帝国ホテルが似あわないような人も大勢列席した。新宿ゴールデン街のめんめんである。

忘れぬうちに言っておくが、ミヤ少年は、ラグビー選手であり、野坂昭如氏をオーナーとするラグビー・チーム「アドリブ倶楽部」の監督であり主将である。

いきなり、最初の祝辞が僕だと指名された。

「少年が結婚したいと言ったとき、よしたほうがいいんじゃないかと言ったんですが、どうしても結婚するという……」

僕はマイク片手にしゃべりだした。すると、この四年間の将棋にまつわる日々が僕の頭のなかに去来した。僕だって、頑張ったんだ。一所懸命に指したんだ。キミは十連敗というけれど、僕だって、いのちがけでやったんだ。そりゃ、酒飲んじゃって、まるで駄目だった日もあるけれど、これで僕も一時は流行作家の一人、そのうえ会社勤めあり、容易ではなかったんだ。将棋ってのは体に悪いんだ。糖尿病にはいけないんだ。負けると特に悪い。ストレスが大敵なんだ。

「それじゃあ、少年、きみは僕と僕の女房のことを知っているだろう。僕らの夫婦生活がどんなものであるか。いかに悲惨なものであるか。僕らだけじゃない、結婚というものが、どんなに暗澹《あんたん》たるものであるか、きみは知っているだろう。僕ら夫婦と一緒に旅行して同じ部屋に寝たこともあるんだから……。それでもいいのか。あれは墓場なんだ、地獄なんだ。一般に〝青春〟というものが無くなってしまうんだ。夢なし、希望なし。冷い棺《ひつぎ》のなかなんだ。それでもいいか。それでもきみは結婚したいのか。……こう申しますと、ミヤ少年、それでもいいと言う」

僕が連戦連敗すること、それにも意味がある。将棋のプロというものが、いかに強いか、それを天下に知らしめること。これだっていいじゃないか。もうひとつ。いままで、プロとアマがこういう形で戦ったことはない。僕がこれをやったために、将棋指しというものが、ずっと身近に感じられるようになっただろう。将棋は国技なんだ。棋士は大切な人なんだ。相撲とくらべて、何十分の一、何百分の一しか知られていない。あの愛すべき狂人たちは、あまりにも世のなかに知られていなさすぎると思わないか。ミヤ少年よ、それでも僕の連敗を責めるのか。

「重ねて問うが、きみは、野坂さん夫妻のこともよく知っているだろう。結婚というのはアレなんだ。野坂さんは、もう、ヨレヨレになっちゃってる。酒ばかり飲んでいる。ぶっ倒れそうになっている。あれが世の夫の姿なんだ。娘はピアノを習っている。きみはそのピアノ教師に惚れちまった。それはかまわないが、結婚というものについて、きみは、僕ら夫婦、野坂さん夫妻を見ているのだから、少しは承知しているはずじゃないのか。それでもいいのか。それでも、きみは結婚しようとするのか。そりゃあ、他人の不幸を喜ぶという意味では、僕は僕自身に乾盃したいが、きみのことを知りすぎている僕としては一言なからざるを得ない。少年よ、きみはそれでも少年に別れを告げるのか……。と言いますと、すべて承知のうえで結婚するのだという……。これじゃあ、しようがない。何を言ったたって無駄だ」

僕が、この企画を考えたとき、雑誌のためにこう言っちゃあ申しわけないが、将棋指しの赤《せき》貧《ひん》ぶりが見るに耐えないということもあったんだ。奨励会を卒業して四段になり、一人前になったときの月給が幾らだと思う？　彼等は絶対に対局料や月給額を言わないが、多分、二万五千円ぐらいだと思うよ。いまどき、こんな月給ってあるかね。高校卒の女の初任給が七万円を越しているという時代に……。しかもだね、彼等は、その才能において、パンダの数よりも少いと思われるくらいの狂人たちなんだ。

僕が、いくらかでも足しになるように、記録の人にもいくらか多い目にお礼してくれと言ったのは、講談社には相済まぬが、そういう気持もあったんだ。あの、亡くなった山田道美九段ね、あの人は、これはお稽古将棋であるのに御礼なんか貰っちゃ悪いと言って涙を流して喜んだんだ。それも驚くような額じゃない。そうして一ヵ月目には死んじゃったんだ。連戦連敗。そりゃ悪い。きみだって負け疲れがあったろう。だけど、許してくれよ。きみがピアノ教師を愛しちゃったのは大悪手だと思うけれど、同様にして、僕も将棋指しを愛しちゃったんだ。

「これじゃあ、しょうがない。僕が何を言ったって、もう追いつかない。……それで、ついに、今日という日がきたんです。少年に別れを告げる日がきたんです。僕は、いままでM少年とかミヤ少年とか書いてきましたが、今日からはミヤ青年とあらためます。おめでとうございました」

まばらな拍手あり。

ミヤ青年、ラグビーのボールをかかえて新婦に渡すという、余興の一幕があって、出席者の間を駈け廻る。走る。走る。拍手。僕、それを見て、胸いっぱいになり落涙する。走る。走る。これが、そうなんだ、夫の姿なんだ。走れ青年、ころばぬように。ついに新婦にトライする。

仲人野坂さんの笛。

「コンバートは今夜、真夜中にやります」

それがオーナーの声だった。

2

最終戦の相手を誰にするか。僕の引退試合をどなたにお願いするか。それは半年も前から考えづめに考え続けてきたことだった。

残るは、小太刀《こだち》の使い手、前会長丸田祐三九段、京都、和歌山、四国を根城とする荒法師灘蓮照八段、薪割りの佐藤大五郎八段、女流名人を新婦とする攻めの関根茂八段、あるいは東海の鬼、下手殺しの花村元司八段、さらに、若手となれば、西村一義七段を筆頭に、勝浦修七段、森雞二六段、田中正之六段、森安秀光五段、の名が浮かぶ。

どなたでもいいような気がするし、このなかの誰でもがキメ手不足の感もある。たとえば、棋戦に優勝して挑戦者になるとか、何かの意味で話題をまくとか。このなかでは、アカハタ新人王、中原名人に三連勝、兄弟棋士の天才森安五段が面白いが、最終二十人目の棋士としてはやや貫禄に欠ける感じと、順位戦不調が気にいらない。

実際は、僕にとっては、どなたでも有難すぎるくらいの相手なのだが、一冊の本になった場合の押さえとしての何かが欲しかったのだ。

中原名人にもう一度お願いしようか。いや、しかし、一人だけ二度登場というのはおかしい。大山九段も同様である。僕が中原といい、大山というのは、もし、万一、最終局に勝って一勝九敗となったとき、中原や大山であれば、その一勝の重さが違う。中原四冠王であれば、棋士全体をまとめて負かしたような感じになる。

ハテ、どうしたものだろうかと思っていると、ミヤ青年、誰か一人忘れていやしませんかという感じで、長大息して、ポツリ、

「木村十四世名人はどうでしょう」

と言った。

「ええこと言うやんか」

僕は膝を叩いた。これは素人でなければ出てこない発想である。僕なんか、かえって畏《おそ》れ多くて木村名人の名が出てこない。

将棋界の最大の恩人、功労者は誰か。人は升田幸三と言い、大山康晴と言う。そうではないのだ。大山・升田という不世出の大天才によって、戦後の将棋はガラリと一変した。まるで質の違った高度のものとなった。それは誰でもが認めるところだろう。

しかし、将棋界の功労者となれば、第一人者ということになれば、全棋士が木村名人の名をあげる。その人格と識見、スケールの大きさ、まるで違うのだと言う。

そうだ。それに決めたと思うのだが、はたして、この長老が僕ごとき者のお相手を勤めてくださるだろうか。

そうして僕はまた、失敗《しま》ったとも思う。

将棋の戦い方として、呼びこんで討つというのがある。敵の守り駒である金や銀を味方陣営のほうに引きこんで、呼びこんでおいて斬りに行くのである。この場合、呼びこみすぎてしまうと、反対にこちらが斬られてしまう。

木村名人を相手とすることは、僕にとって光栄ではあるのだけれど、そして、ミヤ青年の妙手であるのだけれど、敵を呼びこんでしまったことになりはしないか。

なんといっても、駒落将棋なら、木村名人は依然として第一人者である。平手より香を落としたほうが強いと言われたくらいの人だ。角落における矢倉くずし、これは天下一品である。土居名誉名人も角落はうまかったが、そのうえを行くのが木村名人である。むかしは、プロでも、八段と五段なら角落だった。角落の盤数をもっとも多く指しているのは木村名人ではないだろうか。

タイトル戦が昔のように三日がかりであったなら、升田にも大山にも塚田にも負けなかったと今でもおっしゃる名人である。

えらいことになってしまった。僕の気持は、またしても暗いものになった。ミヤ青年のように、僕に溜息の日が続いた。

木村名人について、他の棋士と同じように棋歴を語るのはやめよう。実力初代名人であることは、無敵の名人であったことは、天下周知の事実であるからだ。

僕は、木村名人の文章と話術のファンである。かのベストセラー『私の三十五年』（新潮社・昭和十四年刊）という自叙伝は、僕の愛読書の一冊であり、繰りかえし何度読んだか知れない。僕は、この書物を全棋士が読むべきだと思う。そうすれば、先達《せんだつ》が今日の将棋界を築くのにどれだけ苦労したかが手にとるようにわかるのである。しかも、たとえば名人は幸田露伴とも親交があったのであり、報知新聞の論説委員でもあったのだから、達意の文章にびっくりするに違いない。僕は、専門棋士なら、このくらいの教養をめざしてもらいたいと思う。

『私の三十五年』を読むと、大正末期、昭和初期の世態人情風俗がよくわかる。木村名人の生家は貧しかった。本所の下駄屋であった。それが履物《はきもの》の変化という時勢にどんどん押されてゆく。

次の一節を読んだとき、僕は泣いた。

往来はもう夜だつた。

電車にも乗らずに両国へ出て、寒い川風に吹かれながら、別に話をすることもないから、黙々と長い橋を渡つたと思はれる。馬喰町の裏を歩いて、三越の前あたりまで来た時、ふと気がついた。

「もうい丶よ、お父さん」

「うむ、帰つたらよく辛抱しろよ」

「あ丶」

それでもまだ別れ兼ねて、いつの間にか日本橋を渡つた。

「お父さん、もう帰んなよ」

「帰る、お前もそこから電車に乗れ」

「うん」

恰度品川行の電車が来たので、白木屋前の停留場から乗つた。電車が動き出してからも、父はまだそこに立つて、いつまでもこつちを見送つてくれてゐたが、その中電車から見えなくなつたので、私もやつと腰を掛けると、急に何ともいへない悲しさ、淋しさに襲はれたことを今も忘れぬ。

帰つて伯爵の前へ出ると、また胸が迫つて来て、はつとお辞儀をしたま丶、何ともいふことができなかつた。いつもの書生部屋へ退つてからも、僅か一日か二日前のことが、遠い昔のやうに思はれて、何となく落着き兼ねたのは、精神的に受けた打撃が、よほど大きかつたと思はれる。

その癖屋敷の方の用事は、暮が近づくに従つて、益〻多くなるばかり、学校へは毎日のことだから、機械的に通つてゐたけれど、一週一度づつの稽古日は、どうかすると勤めに追はれて、出兼ねることが多くなつた。翌月の宿下りを待兼ねて、いそ〳〵と帰つて見ると、弟の姿が見えない。

「弘はどうしたの」

「うむ、何しろ手がなくて、祖母さん一人ではやりきれないから、浅草のある家へやつたよ」

「いやだなあ」

「誰だつて嫌だけれど、仕方がない、お前は家のことなんか構ふな」

さういつてゐるところへ、祖父が寒さうな顔をして、外から入つて来た。弟をやつた先へ、容子を見にいつて帰つたのだ。

「しよんぼり火鉢に当つてゐたが、可哀さうだつたよ」

鼻をすゝりながらいふのを聞くと、たまらなく悲しくなつて、私も一緒に鼻をかんだ。

大正六年は暮れて、私も十四歳の春になつた。

一月にいつて見ると、また一人妹がゐない。

「あいかはどうしたのさ」

「是非くれろといはれて、先がいゝところだから、やつたよ」

「えつ」

あかといふのは、祖父の妹に同名の人があつて、子供の時分お転婆《てんば》だつたが、その代り健康でもあつた。

「貧乏人の子は丈夫でなくちや」といふので、大叔母の名をもらつたのだといふ。

男の子と喧嘩をしても負けず、祭には御輿の台持ちをしたといふのだが、成人するに随つて、見ちがへるやうに従順《おとな》しくなり、よいところへ嫁いだといふから、肖《あやか》り名前にちがひない。妹のあかも、まだ八つ位だつたが、目鼻立ちは悪くなかつた。

「どこへやつたの」

「女優の松井須磨子といふ、今売出しの有名な人だ」

初期芸術座の全盛時代で、名前は私たちも知つてゐた。

「ふうん、女優にするのか」

「そんなことはまだわからないけれど、兎も角も養女にくれといはれるので、あの子のためだと思つてやつた」

さういはれると反対するところはない。帰る度に一人づつ、弟妹の減つて行くことは、堪へ難い悲哀だつたけれど、父の立場も無理はなかつた。

（第1図は△6五金まで）

△土居 持駒 歩

▲石井 持駒 歩

こういう文章を達意の文章と僕は言う。少しも気取ったところがなく、その場の情景がよくわかる。これが教養である。

それにしても、奉公先から帰ってくると、弟や妹が一人ずつ減ってゆくというのは、なんという悲しさであり、なんという貧しさであることか。僕はいまの専門棋士が経済的に恵まれぬことを歎く一人であるのだが、辛抱ということを学んでもらいたいとも思う。

3

ついに、別れの日が来た。

昭和四十八年十二月一日という日を僕は終生忘れないだろう。僕は、紀尾井町『福田家旅館』で木村名人を待っていた。日の当る畳廊下で、妙に所在なく、時間をもてあましていた。その前夜、僕は寝られなかった。ひどい風邪をひきこんでいた。そのうえ、激しい歯痛に見舞われた。

僕の胸中に去来するものはなんであったろうか。この棋界の巨人に対して、僕はいかに戦うか。その戦法やいかに。

まともなことでは勝てないことは、過去九番で知りすぎるくらい知らされている。最後の一番に、乾坤一擲《けんこんいってき》、大勝負をかけようと思った。

（第2図は▲2五歩まで）

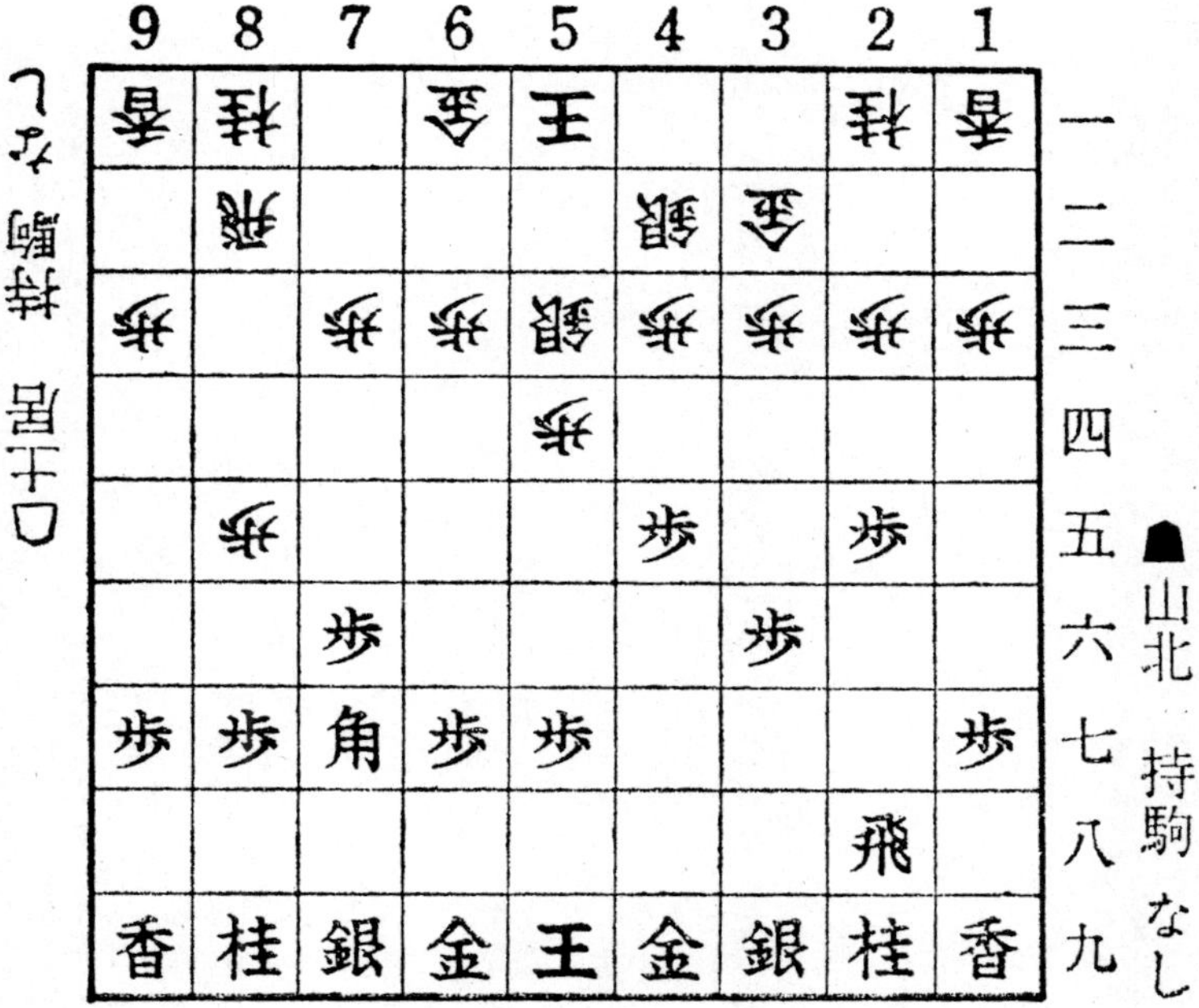

そのひとつは、例によって4六歩を突かず、棒銀戦法である。

そのひとつは、第1図を見ていただきたい。これは大正十一年、石井秀吉六段が土居市太郎八段に対したときの戦法である。（当時は、二段差でも、四番勝越さないと手合いが変らなかった）ここで7七桂とはねる。（ふつうは6六歩）以下、6四金、6五歩、6三金、5七銀、5二金、6六銀と盛りあがる。これはかなり有力なのではないかと思った。

そのひとつは、昭和五年、山北孫三郎五段が対土居八段戦に採用した超急戦である。（第2図）角落という差があるのだから、これでも指せないはずはない。それに、第一、はなばなしくっていい。

あるいは、これはよく知られているが、8四歩、7六歩、8五歩、6六角、8六歩、同歩、同飛、8八飛、8七歩（第3図）と指し、以下7八飛、8二飛、6八金、6二銀、7七金、6四歩、5六歩、7二金、8六歩と打って8七の歩を取ってしまう。そのあと向飛車から飛先の歩を進めれば、6六角の威力が絶大で必勝となる。

僕は、いろいろに迷った。歯痛のせいもあり、氷枕を頬にあてがったまま、一睡もできずに朝をむかえた。コンディションがいいわけがない。しかし、頭は不思議に冴《さ》えていた。

その結果、僕はどう思ったか。朝になり、僕は、突如、正常位で行こうと叫んでいた。珍戦法はやめよう。変化に出ることもやめよう。棒銀もやめよう。4六歩を突いて堂々の陣を敷こ

（第3図は△8七歩まで）

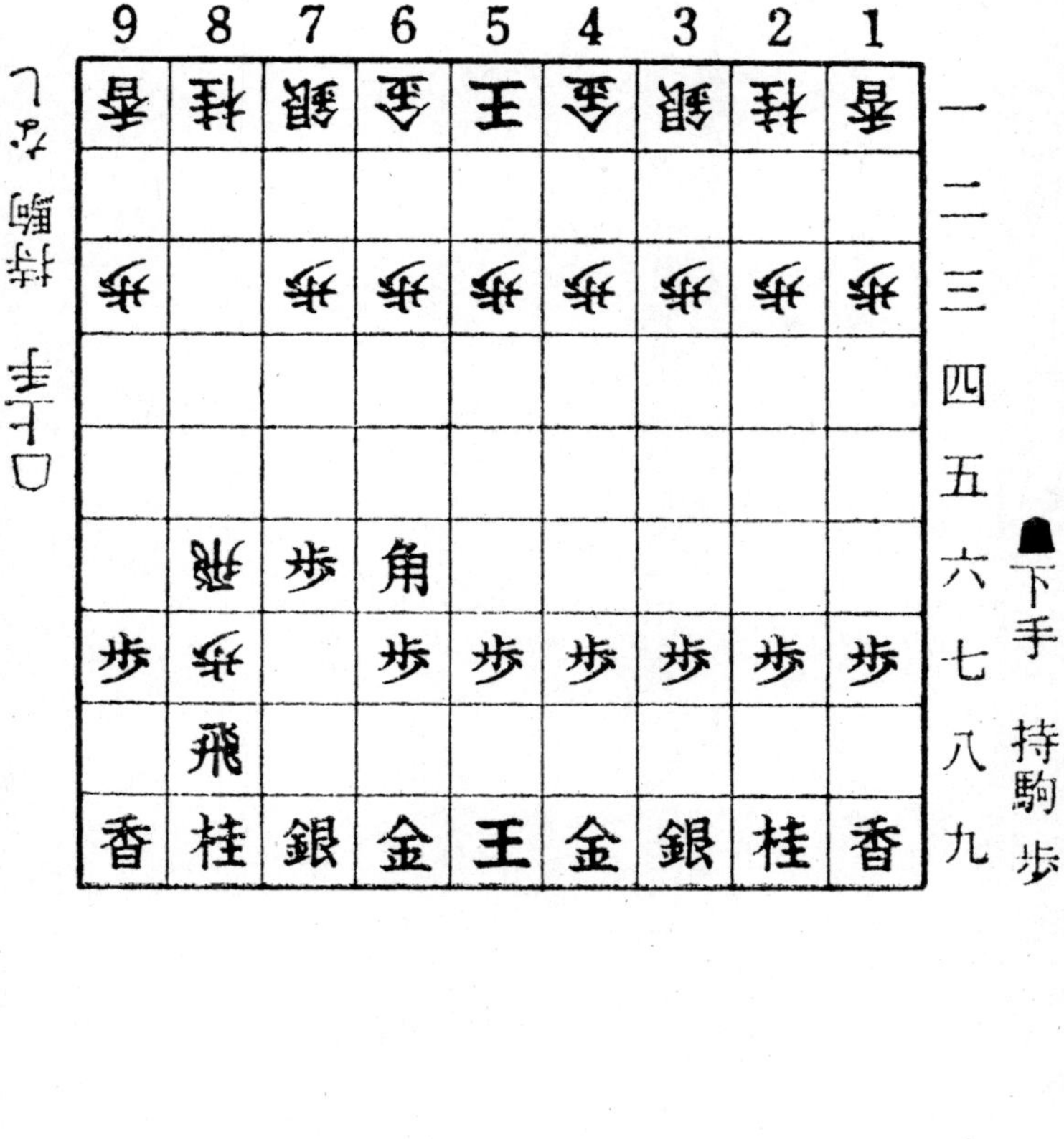

う。上手からの攻めを恐れるな。教えてもらった通りに指そう。初心にかえろう。それで負けるのなら、それでいいじゃないか。木村名人といったって、ナニ、人の子じゃないか。逃げるな。逃げたら負けだ。

昭和四十八年十二月一日
東京都千代田区『福田家旅館』
血涙十番勝負（角落）第十局
上手☖木村義雄名人
（持時間、各二時間）

☖6二銀　☗7六歩　☖5四歩　☗5六歩　☖8四歩　☗7八銀　☖6四歩　☗6六歩
☖7二金　☗5八金右　☖5三銀　☗6七金　☖6三金　☗4八銀　☖4二王　☗2六歩
☖3二王　☗2五歩　☖4二金　☗7九角　☖4四歩　☗2四歩1　☖同歩　☗同角
☖2三歩　☗6八角　☖3四歩　☗3六歩1　☖7四金　☗4六歩2　☖6五歩　☗同歩
☖同金　（第4図）

僕は盤をはさんで巨人と対峙《たいじ》していた。おそろしい圧迫感がある。大勢の棋士がこの人に泣かされたのである。大山九段が、升田九段が、塚田九段が、そうして坂田三吉が。そんな思いがチラチラする。

いま、木村名人は酒も煙草もやめてしまった。一日二百本という、対局中、熱してくれば相手の顔に容赦《ようしゃ》なく煙草の煙を吐いたという、その煙が無い。盤外作戦も日本一といわれた名人も、いまや温顔の士となっている。

あの、さわやかな江戸前の弁舌、それが盤にむかえばピタリと止まって無言。むろん、ずっと正座をくずさない。

第4図まで、下手は、無難に、順調に指していると思う。特に7九角から、飛先を角で切って6八角となった手得が大きい。

▲4六歩に二分使ったのは、やはり棒銀を考えたからである。

第4図では、石井秀吉六段の7七桂を考えたが、自重した。

第4図からの指手

▲6六歩1　△6四金　▲4七銀　△7四歩1　▲7七銀　△4三金5　▲7八金1
△9四歩　▲6九王　△4二銀上　▲1六歩　△7三桂　▲7九王　△8一飛4　▲8八王

☖5五歩　☗同歩9　☖同金　☗5六歩4　☖5四金引　☗3七桂　☖6一飛4　☗1五歩1
☖8五桂6　☗8六銀4　☖6五歩11　☗5七角　☖6六歩　☗同角　☖8一飛　☗1四歩5
☖同歩　☗1三歩2　☖同桂8　☗1二歩1　☖同香1　☗1四香　☖1六歩3　☗1八飛8
☖2五桂22　☗1六飛　☖3七桂成　☗1二香成　☖4七成桂　☗1三飛成　☖4一王
☗2三龍3　☖5二王　☗5五歩2　☖6四金4　☗6五歩1　☖同金　☗5四香2

（第5図）

☖4二銀上を見たとき、こんなに中央に集結されては、もう、端（1筋）から攻めるよりほかはないと思った。それで、1六歩。

下手の☗5六歩は普通は5八飛と指すところ。しかし、僕の経験では、5八飛と廻っても、6四銀で、たいしたことにはならない。5六歩は弱いようであるが、後に5五香や5五桂の味があるので、悪くないというのが僕の判断。それに、飛車は2筋に置いておいたほうが迫力があると思うし、それが僕の好みでもある。

☖8五桂。遂にやってきた。上手としても理想形であるから、行く一手か。これに対する☗5七角は受けの常套《じょうとう》手段。

☖8一飛。ここは6五金、8四角、6六歩、6八金引、7六金、6二歩、8一飛、8五銀、

（第4図は△6五金まで）

△木村　持駒　歩

▲山口　持駒　歩二

6七歩成、同金直、同金、同金、8四飛、同銀、3九角とこられるかと思った。僕はこの攻めを受ける自信がない。

▲1四歩。待望の端攻めである。

△1三同桂。同香なら1二歩。

▲1二歩。当然ながら好手だと思う。

▲1四香。次に何が何でも1八飛と廻るねらい。1一飛なら8四角。2二王なら4五歩から5七角。

△1六歩。これで痺《しび》れたと思った。捨てておけば、1七歩成。2七飛なら、その瞬間に何かやられそうだ。しかし、よく考えてみると▲1八飛で勝負である。

これに対して、木村名人は二十二分考えて△2五桂。これは板谷七段の二十四分に次ぐ大長考である。ただし、板谷さんのそれは雑談まじりであるから、実質的には本棋戦最大の長考である。もともと木村名人は長考派と聞いていたが、これには驚いた。ミヤ青年の話によると、名人はとてもこわい顔をしていたという。僕は、もとより、名人の顔は見られない。名人、腕を組み、端座して動かない。

名人のヨミは、2五同桂、1四香、1三桂成、1七歩成、1九飛、1八と、6九飛で、これでも少し悪いと思っていたという。

（第5図は▲5四香まで）

▽木村　持駒　銀桂歩五

▲山口　持駒　歩二

僕のヨミは違っていた。本譜のように、1六飛、3七桂成、1二香成、4七成桂、1三飛成と進む。ついで、2三龍が2一龍と入れば王手飛車。（3一銀なら2二成香）これでいいと思っていた。

しかし、名人は、2三龍のとき、5二王と早逃げして、銀の丸得で成桂があり、金銀四枚が集中していて、形勢悪いはずがないと考えておられたそうだ。

僕は▲5五歩に期待していた。6六の角は取ってくださいという手である。

以上は、言ってみれば、大局観の違いというほかはない。読者は第5図を見て、いずれが有利と判断されるだろうか。

第5図からの指手

△3一桂20　▲3二龍4　△4一銀　▲2二龍1　△5四銀　▲同歩　△同金　▲2一成香3

△6六金　▲同金　△6二香1　▲3一成香　△6六香　▲4一成香　△同飛2　▲5五歩2

△6四金5　▲5四金1　△同金　▲同歩　△6三王　▲6五金　△5六角2　▲5三歩成4

△同銀1　▲5五桂4　△7三王　▲6六金2　（投了図）

まで百十四手にて山口の勝ち。消費時間、上手一時間四十分、下手一時間九分。

（投了図は▲6六金まで）

△木村 持駒 金二香歩七

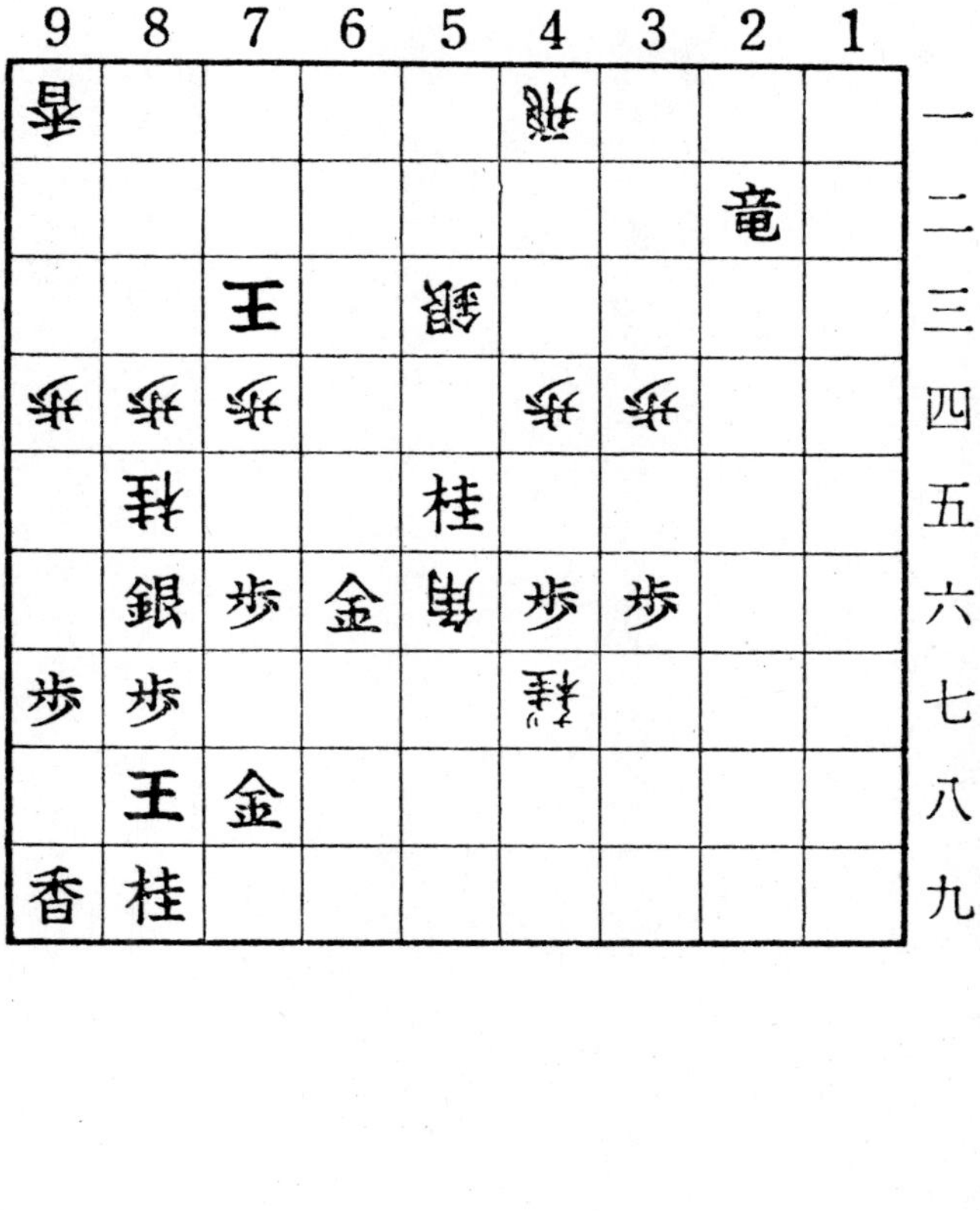

▲山口 持駒 銀二香歩

☖3一桂。またしても二十分の大長考である。どうも5四香に対する適当な受けがないらしい。6二銀打なら、5三香成、同銀右に、また5四銀と打つ。これが6五金に当っているのが大きい。6六金なら同金、5七角に6五金とどんどん進んでゆく。

☗3二龍は好手。5三香成、同銀、3二龍と王手をかけると、4二金でまぎれる。☖4一銀と打たせて、じっと☗2二龍と寄っておくのが、成香を働かせる意味で最善。

☗3一成香。6六香と取らせた手が、5五角を消しているので、こわくない。これで下手の遊び駒がなくなった。勝つときは万事具合よくなる。

☗5五歩は5五角打を消したものだが、4三銀、同王、3二銀、5三王、4一銀成のほうが早かった。

☗5五桂は、7五桂、7三王、8二銀で詰んでいた。

僕の6六金に、名人は、これまでだねと笑って頭をさげた。

僕は、これまで胸のなかに痞《つか》えていたものが、すうっと降りたような気がした。そうして、僕は、茫然としていた。

板谷さんのとき、内藤さんのとき、あれで勝っていたら、僕は気が狂ったようになったかもしれない。それが、いま、平静でいるのが、何か不思議な気がする。

嬉しくないというようなことはない。しかし、予測していたものとどこか違う。僕の喜びはこういうことだ。

　僕は、はたして、専門棋士と角落で将棋を指してもらう資格があるかどうかについて、ずっと思い悩んでいた。それが木村名人に勝たせていただくことで、ともかくも、そのライセンスを得たということだった。胸の痞えとはそれだった。だから、すうっとした気分になった。

　感想戦が終ったころ、席をはずしていた米長棋聖が帰ってきた。ミヤ青年が立ちあがって、米長さんの耳もとで囁《ささや》いた。僕には何を言ったのか聞こえない。多分、勝ちましたと言ったのだろう。その声が、潤《うる》んでいることだけがわかった。

　福田家の女中さんたちが集ってくる。木村名人？　わあ、おなつかしいという声も聞こえる。僕の係りのミヨちゃんにおめでとうと言う人もいるので、僕の勝利の知らせは、台所から帳場にも達していたらしい。

　思いがけないことが起った。ミヤ青年に初段の免状がおりたのである。もとより、彼の棋力は初段には達していない。しかし、この四年間の彼の努力が将棋連盟の人々を動かしたと解釈していいと思う。

　木村名人から免状が渡された。青年の顔が赤くなる。拍手、また拍手。

4

これで終った。すべてが終った。僕は、もう、公式に、専門棋士と将棋を指すことはないだろう。(ただし、先代松本幸四郎の『勧進帳』のように、武原はんの地唄舞いのように、やめるやめると言いながらまだ踊っているという例はあるが)

飛落篇のあと、僕は、下手必勝法を書いた。角落の場合は、とても必勝法はわからないが戦いの心得を書いておこう。

一、プロの高段者と角落で戦うときは、まず勝てないと思ったほうがいい。なぜならば、それに負けるとプロとしては教えることがなくなり、メシの喰いあげになるので、必死に立ちむかってくるからだ。

しかし、絶対に勝てないというわけではない。それくらいに、下手としては慎重に気合いをいれて指すべきだという意味。

一、大駒落の得ということがある。形勢不利と思っても、決して悲観してはいけない。なんといっても、角一枚無いというのは大きいのだ。

一、角落を指す場合、逆に上手を持って誰かと指してみること。上手の不安がよくわかる。

一、本定跡と矢倉とがあるが、上手としては矢倉でやってこられるほうが辛い。僕は本定跡を指したことはないが、何人かの専門棋士にそのことを聞いた。
一、むかし、専門棋士同士で三段差ならば角落で指し、下手のほうが分がよかったと思う。それは下手に力があったからである。角落では、力をつけないと勝てない。定跡通りにはいかない。
一、飛落と角落の差は、飛落の場合は上手からは攻めてこられないということにある。角落は上手が攻めてくる。これを怖れてはいけない。むしろ、上手に攻めさせて駒をたくわえるほうがいい。これは、もしかしたら、必勝法といえるかもしれない。

すべてが終った夜、ミヤ青年と僕とは新宿にいた。テーブルをはさんでむかいあっていた。

「あああ、ああ……」

青年が溜息をつく。それが癖とわかっていても、今夜ぐらいは、もっと晴々した顔をしていてもいいのではないか。

僕は、とにもかくにも一勝した。その夜である。彼は新婚半月の男である。なにゆえの嘆息であるのか。

「ありがとう、ながいあいだ……」

本当にミヤ青年には世話になった。棋士たちのめんどうもよくみてくれた。あの狂人たちとつきあうのは容易ではない。

「ああ、ああ……」

「なにか心配事でもあるのかね」

「あアあ……」ミヤ青年は、またふうと息をふき、長大息して言った。「終っちまいましたね。しかし、私には、まだ仕事が残っているんです。あああ……。私は、あなたに老酒を奢《おご》らなくちゃいけない」

【解説】 新旧・江戸っ児気質

八段　大内　延介

『続　血涙十番勝負』が、上梓されることになった。喜ぶべきことである。前著の『血涙……』は飛車落であったが、今回の十番は角落である。

飛車落では三勝六敗一分（うち平手戦一局）という星であった。実に立派な成績である。負け越していて〝立派〟というのはおかしいかもしれない。しかしプロの一線級に対して飛車落でこれだけの星を残せれば、これは褒めてもいいのである。瞳先生自身も自慢なさってよいことである。手放し、というわけにはいかないが、これは、やはり立派な戦績といえる。

しかも〝6五歩位取り戦法〟という、未完成の定跡を一つの有力な戦法に仕立てあげたところが、特筆されるべきことである。これは将棋界の財産となった。これで飛車落は卒業ということになった。

そして角落へ進級した。この続編は角落十番を収めたものである。星は一勝九敗。不出来な成績かもしれない。何もしらない愛棋家にいわせれば、「山口瞳もたいしたことはない」ということになるだろう。星の上からは、そういわれても仕方がない。しかし実際は違う。

現在の駒落のハンディはいろいろにいわれているが、私自身は、飛車落は七段差、角落は五段差と考えている。一勝九敗という星の上から断を下せば、前述のようにいわれても仕方がないが、しかしプロは内容を視る。負けた将棋にも勝った将棋にも、その内容においてプロは判断を下す。従って、この角落十番は、内容を視る限り、瞳先生は大いに善戦したといえるであろう。〝将棋に勝って勝負に負けた〟という言葉をよく耳にするが、そんな内容の将棋が数局あったことも確かである。もっともそこからは、勝ち将棋を勝ち切ることの難しさを、瞳先生が身にしみて感じたことであろう。

角落十番の経験を積んだことによって、将棋に対する自信と興味を一層深めたであろうことは疑いをいれない。と同時に、将棋の難しさ、奥の広さを体得したことを思う。これは、棋士山口瞳にとってはかけがえのない体験であったに違いない。

そこで私は思うのだ、この稿を草するにあたり、私は、前著・飛車落篇を熟読玩味した。そして本書の棋譜をひと通り盤に並べてみた。そこから感じたのは、瞳先生は角落よりも飛車落の方がむいているということだ。飛車落を軽くみるのではない。角落が一勝九敗で飛車落が三勝六敗一分だからというのではもちろんない。(大駒落の差を具体的に示すのは難しい)

誰にでも得手不得手がある。専門家にも得手不得手がある。（私はどちらかといえば飛車落の方が得意である）瞳先生の棋風が飛車落にむいているということだ。

しかも瞳流の〝6五歩位取り〟は、一家をなしている。せっかく、それをマスターしたところである。これからいよいよ、というところで前回は終わりを告げた。もう一度、飛車落を指してもらいたかったと思うのだ。未知の世界の角落に挑むよりも、もう一度、飛車落十番に挑戦してほしかった、というのが私のいつわりのない気持である。

タテとヨコ

瞳先生の棋風は飛車落にむいている――では、どんな棋風なのか？　ひとくちにいい表わすのは難しかろう。中原誠名人の棋風を飛車一本弱くしたような――と表現したのは米長邦雄八段である。しかし中原名人の棋風はもっとごついが、瞳先生にはそれがない。華麗である。優雅であり、粋である。私は山口瞳の将棋における〝粋〟について、ひとつの考察を試みた。それは後述するが、まず、瞳先生の棋風の底に流れるものを探ってみたい。

棋風は性格を反映する。生まれ育った環境の及ぼす影響は大きい。

山口瞳は江戸っ児である。潔くて思い切りがよい。淡白である。将棋においても粘るということは考えられない。熱い風呂でもガマンして入る、それで平気な顔をしている。そんなところがある。昔ながらの江戸っ児である。江戸っ児気質を十二分に持っている。身についているというか、沁みわたっている感じである。江戸っ児のかたまりみたいな人だ。

瞳先生は大森で生まれ麻布で育ったときく。私は芝新明のとなり町に生まれた。丁度、東京タワーが倒れたあたりである（本当に倒れたら困るが）。そこで子供時代を過ごした。近所には瞳先生のような人がたくさんいた。純粋で一本気。哀愁と人間の弱さを感じさせる好人物が何人もいた。小さい時から、そういう人達を見て育った。私もまた江戸っ児の端くれである。

だからであろうか。瞳先生は私のことをお人好しだという。私は瞳先生の方が余程お人好しだと思っている。でなければ、お化け屋敷（将棋連盟のこと）とつき合えるわけがない。狂人（瞳先生は将棋指しのことをそう呼ぶ）と酒を酌みかわして、終始、楽しい顔でいられるわけがないと思うのだ。

将棋連盟に現われる時は、大抵、お土産持参である。必ずといっていいほど差し入れがある。それがきまって、手の込んだものである。わざわざ遠回りをしても、タクシーを飛ばしてでも、一流の味を捜し、買い求めてくる。そういう人である。江戸っ児である。

煎餅は豆源であるとか、ポンポコ煎餅であるとか、蕎麦は麻布十番の更科とくる。稲荷寿司はおつな寿司。茶巾は八竹。どじょうは深川・高橋《たかばし》の伊せ喜（ここの主人が将棋五段）という具合だ。数え上げたらきりがない。

こういう事があった。私事で恐縮だが、結婚一周年に、女房を連れて帝国ホテルでディナーをとり、食後にアイスクリームを食べた話を瞳先生にしたところ、

「将棋の棋士は、大島を着て、伊せ喜でどじょうを食べて、立田野で汁粉を食べてほしかった」

と、きっぱりおっしゃるのである。ことほどさように徹底している。生き方、考え方が江戸っ児のものである。

江戸っ児気質が将棋にも反映しているのはいうまでもない。

「どうして穴熊を指すんですか？」

いつだったか、瞳先生に訊かれたことがある。どちらかというと、どうして穴熊のような将棋を指すのか、江戸っ児としてあるまじきことではないじゃないか、といったニュアンスが感じられた。生粋の江戸っ児である瞳先生には、穴熊は姑息な手段と映るらしい。なかには、穴熊は将棋じゃない、と極言する人もいる。しかし、私の答えはこうだ。

「穴熊は、もっとも将棋らしい将棋です。王様を安全地帯に囲ってから戦う。王様を堅くしてこそ強く戦える。将棋の本質にかなっているでしょう」

将棋というゲームの性格を考えれば、穴熊の優秀性は自ずから明白である。私が穴熊を多用するのも勝率がいいからである。瞳先生には納得してもらえたようだ。

瞳先生には、将棋はタテに動くという観念がある（と思う）。タテに動くのは居飛車の感覚である。ヨコに動くのは振飛車の感覚である。タテに動くのは江戸っ児的であり、ヨコに動くのが大阪流である、といいかえることもできると思う。

瞳先生の将棋はタテに動く。私はタテにもヨコにも動く。ヨコに動く部分だけ、江戸っ児からはみ出しているわけだ。しかしこれが現代の江戸っ児ではないだろうか。瞳先生のような純粋な江戸っ児との違いである。

将棋も、純粋な江戸っ児気質では天下はとれない——と私は思う。東京は排他的である。が、しかし、現在の東京は植民地化している。大阪の感覚もあれば名古屋の感覚もある。東北も北海道も九州の感覚もある。日本全国から人が集まってくる。外国人の出入りも激しい。インターナショナルである。それが現代の東京である。そのなかで生き抜くには、将棋も（私自身のプロフェッショナルとしての将棋も）、もっとどん欲さを身につけなければならない。ヨコの将棋も学ばなければならない。粘りもほしい。これが戦後の江戸っ児の考え方である。〝将棋〟に対する私の姿勢である。

だからといって瞳流の将棋を嫌うものではない。むしろ、将棋に対する観方、指し方に郷愁と清々しさを覚えている。しかし私はそれでは生きていけない。将棋界でこれ以上の前進は望めない。穴熊も必要とする所以である。

新旧江戸っ児気質の違いとでもいえようか。

話題になった投了図

角落十番が一勝九敗の成績に終わったことは、明白な事実である。しかしこの十局を振り返ってみると、九連敗のあとに初勝利を得たことが一つの救いである。そこに一条の陽光を見る思いがする。棋士山口瞳の前途には、明るい未来が開けている。

対戦相手に段位の違いはあっても、プロという名のもとにおいては同一である。その第一線級のプロ棋士に対して角落を挑むのは、よほどの実力がなければ、かなえられない事である。特に飛車落と角落の違いというのがある。技術的な面を抜かしていえば、プロには、飛車落は負けてもいいが（容易に負けないが）、角落では負けられないという気持ちがある。上手の面目にかけても負けない、汚名を残したくないといった自負心がプロに共通した点である。

だから瞳先生が九連敗したのは不思議ではない。どんなに強いアマチュアが出てきてもプロに角落を十番戦って勝ち越すのは容易でないだろう。これは確かなことである。従って、九連敗した瞳先生が傷をおったとしてもこれは深手ではない。あとになれば血肉となりおおせるのである。このことは、瞳先生が一番よく御承知のはずだ。だからこそ、最後に、木村十四世名人に勝てたのである。

第一番、有吉道夫八段。無類の攻め将棋である。瞳先生は、それを非常に高く評価している。そこに恐れがあったとしても不思議ではない。上手から攻められる前に、下手から先に攻めて出たのがその現われだろう。両端を受けずに、手数をかせぎ、先攻したのは一理ある。端を受けなかったところに、工夫と意地を感じるのである。これは〝勝ちたい〟気分の現われとみる。

また瞳先生には、「矢倉囲いに端歩は突くな」という固定概念があったと思う。しかし角落では「位負けするな」というのが通説である。端も一つの位であり、端歩は受けた方がよい。残念ながら第一局ということで、まだ角落の呼吸をのみこんでおられなかったようだ。指し手が少しチグハグであるのは仕方がない。頭で理解していてもなかなか思うようにはいかないものだ。瞳先生のいうところの「角落のココロ」を摑むには、まだ少し時間がかかるという感じがしたのである。

第二番の加藤一二三九段戦、これは内容がいいだけに惜しい一局だった。中盤、2九飛と引いたところで、6八角とすれば上手に手がなかった。8筋の歩の交換を許し、二歩持たれて7四金から王頭を攻められて、一気に形成を損じた。実際、2九飛をまた2八飛と戻したあたり、瞳先生の指し手とは思えない矛盾がある。これは糖尿病の発作（？）としか考えられない。中盤あたりまでは申し分ない一局である。

また対有吉戦の経験を生かして端を受けて指したのはよかった。このあとの対局では、端を受けたり受けなかったりだが、固定概念を打破したうえで、端を受けずに指しているのは、それはそれでよいと思う。

対板谷進八段。これは必勝の将棋だった。まったく惜しい。第三局目にして漸く角落にも慣れ、瞳先生本来の実力が発揮された一番だった。中盤では思うような将棋がさせていたに違いないのである。必勝の将棋を落として、その夜は、荒れに荒れたと聞く。「めめしい酒は飲みません」といいたながらも、また涙を流したところだろう。本当に惜しい。

第四番。内藤国雄九段戦。第一着手に2二飛の向飛車。読者は奇異な感じを受けられただろう。変幻自在の内藤九段は、坂田三吉王将の孫弟子にあたる。瞳先生が、中盤、独創的な上手の指し方に惑わされず、うまく駒をまとめたのには正直いって感心した。途中では下手の指しよい局面になっている。定跡には明るいと思っていたが、自由奔放な将棋もうまい。力がついている。ただ、問題はやはり終盤である。詰将棋がニガ手ときくが、詰将棋の感覚が備わらないと上手の王はなかなかつかまらない。大駒を捨ててヨセに入る感覚（飛車落で身についているはずだが）。速度計算。終盤を磨けば、瞳先生の勝率はぐっと上昇するに違いない、本局も、終盤6四歩のところ、4九飛と引き、6七成桂、同金引、5八銀には2七桂という順——ここを逃したのは残念で仕様がない。

私との一局（第五番）は、投了図が話題になった。瞳先生の投了の時期が早いということだ。やはり、いま考えても、もうひとガンバリしてほしいと思った。まだ容易でない形勢である。私も意外だったし、拍子抜けした。

投了図からは、4一金と攻め合うか、7九金と受けるか、二通り考えられる。4一金は、以下6五桂、6七王、5七歩成、同金、同桂成、同馬、4三金打と手に戻る。まだ大変な将棋であった。秒読みのせわしさと、ごてごてとしている局面に疲れたのだろう。潔く投了なさった。が、終盤の経験は、多く積むにこしたことはない。やはり時期尚早の感がある。

勝負に恬淡な瞳先生の性格は、やはり、江戸っ児のものだろうか。

粋な手

粋について――。

瞳先生の将棋には粋な手がある。必ず、ある。一局のうちに一手はある。多い時は、二手か三手出てくる。この手を指せればいいんだ、指したい――これが瞳先生の心情である。

第六番、真部一男四段戦にもある。中盤の5二歩がそれである。「ちょっと面白い手だったと思う」と瞳先生の感想がある。「が、足りない感じ」とも言う。全くその通りである。粋な手は、勝負の結果としては不幸につながることもある。が、そんなことは、瞳先生自身はどうでもよいことなのだ。この手を指せればいいんだ——これが山口将棋の特徴の一つである。

対塚田正夫九段戦。序盤の3筋の位を奪還するところは力強い。この流れはよし。次に8八王、好手。すぐ3五歩と突きたくなるところだが、すぐにいかないところがいい。玄人はだし。この間の持ち方はプロの感覚である。その後、3六銀と控えて打ったのは粋。「下手としては妙手。次の3七桂が鋭い」と瞳先生はいう。が、ここは、3四銀と打ち込むのが俗手の好手であった。粋な手は波乱を呼ぶ。

終盤、3四桂が大悪手。ここは5五桂と打てば決まっていた。なぜ、ここまで見事に指していて、3四桂のような悪手を指すのか。私には、瞳先生の心境が全く分からない。この負け方は対板谷戦よりも対内藤戦よりもはるかにひどい。慰めの言葉もない。またも涙、涙。

対石田和雄六段戦。上手の1三銀をとがめて、一気に勝負にでたあたり、瞳先生の棋力の充実ぶりがうかがえる（と思ったが）。5五銀とぶつけて同銀、同歩、同金に5六歩は必要のない手だった。これで歩切れ。プロは歩切れを惜しむ。5五金をおいておくと攻められるという不安感があったのだろう。しかし勝ちにいく時は、必ず冒険がともなうものである。それを認識しないといけない。瞳先生も1五歩、同歩、1三角成の筋は読んでおられた。その後突っ込みがなかった。「まあまあいいだろう」、の考え方はチャンスを逃すことになる。〝一手一局〟の心構えが大事である。

（投了図は☖９五銀まで）

☖大内 持駒 桂歩

☗山口 持駒 金歩五

第九番に登場したのが大野源一八段。飛車使いの名人である。その大野八段の強さをまざまざと見せつけられたのが本局である。恐らく、十局中もっとも不出来な一局であろう。瞳先生は大野流振飛車を意識しすぎたのではないか。着手に伸びがない。ほとんどいいところなしである。〝鬱《うっ》状態〟にあったのではないかと思う。対局にのっていない感じがした。

粋な手が見受けられない。粋な手とは、キラッと輝く一手である。ときどきプロ志願の少年の棋譜を見るが、私は、全部いい手は採用しない。内容が悪くてもいい。キラッとひらめく一手がなければいけない。その人らしさ。個性。瞳先生の場合はそれが〝粋〟に出ている。そこが頑固でもあり、瞳先生の使命感でもある。こうやれば、自然に指せば勝っている。——それを知っていて出来ない。自分の手を指す。これは芸の世界である。勝負ではない。勝負はもっとドロドロしたものである。

瞳先生の眼は探究者の眼。勝負師の目ではない。九連敗した原因は、そんなところにあると思う。対大野戦におけるみじめな負け方は、瞳先生にナニをもたらしたか。おそらく、血となり、肉となり、飛躍のバネになったであろう。

木村義雄十四世名人。最後に登場。トリ、これ以上はないという真打ちである。江戸っ児対江戸っ児の対決である。そして、だ。瞳先生は勝った。木村名人に勝った。常勝将軍といわれていた頃の木村名人は、その強さは、群を抜いていた。プロの五段が角落で負けた記録が残っている。木村名人はそういう人である。

その人に勝つ。瞳先生は、本来の実力を発揮して、初勝利を得た。しかも九連敗のあとだ。嬉しくないわけがない。その瞳先生の顔が目に浮かぶようである。

中盤で粋な手が出た。6五歩、同金、5四香。角をとるならおとりなさいという手。むずかしくはない。しかしなかなか指せない。指せる人は強い。

しかも終盤がよかった。スピードがあった。悪手を指していない。紛れていない。終盤は、別人の感がある。

瞳先生は、角落のココロを摑んだであろうか。摑んだと思う。しっかりと摑んで放さないようにしてほしい――。九連敗のあとの一勝。この一勝の重さは大きい。

これで『血涙十番勝負』『続 血涙十番勝負』は完結した。四年の歳月が流れている。瞳先生の一筆一筆は棋士に対する愛情がほとばしっている。棋士を無条件で愛して居られる。

自から「僕は奨励会の兄です」とおっしゃり、治子奥様は「将棋界の母よ」と語ってらっしゃる。山口夫妻に接すると、人間の暖かさが伝わってくる。

作家、山口瞳から観た将棋の素顔。人間像の描き方が実に面白かった。

永いこと本当に有難う御座居ました。

あとがき解説

担当者・ミヤ少年の思い出

宮田昭宏

一九七〇年の「小説現代」一月号に掲載された、第一番「小説将棋必勝法 二上達也八段」にはじまった、『血涙十番勝負』は、将棋のプロ棋士を相手に、山口瞳さんが、飛車落ち戦を戦い、その対局を小説化したものです。この二上達也戦のあと、山田道美八段、蛸島彰子二段（平手戦）、米長邦夫八段、中原誠十段、芹沢博文八段、桐山澄人六段、大山康晴名人、原田康夫八段、山口英夫五段という錚々たる方々との対戦でして、山口さんは、三勝一分六敗という成績をあげました。そして、その最終戦で、将棋の師匠である山口英夫五段との対局に勝った山口さんは、許されて飛車落ちを卒業、手合いが角落ちということになりました。

当時は、山口さんが書かれる通り、「大山（康晴）・升田（幸三）の巨匠に、二上（達也）・

加藤（一二三）・有吉（道夫）の強豪中堅があり、内藤（国雄）・灘（蓮照）の妖刀があり、塚田（正夫）・丸太（祐三）・原田（康夫）の老練が配される。ここに中原（誠）・米長（邦夫）の新鋭花形が加わって、群雄割拠の時代となった（括弧内は筆者）」という背景があったのは言うまでもありません。さらに、この巻に登場する、木村義雄十四世名人、大野源一八段というレジェンドたちと、大内延介八段、板谷進八段、石田和雄六段、真部一男四段などの気鋭新鋭などがひしめいていました。

山口さんが書かれたように、将棋連盟は、「天才の栖《すみか》であり、鬼の栖であり、オバケの世界」だったのです。

飛車落ち戦を終え、手合いが角落ちに上がったとき、山口さんは、我がこと終われりと満足されたようで、プロ棋士を相手の角落ち戦に挑戦するのは、しばらく時間をおきたいと考えておられたようです。ですが、このシリーズは、単なる将棋自戦記を超えて、優れた紀行文学でもあり、波乱万丈の人物小説でもあり（ですから、この正続二冊の『血涙十番勝負』は将棋が苦手の人なら、棋譜のところは飛ばして読んでも充分に面白くなっています）、さらに、将棋のまたとない教科書でもありまして、「小説現代」での、大変な人気企画となっていました。

角落ち戦を早くやってくれというファンの声が澎湃《ほうはい》として起こりました。中には、「山口瞳が負けに負けて、苦悩する姿を見るのが、人生最大の楽しみである」という過激派ファンレターも届きました。そういう『血涙十番勝負』の再開を待ち望むファンの声や、将棋連盟の棋士の人たちの熱意などに押されるようにして、山口さんはその重い腰を上げざるを得なくなりました。

この続篇の企画を、「小説現代」で担当したのが、編集者のミヤ少年でした。

山口さんは、紀行文やエッセイなどの同行者を、ドスト氏、スバル君、臥煙君、都鳥君、パラオ君、徳Q君などと呼んでいました。それは、内田百閒さんが、『阿房列車』という紀行随筆の中で、同行者を、ヒマラヤ山系とか椰子君と呼んでいたヒソミに習ってのことです。ミヤ少年の名付け親は、もちろん、山口瞳さんです。

さて、再開された、『血涙十番勝負』ですが、流石に、プロ棋士は、素人相手に角落ち戦では絶対負けたくないという気持ちが強く働くようで、有吉道夫八段、加藤一二三九段、板谷進八段、内藤国雄棋聖（九段）、大内延介八段、真部一男四段、塚田正夫九段、石田和雄六段、大野源一八段と九人を相手に、九連敗を喫しました。まあ、ご覧いただくように、錚々たる強豪揃いですから、この成績も無理もありません。

ちなみに、現在の将棋ブームの立役者である藤井聡太四段がプロになってはじめて戦って、勝った棋士が加藤一二三九段でした。加藤九段は、「神武以来の天才」と言われた神童で、棋界初の中学生のプロ棋士だったので、藤井四段はそれ以来の、中学生プロ棋士です。さらに、藤井四段は、加藤九段が持っていた史上最年少棋士記録（十四歳七ヵ月）を、十四歳二カ月という記録で破りました。そして、藤井四段にとって、プロ棋士のデビュー戦の対戦相手は、なんとその加藤九段だったのです。将棋の神様は粋なことをなさるものですね。その対局に勝った藤井四段の快進撃は続き、二十九連勝の新記録を達成します。その後の加藤九段は、最高年齢での公式戦勝利など果たしましたが、現役棋士を引退、「ヒフミン」と呼ばれて、独特の早口と純粋な人柄とで、若い人たちのアイドル・タレントになっていることは、ご存知の通りです。

その加藤一二三九段との「血涙」対決は、一九八三年七月二十六日、青梅市の『坂上旅館』で行われます。その対局と、山口瞳将棋一門の浴衣温習《ゆかたざらい》を兼ね、タレントの大橋巨泉夫妻、競馬評論家の赤木駿介さん、脚本家の安倍徹郎さんなどが参加しました。加藤九段は、この一泊旅行に、気軽に参加してくれて、おまけに、旅館では、指導駒落ち戦を何局も付き合ってくれた上、対局のあとも、笑顔で、丁寧に感想を伝えてくれたのです。そのときの駒の扱い方一つからも、ミヤ少年は、加藤九段の将棋への深い愛情を感じました。

そして、山口さんが、加藤九段の「対局態度は終始立派で、ただただ圧倒されるばかりであった」と書かれている通り、いざ、翌日の対局となると、加藤九段は、その温顔を一転させて、いかめしい顔に変え、正座を崩すことなく、いまの「ヒフミン」のイメージとは大分違って、いかにも棋界を代表する棋士らしく、威風堂々たる態度でした。

さあ、九連敗のあと、残る相手は、「天下無敵、木村義雄十四世名人」です。「名人戦」を頂点にする、現在の将棋界を作り上げた偉大な棋士です。歌謡曲『王将』の坂田三吉と、京都南禅寺で、有名な「南禅寺の決戦」と演じた棋士であります。「名人戦」を頂点とした現代の将棋界を完成させた功績者です。最終戦に、その木村義雄十四世名人を指名してしまったのですから、成績は絶望的にならざるを得ません。

しかし、奇跡は起こりました。山口さんが、この難敵に対して、妙手を連発、木村十四世名人に勝ちをおさめたのです。感動の大団円が用意されていました。将棋の神様は、またも、粋な計らいをなさったようです。

この『続 血涙十番勝負』が、ミヤ少年にとって、宝物となっているのは、このシリーズ最終回の「天下無敵、木村義雄十四世名人」に、ミヤ少年が、作家の野坂昭如さんご夫妻の媒酌で挙げた結婚披露宴の一部始終と、そこに漕ぎつけるまでの少年の苦難の足取りが書かれているからであります。対内藤国雄戦の前日、神戸元町を散歩しているときに山口さんが見立ててくれたシャネルのスカーフが、彼女の心を動かしたのでした。彼女は、こんなにまで山口さんに愛されているミヤ少年なら、一生を託しても大丈夫だと確信したのです。つまり、『続 血涙十番勝負』は、ミヤ少年の「家族《ファミリー》」の事始めになっているのです。

ミヤ少年がいただいた『続 血涙十番勝負』の署名本の表紙の見返しには、こういう俳句が、墨痕淋漓と書かれています。

春山の　花咲かぬ木の　美しき

しかし、山口さんは、『続 血涙十番勝負』では、たった一輪ではありますが、美しい花を咲かせたのであります。

〔編集者、元「小説現代」編集長〕

（お断り）

本書は1974年に講談社より発刊された単行本『続 血涙十番勝負』を底本としております。

あきらかに間違いと思われるものについては訂正いたしましたが、基本的には底本にしたがっております。

また、底本にある人種・身分・職業・身体等に関する表現で、現在からみれば、不当、不適切と思われる箇所がありますが、著者に差別的意図のないこと、時代背景と作品価値とを鑑み、著者が故人でもあるため、原文のままにしております。

山口 瞳（やまぐち ひとみ）
1926年（大正15年）11月3日―1995年（平成7年）8月30日、享年68。東京都出身。1963年『江分利満氏の優雅な生活』で第48回直木賞受賞。代表作に『血族』『男性自身』シリーズなど。

続　血涙十番勝負

２０１７年11月12日　初版第１刷発行

著者　山口　瞳
発行人　清水芳郎
発行所　株式会社　小学館
〒１０１－８００１
東京都千代田区一ツ橋２－３－１
電話　編集　０３－３２３０－９３５５
販売　０３－５２８１－３５５５
印刷所　昭和図書株式会社
製本所　昭和図書株式会社
装丁　おおうちおさむ（ナノナノグラフィックス）

ISBN978-4-09-352320-2

P+D BOOKS